Tim Bowler • Escape – Auf der Flucht

cbt

Foto: © OUP

DER AUTOR

Tim Bowler ist einer der originellsten Jugendbuchautoren in Großbritannien. Er wurde 1953 in Leigh-on-Sea geboren. Nach seinem Studium arbeitete er in der Forstwirtschaft sowie als Lehrer und Übersetzer, bevor er sich ganz dem Schreiben zuwandte.
Tim Bowler hat bisher acht Bücher veröffentlicht und zwölf Auszeichnungen erhalten, darunter die prestigeträchtige Carnegie Medal. Seine neue Serie »Escape« wurde in der englischen Presse bereits als bahnbrechend gefeiert. Momentan schreibt Tim Bowler an einer Fortsetzung.

TIM BOWLER

Escape

AUF DER FLUCHT

Aus dem Englischen
von Reinhard Tiffert

cbt

cbt

cbt – C. Bertelsmann Taschenbuch
Der Taschenbuchverlag für Jugendliche
Verlagsgruppe Random House

FSC
Mix
Produktgruppe aus vorbildlich
bewirtschafteten Wäldern und
anderen kontrollierten Herkünften

Zert.-Nr. SGS-COC-1940
www.fsc.org
© 1996 Forest Stewardship Council

Verlagsgruppe Random House FSC-DEU-0100
Das für dieses Buch verwendete
FSC-zertifizierte Papier *Super Snowbright*
liefert Hellefoss AS, Hokksund, Norwegen.

1. Auflage
Erstmals als cbt Taschenbuch September 2009
Gesetzt nach den Regeln der Rechtschreibreform

Die englischen Originalausgaben erschienen 2008
unter dem Titel »Blade: Playing Dead« und
»Blade: Closing In« bei Oxford University Press.

Übersetzung: Reinhard Tiffert
Umschlagbild: istockphoto_ 000002428673
Umschlaggestaltung: init.büro für gestaltung,
Bielefeld
he · Herstellung: ReD
Satz: KompetenzCenter, Mönchengladbach
Druck und Bindung: GGP Media GmbH, Pößneck
ISBN: 978-3-570-30602-4
Printed in Germany

www.cbt-jugendbuch.de

Für Rachel
in Liebe

Jetzt schaut er mich an, der dicke Bulle mit dem Mopsgesicht, und ich denke: Leg ich ihn um oder lass ich ihn leben?

Das ist die Frage.

Fragen mag ich nicht. Fragen bedeuten, du musst dich entscheiden, und das bringt Stress. Ich mag Gewissheit. Du musst dies tun, du musst das tun, kein Hickhack. Leg ihn um, lass ihn leben. Wissen, was du zu tun hast. Gewissheit.

Nur hier bin ich mir überhaupt nicht sicher. Am liebsten würde ich ihn umlegen. Wenn ich nur sein Gesicht sehe, wird mir schlecht, und ich hasse es, wieder auf der Polizeiwache zu sein.

Das Messer im Strumpf fühlt sich gut an. Der Bulle hat es nicht mal bemerkt, als er mich gefilzt hat. Aber er wird Bekanntschaft mit ihm machen, wenn er mir dumm kommt. Die Klinge ist nur klein, aber ich weiß damit umzugehen.

Er schaut mich immer noch aus Schweinsritzen an.

»Also, junger Mann«, sagt er.

»Ich bin nicht Ihr junger Mann.«

Er achtet nicht darauf, er grinst nur breit.

»In deinen eigenen Worten«, redet er weiter.

»Was denn?«

»Erzähl uns in deinen eigenen Worten, was passiert ist.«

»Wo denn?«

Er seufzt übertrieben. Ich hasse das. Ich fahre mit den Fingern vorsichtig den Oberschenkel hinunter.

Er kann das nicht sehen, der Schreibtisch steht im Weg. Die Bullenfrau mit der Riesenoberweite, die da an der Tür steht, schaut her, aber die hat auch nichts bemerkt. Das sehe ich ihr an.

Die ist sowieso zu weit weg. Bis die sich auf den Weg macht, habe ich mein Messer gezogen und dem Mopsgesicht die Fresse aufgeschlitzt. Wahrscheinlich reicht die Zeit sogar, sie ebenfalls aufzuschlitzen.

Er macht weiter auf väterlich.

»Was ist am Fußgängerüberweg passiert?«, fragt Mopsgesicht.

»Nichts.«

»Du hast auf der Straße gestanden, obwohl die Ampel auf Grün gesprungen war, und hast dich geweigert, aus dem Weg zu gehen und die Autos vorbeifahren zu lassen.«

»Wirklich?«

»Du hast die wartenden Autofahrer beschimpft.«

»Daran erinnere ich mich nicht.«

»Vor allem den Mann im Auto ganz vorn.«

»Daran erinnere ich mich nicht.«

»Der Mann in dem grünen Kombi. Er hat dich gebeten, aus dem Weg zu gehen, damit er und alle anderen weiterfahren konnten. Du hast ihn beschimpft und obszöne Gesten gemacht.«

»Er war grob zu mir.«

»Meinst du nicht, dass man das eher von dir sagen könnte?«

Ich zucke mit den Achseln. Allmählich machte mir das Ganze richtig Spaß.

»Also?«, drängt Mopsgesicht.

»Keine Ahnung.«

»Es war gefährlich.«

»Nein. Er hätte mich nie über den Haufen gefahren.«

»Weil er, im Gegensatz zu dir, Verantwortungsgefühl besaß. Dabei wäre es eine Lektion für dich gewesen, hätte er aufs Gaspedal getreten und wäre auf dich zugefahren. Ich glaube, du hättest dich ziemlich rasch aus dem Staub gemacht, wenn er das wirklich getan hätte.«

»Dazu hatte er nicht den Mumm.«

»Das dachtest du also, dass ihm der Mumm dazu fehlt?«

»Ja.«

»Aber du, du hättest ihn gehabt, oder? Hättest du am Steuer gesessen und ein frecher Rotzlöffel steht auf dem Fußgängerüberweg und weigert sich wegzugehen, beschimpft dich und fordert dich heraus, du hättest das Gaspedal durchgedrückt und ihn über den Haufen gefahren, stimmt's?

»Genau.«

Er lehnt sich zurück und schaut zu seiner Kollegin hinüber. Jetzt macht es mir richtig Spaß. Beide wissen nicht mehr weiter. Was sollen sie mit mir machen? Anzeigen können sie mich nicht, dazu ist die Sache nicht ernst genug. Ich bekomme eine Verwarnung, weiter nichts.

Dann steht Mopsgesicht auf.

»Sieht so aus, als haben wir da ein Problem.«

Er kommt um den Schreibtisch herum zu mir, setzt sich auf den Schreibtischrand. Ich mag nicht, wie er jetzt aussieht, ich weiß nicht, warum.

Zu nahe. Ich mag nicht, wenn mir Leute so auf die Pelle rücken. Das erinnert mich an bestimmte Dinge. Ich denke an das Messer, knete die Hände. Wieder schaut er zur Bullenfrau rüber, dann wandert sein Blick zurück zu mir.

»Der Autofahrer hat uns gesagt, er wollte die Sache nicht aufbauschen, aber auf jeden Fall melden.«

Sag nichts dazu.

»Er machte sich Sorgen, ob wir den Jungen, der fünf

Minuten lang den Verkehr aufgehalten und alle Autofahrer beschimpft hat, auch tatsächlich ausfindig machen können.« Mopsgesicht zieht die Nase kraus. »Er konnte ja nicht wissen, wie gut wir dich hier kennen.«

Er beugt sich jetzt noch näher zu mir. Ich kann das überhaupt nicht ab. Nicht die Polizeiwache, sondern das Gesicht, das sich zu mir herabbeugt. Er muss mir von der Pelle rücken, jetzt sofort.

Aber er tut es nicht. Er grinst nur und beugt sich sogar noch weiter vor.

»Glaubst du wirklich, wir hätten nicht gemerkt, dass du etwas in deinem Strumpf versteckt hast?«

Ich greife blitzschnell nach dem Messer – zu spät. Der Mann hat mich fest bei den Armen gepackt. Die Frau sehe ich gar nicht. In der nächsten Minute ist sie an der Tür, dann hinter mir, drückt mich in den Stuhl. Ich spucke die beiden an, beschimpfe sie, versuche mich loszureißen. Ohne Erfolg.

»Schweine!« Ich werfe mich hin und her und schreie wie am Spieß. »Verdammte Bullenschweine!«

»Ja, ja«, bestätigt Mopsgesicht. »Bullenschweine.«

»Na, der hat ja Ausdrücke«, sagt die Frau.

»Schweine!«, schreie ich.

»Schau mal im Strumpf nach«, sagt der Polizist leise.

Die Frau zieht das Messer hervor und macht sich dann am anderen Strumpf zu schaffen.

»Da ist nichts drin«, fauche ich.

Sie filzt mich trotzdem, dann richtet sie sich auf, das

Messer in der Hand. Der Mann lässt mich los und nimmt ihr das Messer ab. Ich ducke mich und stürze zur Tür.

Ich bin nicht schnell – das bilde ich mir gar nicht ein –, aber manchmal ist es von Vorteil, klein zu sein. Ich hab sie überrascht und bin vor ihnen an der Tür. Mopsgesicht greift nach mir und die Frau ebenfalls, aber irgendwie sind sie sich im Weg.

Und schon bin ich draußen auf dem Flur.

Rufe aus dem Büro. Ein Beamter kommt vom Eingangsschalter auf mich zugerannt. Da kommt der Feuerlöscher gerade richtig. Ein Spritzer auf den Kerl und er rutscht aus. Ich springe über ihn weg und bin draußen.

Ein Kinderspiel.

Damals war ich sieben.

Jetzt bin ich über vierzehn. Ich schaue zurück und das Komische ist, nichts hat sich geändert. Nach wie vor hasse ich die Bullen und mag es nicht, wenn man mir zu nahe kommt.

Und das gilt auch für dich, Bigeyes.

Ich weiß gar nicht so genau, warum ich überhaupt mit dir rede. Eigentlich kenne ich dich gar nicht. Vielleicht ist es wegen etwas, was mir Becky einmal gesagt hat. Du musst deinem Leben einen Sinn geben. Denk nach über das, was du tust. Erst denken, dann handeln. Und wenn du reden willst, bin ich immer für dich da.

Nur ist Becky tot.

Vielleicht lade ich deshalb alles auf dich ab.

Glaub aber nicht, ich müsste dir die Wahrheit sagen. Bilde dir nichts ein. Was ich dir sage, kann die Wahrheit sein oder auch nicht. Nur damit du Bescheid weißt.

Ich hab hier das Sagen. Worüber ich rede oder nicht rede, bestimme ich. Du hast die Wahl, du kannst bleiben oder gehen. Und wenn du gehst, ist mir das auch recht. Ich brauche dich nicht, merk dir das.

Ich brauche niemanden.

Ach ja, die Sache mit dem Lügen – angeblich soll es was Schlechtes sein. Sag die Wahrheit, sag die Wahrheit, sag die Wahrheit. Aber was hat man denn davon? Ich hab immer gelogen, soweit ich mich überhaupt erinnern kann. Warum? Weil alle, die mir im Leben begegnet sind, mich angelogen haben.

Was werde ich dir erzählen? Nicht viel, also keine Aufregung. Sicherlich willst du meinen Namen erfahren. Das ist nicht so einfach, ich habe nämlich jede Menge Namen.

Der Name, den ich als Baby bekommen habe, ist bescheuert, den benutze ich nie. Dann sind da die erfundenen Namen, davon habe ich ein ganzes Dutzend. Verschiedene Namen für verschiedene Leute, je nachdem, wo ich bin und mit wem ich es zu tun habe.

Aber einen Namen mag ich wirklich.

Den hat mir Becky gegeben. Ein Name aus der Vergangenheit. Alle nannten mich früher so. Heute nennt man mich nicht mehr so, denn in dieser Stadt kennt keiner diesen Namen. Und das ist gut. Ich erinnere mich nicht gern. Aber den Namen mag ich immer noch. Du kannst ihn benutzen, wenn du willst.

BLADE.

So hat man mich damals genannt. Das hat was, knapp und zackig. Aber denk daran, das bleibt unter uns. Sei kein Klatschmaul. Wenn ich herauskriege, dass du über mich tratschst, erfährst du am eigenen Leib, warum mich Becky Blade genannt hat.

Wie mich die anderen nennen, ist mir egal. Warum Tamtam um einen Namen machen, wenn man so leicht einen neuen erfinden kann? Mit dem Leben ist es übrigens genauso.

Leicht, einfach, unproblematisch.

Warum schüttelst du den Kopf? Glaubst du mir nicht? Mir egal. Glaub doch, was du willst. Es stimmt trotzdem. Jeder kriegt sein Fett ab, so ist das Leben. Was ist daran so schwer? Manche Leute machen sich einen Riesenstress. Ich bin da anders.

Es ist, als würde ich oben auf diesem Riesenberg stehen, wie heißt er doch gleich, auf dem Everest. Kilometerhoch. Ich steh da oben ganz allein, mein Kopf über den Köpfen aller anderen, und das ist klasse. Da oben kann mir keiner was, denn da oben reicht keiner an mich ran.

Hörst du mir zu, Bigeyes?

Darum geht es. Darum, die Dinge von weiter oben zu

sehen, höher als alle anderen. Dinge zu sehen, die kein anderer sieht.

Nimm zum Beispiel den Typ aus dem Café Blue Sox. Ich sehe Sachen bei ihm, die sonst keiner sieht, ja von denen nicht einmal er selbst etwas ahnt. Hast du ihn entdeckt? Der Tisch am Fenster. Nicht der Typ mit dem Gelhaar. Der geht in einer Minute weg. Frag mich nicht, woher ich das weiß.

Ich meine den anderen, den mit dem Handy. Braunes Haar, um die zwanzig, gepflegt. Siehst du ihn jetzt?

Solche Typen laufen hier in rauen Mengen rum. Angeber, nichts dahinter. Die City brütet sie aus. Sehr leichte Beute. In einer Minute ist er mit dem Telefonieren fertig, dann wird er seine Jacke über die Stuhllehne legen und nicht mehr daran denken.

Warum? Weil er nur noch Augen für die Blondine hinter der Theke haben wird.

Na bitte. Was habe ich gesagt? Gelhaar geht. Nun achte auf die Schafsnase. Steckt das Handy ein, nimmt einen Schluck Kaffee, legt die Jacke über die Lehne.

Ich raus, bleibe kurz draußen, komme wieder rein. Viel los hier, viel Gequatsche. Umso besser.

Niemand beachtet mich. Darin bin ich gut. Niemand sieht mich, wenn ich es nicht will. Genauso gut könnte ich unsichtbar sein. Nur das Mädchen an der Theke, die mit den roten Lippen, sieht mich, aber nur, weil ich einen Kaffee will.

Blondie steht schon drüben am Fenster und redet mit Schafsnase.

»Was darf es sein?«, fragt die Bedienung.

»Latte macchiato, bitte.«

Sie macht mir den Kaffee. Ich nehme die Tasse mit zum Fenster drüben. Blondie steht immer noch da, beugt sich über den Stuhl von Schafsnase. Sie reden über nichts Bestimmtes, kichern.

Ich setze mich an den Nebentisch. Die beiden merken nichts. Ich rücke den Stuhl näher heran. Noch mehr Gequatsche und Gekicher. Sie reden über einen Saftsack namens Kenny.

Rundum checken, Blick auf den Typ, Blick auf das Mädchen.

Niemand merkt überhaupt, dass ich da bin, so als wäre ich ein Traum oder ein Geist. Ich mag diese Tour. Ich weiß, wo die Brieftasche steckt. Ich sehe den Abdruck von hier aus. Innentasche der Jacke, Reißverschluss geschlossen.

Noch ein letzter Blick rundum – halt. Blondie richtet sich auf. Sie schaut zu mir, aber sie sieht mich gar nicht. Sie denkt an Schafsnase, auch wenn sie in meine Richtung schaut.

Der Typ hat sich nicht mal umgedreht. Er verschlingt sie mit den Augen, als wäre sie eine Zuckerschnitte. Sie schaut ihn wieder an, beugt sich zu ihm, legt ihm eine Hand auf die Schulter.

Zwei Minuten später hab ich meinen Kaffee getrunken und bin weg. Mit einer dicken Brieftasche.

Und mit einem Problem.

Man verfolgt mich.

*

Zwar sehe ich niemanden, aber jemand ist hinter mir her. Frag mich nicht, woher ich das weiß.

Sei auf der Hut, Bigeyes.

Schafsnase ist es nicht, soviel weiß ich. Keiner aus dem Café Blue Sox, jemand anderes. Außerdem sind es mehrere. Ich spüre von mehreren Seiten Blicke auf mir. Lenk mich nicht ab. Ich muss herauskriegen, wie viele es sind.

Mindestens vier. Vielleicht noch mehr. Schwer zu sagen.

Dreh dich um, schau die Einkaufsstraße entlang.

Niemand. Jedenfalls keine gefährlichen Typen. Scharenweise Leute, aber alle harmlos.

Geh weiter.

Zwei Männer. Große haarige Kerle, scheinen von einer Baustelle zu kommen. Aber die sind es nicht. Ein weiterer Typ kommt aus der anderen Richtung, aber der rennt nur zum Bus.

Die Luft ist immer noch nicht rein, das spüre ich. Wo lang? Links oder rechts? Tut nichts, ich entscheide ja. Nach links, die Crowstone Road hinunter, bis zum Ende der Fußgängerzone.

Geh einfach immer weiter.

Immer noch kein gutes Gefühl. Es müssen mehr als vier sein. Ich spüre mindestens fünf in der Nähe, vielleicht noch mehr.

Einmal rundum checken.

Geh weiter. Ende der Fußgängerzone, jetzt in die Gasse, schnell durch zum Meadway Drive Richtung Kanal. Aber bloß nicht laufen. Sonst denken die, ich hätte Schiss. Nur zügig weitergehen. Auch hier sind immer noch Leute unterwegs, aber es werden deutlich weniger.

Der Kanal liegt still da, kein Mensch auf dem Treidelpfad. Keine gute Gegend, um sich zu verdrücken, aber ich kann vielleicht die Abkürzung über die Brücke nehmen und meine Verfolger am Industriegebiet abschütteln.

Das war ein Fehler. Ich weiß es, kaum bin ich runter zum Treidelpfad. Drei Gestalten vor mir. Trixi und zwei Ischen. Wenn sie von Anfang an dabei gewesen sind, müssen sie vorausgerannt und über den Zaun geklettert sein. Wo sind die anderen?

Schau dich um.

Drei andere schneiden mir den Rückzug ab.

Scheiße, das sieht schlecht aus. Sage keiner, Mädchenbanden wären nicht so hart wie Jungenbanden: Sie sind sogar noch schlimmer. Sie kämpfen ohne Regeln. Und ich habe keine Waffe dabei.

Trixi verhöhnt mich.

»Hey, Slicky!«

Sie kommen näher. Ich schaue mich um. Kanal auf der Rechten, Zaun auf der Linken. Es hilft nichts. Ich spurte zum Zaun.

Aber sie schnappen mich mühelos.

Gegen sechs von ihnen hat man keine Chance. Selbst mit einer würde ich es nicht gern aufnehmen. Nicht mit dieser Sorte. Jungenbanden sind da anders, bei denen gibt es immer ein oder zwei Weicheier, mit denen man leicht fertig wird. Nicht so bei Mädchen. Die nehmen nur auf, wer sich bewährt und schon was auf dem Kerbholz hat.

»Bringt ihn her!«, befiehlt Trixi.

Sie schleppen mich zu Trixi und werfen mich auf den Treidelpfad.

»Du Blödmann«, sagt sie und schaut von oben auf mich herab.

»Trix. Lass mich in Ruhe.«

»Was hast du vorhin abgefasst?«

»Nichts.«

Ich schaue in ihre Gesichter. Augen wie aus Glas, Herzen aus Stein. Ich mag gar nicht wissen, was sie alles bei sich haben.

»Ich hab nichts, Trix.«

»Du dummes, dummes Kind.«

Jetzt nichts erwidern. Soll sie mich ruhig Kind nennen. Sie ist älter als ich. Alle sind über sechzehn. Da darf sie mich Kind nennen.

»Dummes Kind«, wiederholt sie.

»Ich habe nichts mitgehen lassen, Trix.«

»Keine Brieftasche?«

»Nein.«

Sie tritt mir in die Rippen.

»Au!«

»Wirklich keine Brieftasche?«

Weiter zu leugnen hat keinen Wert. Sie werden mir sowieso alles abknöpfen.

»Hör mal, Trixi, ich –«

»Schaut in seinen Taschen nach«, kommandiert sie.

Sie filzen mich, bringen alles ans Licht.

»Da schau mal an«, sagt Trixi. Sie hält Schafsnases Brieftasche hoch. »Was hat er noch so bei sich?«

»Noch eine Brieftasche«, sagt Sash.

»Und da ist noch eine«, verkündet Tammy.

»Fleißiger Junge«, höhnt Trixi.

»Trix, hör mal –«

»Nehmt ihn in die Mangel«, lautet Trixis Anweisung.

Und die fünf tun, was man ihnen sagt. Trix beteiligt sich nicht, Gott sei Dank. Sie ist die schlimmste. Aber auch so ist es schlimm genug. Sie schlagen mich nach Strich und Faden zusammen, dann treten sie keuchend einen Schritt zurück. Ich liege auf dem Treidelpfad und wünsche mir nichts mehr, als dass sie mich in Ruhe lassen. Ich fühle, dass mein Gesicht zerkratzt ist, ich habe Blut im Mund und alle Knochen tun mir weh.

Jetzt tritt Trixi an mich heran und blickt auf mich herab.

»Das ist noch nicht alles«, sagt sie.

Ich mache mich auf einen Tritt gegen den Kopf gefasst. Doch ich täusche mich.

»Fertigmachen«, befiehlt sie den Mädchen.

Und sie umzingeln mich wieder. Ich igele mich ein. Keine Ahnung, was »fertigmachen« in dieser Lage meint, auf jeden Fall nur Schlimmes. Sie drehen mir die Arme auf den Rücken. Ich winde mich aus ihrem Griff und igele mich wieder ein. Trixi tritt mir in den Hintern.

»Au!«

»Du machst es nur noch schlimmer«, sagt sie und dann nochmals der Befehl an die Mädchen: »Fertigmachen.«

Wieder drehen sie mir die Arme auf den Rücken, und jetzt begreife ich, was sie vorhaben.

»Bitte nicht«, flehe ich.

Sie hören nicht. Sie ziehen mir die Kleider aus. Erst die Jacke, dann den Pullover, das Hemd, die Schuhe, Strümpfe, Hosen. Mir bleibt nur noch die Unterhose.

»Bitte.« Ich schaue zu ihnen auf.

Sie lassen sich nicht erweichen. Auch die Unterhose ziehen sie mir aus. Jetzt bin ich nackt. Sie treten wieder einen Schritt zurück und ich igele mich ein. Am liebsten würde ich losheulen.

Heul nicht, bloß das nicht.

Noch immer stehen sie um mich herum und glotzen.

»Trix, bitte –«

»Halt's Maul.«

»Trix!«

»Maul halten, hab ich gesagt.« Sie schaut mich verächtlich an, auch Vergnügen ist dabei, keine Frage. Ich ziehe die Knie an bis zum Kinn, zitternd und vor Kälte bibbernd und gegen die Tränen ankämpfend.

Heul nicht, verdammt noch mal.

»Ich kann dich gar nicht richtig sehen«, sagt sie leise.

Ich erwidere nichts, traue mich nicht zu sprechen. Trixi wirft den anderen Mädchen einen Blick zu und nickt wortlos. Die anderen wenden sich wieder mir zu.

»Nein!«, schreie ich.

Wieder nehmen sie mich bei den Armen, verdrehen sie, strecken mich aus, drücken mich auf den Boden.

Heul nicht, verdammt noch mal.

Trixi schaut mich von oben bis unten an.

»Ach du liebe Güte«, sagt sie. »Das ist aber eine Enttäuschung.«

Heul nicht.

Jetzt beschwöre ich mich selbst. Beschwöre mich, nicht zu heulen.

Sie zückt ein Messer und lässt es aufschnappen.

»Nein!«, schreie ich. »Tu's nicht!«

Sie lacht und mit ihr auch die anderen Mädchen. Sie beugt sich zu mir herab und spielt mit dem Messer.

»Was soll ich nicht tun?«, erkundigt sie sich kalt.

Jetzt kommen die Tränen. Sie kommen so heftig, dass Trixis Gesicht vor meinen Augen verschwimmt. Ich sehe nur noch den Schimmer der Klinge. Mein zerkratztes Gesicht schmerzt unter den salzigen Tränen.

»Nein, bitte nicht«, flüstere ich.

Ich heule jetzt wie ein Kind, das zu seiner Mama will. Irgendwie sehe ich auch klarer. Ich sehe, wie Trixi die Klinge an mein Gesicht führt, dann langsam den

Körper hinunter, keinen Daumenbreit von der Haut entfernt.

Wieder sehe ich vor Tränen nichts mehr, dann löst sich die Spannung in Armen und Beinen. Die Mädchen lachen, Stoff wird aufgerissen. Ich wische mir mit dem Handrücken die Augen aus und schaue hin.

Das Messer versieht seinen Dienst, aber nicht an mir. Trixi trennt meine Kleider auf. Ich bleibe stumm, bewege mich nicht. Wozu auch. Die Mädchen tun, was sie wollen. Sie haben alle Messer und gehen damit auf meine Kleider los, Hose, Hemd, Jacke, alles, sogar die Unterhosen.

Die Schuhe werfen sie in den Kanal, dann die zerfetzten Kleider hinterher. Trixi schaut mich lächelnd an.

»Man sieht sich«, sagt sie.

Und dann gehen sie.

Ja, stimmt. Ich weiß, was du jetzt denkst. Du denkst, dass ich gelogen habe. Erstens als ich sagte, das Leben ist unproblematisch, und zweitens, als ich sagte, ich brauche niemanden.

Aber ich habe ja schon zugegeben, dass ich lüge. Das kannst du nicht abstreiten. Also schau mich nicht so an.

Scheiße, ich friere.

Ich muss ein paar Klamotten finden und einen Platz zum Aufwärmen. Aber zuerst die Klamotten. Steh auf, komm schon. Verdammt, ich schwanke ja.

Schau mich nicht so an, Bigeyes. Sieh zu, dass du ein paar von meinen Klamotten retten kannst. Nein, lass. Es hat keinen Zweck, die sind sowieso kaputt. Mach was anderes, keine Ahnung. Vielleicht findest du etwas, was ich als Ersatz benutzen kann. Eine Decke oder alte Zeitungen.

Ich weiß, wir sind weit ab vom Schuss. Hier gibt es nicht viel, nur den Kanal, den Treidelpfad, Sträucher und den Zaun.

Geh. Geh einfach los. Aber nicht zurück ins Stadtzentrum, geh ins Industriegebiet. Vielleicht hat dort jemand eine Jacke oder sonst etwas für dich übrig.

Geh, geh.

Mir tut alles weh. Diese Tussis wissen genau, wo es wehtut. Und ich heule wieder. Wenn ich doch damit aufhören könnte. Du dachtest, ich bin nur ein Rotzjunge mit einer großen Schnauze. Ja, stimmt, ich bin kackfrech, aber ich hab auch Gefühle.

Was für Leute kommen da den Treidelpfad herauf?

Joggerinnen in enger Sportkleidung. Drei insgesamt, unterhalten sich beim Laufen. Die kommen gerade richtig. So wie ich aussehe, werden sie wohl keine Angst vor mir haben. Ich rufe mal.

»Hallo!«

Sie haben mich gesehen.

»Hallo!«

Ich glaub es nicht. Die machen kehrt.

»Hallo! Warten Sie doch!«

Sie halten nicht an. Im Gegenteil, sie legen sogar einen Zahn zu.

»Ich brauche Hilfe!«

Schon sind sie weg. Sie haben sich nicht einmal umgedreht.

Geh weiter. Mir ist kalt, kalt, kalt. Mein Gott, wie ich den November hasse. Grau, Nieselwetter, niederschmetternd. Und dunkel wird es auch schon wieder. Keine Menschenseele hier, seit die Frauen weggerannt sind.

Warte, das stimmt nicht.

Da auf dem Treidelpfad ist noch eine Frau, aber keine Joggerin. Sie ist alt, weiße Haare, schlurfender Gang. Die sollte hier nicht allein unterwegs sein. Moment, da bewegt sich was in den Büschen. Etwas Schwarzes.

Ein Rottweiler. Weißhaar ist also doch nicht so unvorsichtig. Sie hat mich entdeckt. Sie kommt auf mich zu.

Geh. Schäm dich nicht. Kein Grund, dein Gerät zu bedecken. Sie hat es sowieso schon gesehen. Der Hund ist jetzt aus dem Gebüsch gekommen und rennt auf mich zu. Sie ruft ihn.

»Buffy!«

Der Hund hält an, als er ihre Stimme hört. Weißhaar kommt ebenfalls heran. Keine Spur von Nervosität wie bei den Joggerinnen von vorhin. Sie bleibt bei dem Hund stehen, bückt sich, macht eine Leine an seinem Halsband fest. Ich bin auch stehen geblieben und hüte mich, dem Rottweiler zu nahe zu kommen.

Weißhaar schaut mich an.

»Was ist denn passiert?«, fragt sie.

Klingt irisch. Ich antworte nicht, keine Ahnung, warum. Kriege kein Wort heraus.

»Dein ganzes Gesicht ist blutverschmiert«, sagt sie. »Und überall Kratzer. Was ist mit dir passiert?«

»Bin zusammengeschlagen worden.«

Die Frau schüttelt den Kopf.

»Armer Junge.«

Sie will ihren Mantel ausziehen.

»Nein«, protestiere ich.

Doch dann sage ich nichts mehr. Ich hätte nichts lieber als diesen Mantel, egal wie er aussieht, nur ein bisschen Wärme und Schutz.

»Zieh den an.«

Sie tritt an mich heran, in der einen Hand den Mantel, in der anderen Hand die Hundeleine.

»Keine Angst wegen Buffy«, beruhigt sie mich. »Sie sieht zwar gefährlich aus und wenn du mir was antun wolltest, würde sie dich in Stücke reißen. Aber wer ihr Freund ist, der hat nichts zu fürchten. Und dich hält sie schon für einen Freund.«

Das scheint zu stimmen. Der Hund kuschelt sich an mich, als wären wir alte Freunde.

Ich ziehe den Mantel an.

»Jetzt werden Sie gleich frieren«, sage ich zu ihr.

»Mach dir um mich keine Sorgen«, sagt sie. »Jetzt

wollen wir uns erst mal um dich kümmern. Komm mit.«

Sie macht kehrt und führt mich in die Richtung, aus der sie gekommen ist.

»Wohin gehen wir?«, frage ich

»Zu mir nach Hause. Gleich hinter der ersten Brücke. Nicht besonders luxuriös, aber warm, und wir können von dort die Polizei anrufen.«

»Nein!«

Ich bleibe stehen.

Sie schaut sich nach mir um.

»Wirst du von der Polizei gesucht?«

»Nein, das nicht. Aber ich mag die Bullen nicht.«

Die Frau zuckt die Schultern.

»Wir reden später über alles Weitere. Gehen wir erst einmal zu meinem Haus.«

Wir gehen schweigend weiter.

Und weißt du was, Bigeyes? Ich werde wieder nervös, keine Ahnung, warum. Ich hab keine Angst vor der Frau. Sie ist nett, dürfte um die siebzig sein, vielleicht noch etwas älter. Ein bisschen wackelig auf den Beinen.

Ich hab Angst, richtig Angst. So als ob sich etwas zusammenbrauen würde und ich weiß nicht, was. Das klingt vielleicht verrückt, aber ich vertraue meinem Instinkt und schau mich deswegen sehr genau um.

Leider friere ich so sehr, dass ich gar nicht richtig denken kann. Der Mantel ist gut, dick vor allem, auch habe ich ihn bis oben zugeknöpft. Trotzdem zieht die kalte Luft überall herein. Der Boden unter meinen nackten Füßen ist hart. Am ganzen Körper brennt mir die Haut. Die Nasenlöcher scheinen verstopft, wahrscheinlich eingetrocknetes Blut.

Ich muss übel aussehen.

Weißhaar friert ebenfalls. Sie trägt eine ausgeleierte Strickjacke über einem alten, formlosen Kleid, das ihr bis zu den Schuhen reicht. Und doch bibbert sie.

»Tut mir leid«, sage ich.

»Weswegen denn?«

»Dass Sie meinetwegen frieren.«

Sie lächelt mich an.

»Du frierst mehr als ich und das überrascht mich nicht. Der Mantel hält nur den kalten Wind ab. Aber bald sind wir im Warmen. In zwei Minuten sind wir dort. Siehst du das Haus gleich hinter der Brücke? Da wohne ich.«

Da ist es – ein kleiner, für sich allein stehender Bungalow auf dem anderen Kanalufer.

Und weißt du, was das Komische daran ist? Ich muss da schon tausendmal vorbeigegangen sein, und auch jetzt noch, während ich mit der weißhaarigen alten Frau auf ihn zutaumele, scheint es so, als hätte ich ihn vorher nie gesehen.

Und ich habe immer noch Schiss.

Sie öffnet die Tür zum Bungalow.

»Rein mit dir«, sagt sie.

Ich will da nicht rein. Frag mich nicht, warum. Ich friere immer noch. Der Mantel hält nicht viel ab. Hier ist ein Haus und eine freundliche alte Frau, die mir Obdach bietet. Und trotzdem will ich da nicht rein.

»Los«, drängt sie. »Du musst dich aufwärmen.«

Ich rühre mich immer noch nicht.

Sie beobachtet mich. Sie ist entweder verwirrt oder verärgert, keine Ahnung.

»Also ich gehe jetzt rein«, sagt sie, »und lasse die Tür offen. Du kannst nachkommen, wenn du willst. Wenn du es dir aber anders überlegst, dann lass bitte den Mantel auf der Schwelle. Das ist nämlich das einzig wirklich warme Kleidungsstück, das ich für kaltes Wetter habe.«

Und sie geht hinein.

Buffy ist schon vorgeprescht. Keine Ahnung, wohin sie verschwunden ist, aber ich kann sie in einem der Zimmer herumtollen hören.

Weißhaar steht im Flur und hat sich nicht einmal nach mir umgedreht.

Drinnen sieht es eng aus, wenig Möbel und die auch noch ziemlich ramponiert. Der Teppich ist zerschlissen, überall Löcher, durch die man die Dielenbretter sieht.

Ich stehe immer noch vor der Tür und komme mir blöd vor. Weißhaar soll sich umdrehen, warum, weiß ich nicht. Doch sie geht weiter bis zum Ende des Flurs.

Schließlich gehe ich doch rein und mache die Tür hinter mir zu. Ich fühle mich aber nicht besser. Mir ist wärmer, aber erleichtert bin ich nicht. Im Haus riecht es muffig, so als würde sie nie sauber machen oder gar nicht hier wohnen. Was es genau ist, weiß ich nicht.

Und mir kommen Erinnerungen. Ich bin schon einmal in so einem Haus gewesen.

Quäl mich nicht mit Fragen, ich sage es dir sowieso nicht.

Buffy kommt zurück mit einem alten Schuh im Maul. Das soll wohl ein Willkommensgeschenk sein.

»Nein danke.«

Sie lässt den Schuh zu meinen Füßen fallen.

»Nein danke.«

Ich habe immer noch so ein komisches Gefühl. Am liebsten würde ich mich sofort umdrehen und wegrennen. Ich mag diese Erinnerungen nicht.

Weißhaar verschwindet in einem Seitenzimmer. Ich höre Geräusche, Schubladen werden aufgemacht. Buffy stubst mit dem Kopf gegen mein nacktes Bein. Ich schiebe sie weg. Sie macht es wieder, offenbar will sie mit mir spielen.

Noch mehr Erinnerungen. Ich mag dieses Haus nicht. Ich habe ein flaues Gefühl, ich zittere. Ohne Klamotten kann ich nicht raus und hierbleiben will ich auch nicht. Das ganze Haus ist mir unheimlich. Jetzt kommt Weißhaar wieder, ein Kleiderbündel über dem Arm.

»Hier«, sagt sie. »Ich weiß nicht, ob dir das passt. Buffy, geh aus dem Weg.«

Sie macht die Tür zu meiner Rechten auf und ich gehe

hinein. Ein kleines Schlafzimmer, spärlich eingerichtet, muffiger Geruch wie im ganzen übrigen Haus.

»Du kannst dich hier umziehen«, sagt sie. »Probier die Sachen an. Sie haben mal meinem Enkel gehört.«

Ich werde ihr nicht sagen, dass sie lügt. Wozu auch? Aber sie lügt, das weiß ich instinktiv. Ich merke sofort, wenn mich einer verarschen will.

Frag mich nicht, woher ich das weiß.

Aber ich mache deswegen keinen Wirbel. Ich brauche Klamotten und das hier sind welche. Scheißklamotten und wahrscheinlich nicht meine Größe, aber besser als gar keine.

Sie drückt mir das Kleiderbündel in die Arme und macht einfach die Tür hinter sich zu.

Wie sich herausstellt, sind die Klamotten gar nicht so schlecht. Ein bisschen weit und wirklich nicht mein Stil, aber gut genug, um damit nach draußen zu gehen. Es klopft an der Tür, dann Weißhaars Stimme.

»Darf man gucken?«

Ich mache die Tür auf.

»Wie passen sie?«, fragt Weißhaar.

Sie schaut mich prüfend an, Buffy neben ihr schlägt mit dem Schwanz auf den Dielenboden.

»Der Pullover steht dir gut«, meint sie. »Vielleicht ein bisschen lang, aber das ist besser als zu kurz. Ich geb dir noch einen Gürtel, dann kommst du auch mit den Hosen besser zurecht. Später suchen wir dir noch ein paar Schuhe aus. Aber jetzt müssen wir deine Eltern verständigen.«

Und wieder dieses Schweigen zwischen uns.

Buffy merkt es sofort und hört auf, mit dem Schwanz zu schlagen. Weißhaar beobachtet mich genau. Jetzt sehe ich zum ersten Mal, dass sie grüne Augen hat. Ihre Augen sind freundlich, aber ich traue ihr nicht mehr.

»Warum vertraust du mir nicht?«, fragt sie.

Sie spricht meine Gedanken aus. Ich gebe ihr keine Antwort. Sie lächelt mich an. Aber ich traue auch ihrem Lächeln nicht mehr.

»Vertraust du mir nicht, weil du allgemein kein Vertrauen in andere Menschen hast?«

»Sind Sie etwa eine Psychotante?«

Sie erwidert darauf nichts, sondern zuckt nur die Schultern.

»Wo wohnst du?«, fragt sie schließlich. »Ich kann dir ein Taxi bestellen, ich bezahle es dir auch.«

Darauf gebe ich keine Antwort, das geht sie alles nichts an. Und auch dir, Bigeyes, sage ich nichts mehr. Also schau mich nicht so an.

Meine Nervosität steigt mit jeder Minute. Weißhaar ist mir zu nahe gekommen.

»Gehen Sie zurück«, fauche ich sie an. »Zurück.«

Sie bleibt da stehen, wo sie ist, und schaut mich an.

»Ich heiße Mary«, sagt sie.

Ihr Stimme ist jetzt anders. Sie spricht leise, als ob sie gar nicht wollte, dass ich sie höre. Ich müsste schon ganz nahe bei ihr bleiben, wollte ich sie verstehen. Ich trete einen Schritt zurück.

Sie rührt sich nicht, beobachtet mich nur, und sagt dann wieder sehr leise:

»Ich komme aus Irland, aus einem kleinen Dorf im Süden.«

Als ob mich das interessieren würde, woher sie kommt. Meinetwegen kann sie vom Nordpol kommen. Sie ist nicht die, für die sie sich ausgibt, das weiß ich.

»Nennst du mir deinen Namen?«

Ihre grünen Augen gleiten über mich. Wonach sucht sie? Sie sollte mir ins Gesicht schauen.

»Ich schaue deine Hände an«, sagt sie plötzlich. »Ich sehe, dass ich dich nervös mache. Aber auch du machst mich nervös. Deshalb schaue ich nach deinen Händen.«

»Wozu denn? «

»Falls du mich angreifst.«

»Halten Sie Abstand, dann tue ich Ihnen nichts.«

Wieder tritt eine lange Pause ein. Wir starren uns gegenseitig an. Einmal schiele ich zu Buffy hinüber. Sie beobachtet mich ebenfalls, auch sie hat sich verändert. Wir sind jetzt keine Freunde mehr. Sie hat mitbekommen, dass ich gefährlich werden könnte. Wenn ich auf Mary losginge, würde sie mich in Stücke reißen.

»Wovor hast du Angst?«, fragt mich die alte Frau.

»Nicht vor Ihnen.«

»Wovor dann?«

Ich antworte nicht. Ich behalte Buffy im Auge. Das Tier ist ganz angespannt, als würde es im nächsten Augenblick losspringen und zubeißen.

»Buffy«, sagt Mary. »Ruhig.«

Ihre Stimme ist nur noch ein Flüstern. Der Hund beruhigt sich. Marys Augen sind jetzt sanft. Sanft und grün. Sie schaut mich wieder an.

»Komm, trink eine Tasse Tee mit mir«, sagt sie.

Die Küche. Ist das ein Museum oder was? Schau dir den Herd an, der kommt ja wohl aus dem Mittelalter. Mit der Beleuchtung ist es ähnlich. Mary zündet eine dicke Kerze an, setzt sie auf eine Untertasse und stellt sie auf den Tisch.

»Setz dich doch«, sagt sie.

Buffy ist ganz in der Nähe. Sie wirkt ratlos. Offenbar weiß sie nicht, ob sie mir die Hand lecken oder abbeißen soll.

Ich setze mich an den Tisch. Die Kerze flackert. Mary zündet noch eine weitere Kerze auf dem Regal an. Dann setzt sie sich ans andere Ende des Tisches. Sie hält Abstand.

Mir ist das recht. Sie schaut mich an und ich erwidere ihren Blick.

»Ja?«

»Ruhig«, sagt sie.

Ich spüre Buffys Nase an meiner Hand. Ich streichle sie, sie leckt mir die Hand. Mary lächelt.

»Sie hat wieder Vertrauen zu dir. Das ist gut. Schade, dass du uns nicht auch vertraust.«

»Ich vertraue Buffy.«

»Und warum nicht mir?«

Ich zucke die Schultern. Die Kerze auf dem Tisch geht aus.

Mary zündet sie wieder an.

»Ich weiß nichts über dich«, sagt sie, »außer dass man dich zusammengeschlagen und dir die Kleider weggenommen hat. Ich will dir helfen, sonst nichts. Ich will dich nicht hierbehalten. Nichts hindert dich daran, das Haus zu verlassen. Höchstens ein Paar Schuhe. Warte mal.«

Sie steht vom Tisch auf.

»Ich suche dir die paar Sachen zusammen, die du noch brauchst. Dann hast du keinen Grund mehr zum Bleiben, wenn du nicht willst.«

Ihr Gesicht ist wieder anders, härter. Sie geht aus der Küche, mit Buffy im Schlepptau, kommt aber gleich wieder. Sie hat ein Paar Schuhe und einen alten Mantel in der Hand.

»Da, nimm«, sagt sie und legt die Sachen auf die Türschwelle. »Oh, ich habe dir ja auch noch einen Gürtel versprochen.«

Wieder geht sie und ist kurz darauf wieder da. Sie legt einen langen schwarzen Gürtel auf den Kleiderhaufen, außerdem noch einen braunen Umschlag.

»Das ist etwas Geld für alle Fälle. Du brauchst es mir nicht zurückzugeben. Nimm es ruhig.«

Ich weiß nicht, was ich sagen, was ich davon halten soll.

»Danke«, mehr bringe ich nicht zustande.

Sie lächelt mich kurz an, dann beugt sie sich zur Kerze. Der Schein der Flamme flackert über ihr Gesicht.

»Soll ich jemanden anrufen und Bescheid geben, wo du bist?«

»Wie wollen Sie jemanden anrufen ohne ein Telefon im Haus?«

»Woher weißt du, dass ich kein Telefon im Haus habe?«

»Vom Sehen.«

»Du hast nicht alle Zimmer gesehen.«

»Ich hab durch die offenen Türen geguckt.«

»Durch alle?«

»Ja.«

»Davon hab ich nichts bemerkt.«

»Warum sollten Sie? Ich halte immer die Augen offen, mir entgeht nichts.«

Das muss ich auch, Bigeyes, verstehst du? Die Bullen hätten mich sonst zigmal verprügelt.

Sie beobachtet mich im Kerzenschein.

»Bist ein richtiger Überlebenskünstler, was?«, sagt sie.

Buffy rückt von mir ab. Die Stimmung schlägt wieder um. Ich bin wieder gefährlich, und es ist klar, auf welcher Seite Buffy steht.

Ich schaue Mary an.

»Ich habe auf dem Weg in die Küche in die Zimmer geguckt. Sie sind vorangegangen, da konnte ich unbemerkt durch die offenen Türen schauen.«

»Und da war kein Telefon?«

»Ja.«

»Was hast du noch gesehen?«

»Sachen, die nicht zu einer älteren Frau gehören.«

»Was zum Beispiel?«

»Eine Modelleisenbahn.«

»Die gehört meinem Enkel.«

»Sie haben keinen Enkel.«

»Woher weißt du das?«

»Ich weiß es eben. Ich merke immer, wenn mich jemand verarschen will.«

»Wie meinst du das?«

»Das können Sie sich doch selbst denken.«

Sie rückt von der Flamme weg, aber das Kerzenlicht spielt immer noch über ihr Gesicht. Plötzlich runzelt sie die Stirn.

»Du bist sehr schlau. Und du hast recht mit dem Telefon. Das Haus hat keinen Telefonanschluss. Aber du kannst nicht wissen, dass ich kein Handy habe.«

»Doch, das weiß ich.«

»Kannst du nicht. Du hast nicht in meine Handtasche geschaut.« Sie zuckt zusammen. »Oder etwa doch?«

Ich zögere absichtlich mit der Antwort. »Nein, ich habe nicht in Ihrer Handtasche gekramt. Das brauche ich gar nicht. Ich weiß auch so, dass Sie kein Handy haben.«

»Ist das Instinkt? Oder bist du Hellseher?«

Ihre Stimme hat jetzt einen harten Unterton.

»Nennen Sie es, wie Sie wollen«, sage ich.

Sie schaut in die Flamme. Ich rieche den Duft der beiden Kerzen. Die eine riecht nach Zitrone, die andere nach Lavendel. Sie spricht wieder.

»Warum sollte ich dir denn anbieten, jemanden anzurufen, wenn ich weiß, dass ich gar nicht die Möglichkeit dazu habe?«

Ich antworte nicht. Ich schaue Buffy an. Sie ist ganz angespannt, als wollte sie im nächsten Augenblick zubeißen. Ich muss hier weg. Irgendetwas stimmt mit dieser Oma nicht. Sie hat mir aus der Klemme geholfen, und vermutlich ist sie harmlos, aber trotzdem vertraue ich ihr nicht. Außerdem weiß ich, wo ich hingehen kann. Hier bleibe ich nicht.

»Ich wollte zur Telefonzelle gehen. Gleich unten am Treidelpfad steht eine.«

»Ich weiß.«

»Die wollte ich benutzen.«

»Die ist aber kaputt.«

»Ach.«

Sie macht ein überraschtes Gesicht und zum ersten Mal glaube ich ihr fast. Trotzdem muss ich weg. Irgendwas stimmt hier nicht. Buffy zittert, lässt mich nicht aus den Augen. Auch Mary beobachtet mich.

Ich stehe auf.

»Ich muss gehen.«

»Na gut.«

»Danke für die Kleidung.«

»Schon gut. Probier auch die anderen Sachen an.«

Ich schnalle den Gürtel um, ziehe Schuhe und die Jacke an.

»Passt alles?«, will sie wissen.

»Passt.«

Ich nehme den Umschlag in die Hand, schaue hinein. Hundert Eier.

»Sehr großzügig.«

»Kein Problem.«

»Brauche ich nicht.«

»Du kannst hundert Pfund nicht gebrauchen?«

»Ich wüsste schon, was ich damit machen würde, aber ich brauche es nicht.«

»Schwimmst du in Geld?«

»Ich muss gehen.«

»Wie du willst.«

Ich lege den Umschlag wieder auf den Tisch. Buffy fletscht die Zähne.

»Ruhig, ruhig«, sagt Mary.

Erst nach einem Moment merke ich, dass sie nicht mit dem Hund redet.

»Was meinten Sie denn, was ich tun würde?«, frage ich sie.

»Ich weiß es nicht.« Die alte Frau sieht mich eingehend an. »Deswegen habe ich auch Angst vor dir.«

Ich schaue zu Boden, schaue wieder auf.

»Sie sollen keine Angst vor mir haben.«

Sie sagt nichts. Ich gehe zur Tür, bleibe stehen. Wieder dieses Gefühl. Irgendwas stimmt nicht, aber jetzt ist es etwas anderes. Ich komme nicht darauf, was es ist. Auch Buffy ist wieder nervös und diesmal ist sie es nicht meinetwegen.

»Was ist denn?«, fragt Mary.

Ich antworte nicht, lausche angestrengt. Ich höre nur das Zischen der Kerze auf dem Regal, als Wachs herunterläuft. Sonst Stille im Haus und darum herum. Aber die Luft ist nicht rein. Ich habe das oft gefühlt und ich täusche mich nie.

»Da ist jemand draußen vor dem Haus«, sage ich.

»Wie kommst du darauf?«, fragt Mary.

Noch ehe ich antworten kann, klirrt die Scheibe des Küchenfensters, und ein Ziegelstein fliegt herein.

Draußen stehen zwei Gestalten.

Männer. Mit Schlägervisagen. Hab sie noch nie gesehen.

Buffy bellt wie verrückt. Mary ist aufgesprungen und schiebt mich in den Flur. Das braucht sie gar nicht. Ich will hier so schnell wie möglich raus.

»Lauf!«, sagt sie.

Ich renne zur Haustür. Ja, ja, ich weiß, was du denkst. Ich hätte bei ihr bleiben sollen. So ein Quatsch! Ich laufe den Flur hinunter. Noch ein Klirren in der Küche, dann ein Schatten vor der Haustür.

Halt, denk nach. Aber ich habe keine Zeit.

Die Glasscheibe der Haustür wird eingestoßen und ein dritter Typ schaut herein. Ein richtiger Brocken. Ich höre Marys Stimme hinter mir.

»Im großen Schlafzimmer, das Fenster, steig raus und lauf weg!«

Ich laufe schon an ihr vorbei. Noch mehr Geklirr aus der Küche, noch mehr zu Bruch gehende Scheiben, dann ein dumpfer Schlag gegen die Haustür. Der Kerl muss etwas Schweres gegen die Tür gerammt haben.

Buffy bellt die ganze Zeit und will losstürzen. Stimmen aus der Küche, tiefe Stimmen. Die Kerle steigen durch das Fenster ein. Hier ist das größere Schlafzimmer.

Ich halte vor der Tür und schaue zurück.

Mary steht immer noch im Flur. Sie hat sich nicht gerührt. Buffy ist jetzt ebenfalls still, bellt gar nicht mehr, wartet nur auf das, was kommen wird. Mary ruft mir zu:

»Lauf!«

Ich stürze ins Schlafzimmer, mache das Fenster auf. Draußen ist niemand zu sehen, nur der öde Garten des Bungalows und im Hintergrund der Kanal. Ich steige aus dem Fenster, falle auf den harten Erdboden, springe wieder auf und laufe zum Zaun.

Im Haus sind Stimmen zu hören, dröhnende Männerstimmen. Von Mary ist nichts zu hören, nur Buffy bellt wieder. Krach von der Frontseite des Hauses. Der Kerl muss die Haustür fast kaputt geschlagen haben.

Halt, denk nach, atme durch.

Ich weiß, ich weiß. Rede nicht dauernd auf mich ein, okay?

Ich schleiche mich behutsam zum Haus zurück. Keine Ahnung, was ich eigentlich machen will, einen Plan habe ich nicht. Nützt wahrscheinlich sowieso nichts. Was kann ich gegen diese Kerle schon ausrichten?

Aber ich kann die alte Frau nicht allein lassen. Ich weiß, sie hat mich belogen, aber sie hat mich gerettet. Sie hat mir was zum Anziehen gegeben. Ich zittere. Warum ist es jetzt so still geworden? Sogar Buffy ist still. Keine Stimmen, kein Geklirr, kein Gepolter, nichts.

Ich bin jetzt ganz nah am Fenster. Immer noch Stille.

Dann ein Schuss.

Ich erstarre, halte mich am Fenster fest. Wieder Stille, Totenstille. Drinnen, draußen, als hätte die Erde aufgehört sich zu drehen.

Dann ein weiterer Schuss.

Da laufe ich los. Über den Rasen, über den Zaun, auf die Straße und dann Richtung Industriegebiet. Nichts hält mich mehr. Schon zu viel Zeit verloren. Mir ist egal, ob das richtig oder falsch ist, was ich jetzt tue. Mary ist tot, das ist klar. Buffy wahrscheinlich auch.

Ich muss hier weg.

Schau nicht zurück, halt nicht an. Diese verdammte Straße, leer, kaputte Zäune, öde Felder auf beiden Seiten. Nirgends ein Versteck, wenn die Kerle rauskommen. Ich bin hier wie auf dem Präsentierteller. Sie wissen, dass es einen Zeugen gibt. Sie haben mich im Haus gesehen.

Aber anders komme ich hier nicht heraus. Auf keinen Fall nehme ich wieder den Weg am Kanal entlang. Das ist noch gefährlicher. Wenn ich die Fabrikhallen erreiche, bin ich erst einmal in Sicherheit.

Hundert Meter, fünfzig, zwanzig. Ich keuche, bin aber gleich am Ziel.

GJB Electronics, Großbritannien. Freut mich das, dich zu sehen. Seitlich an der Halle vorbei, über den Lkw-Parkplatz, bis zu den Mülltonnen, dann über die niedrige Mauer. Auf der anderen Seite der Mauer hinunter bis zum Reifenlager, am Schweißgerät vorbei über den Hof des Bauunternehmens.

Halt, setz dich hier an die Wand, atme durch, denk nach.

Ich kann jetzt nicht denken. Ich sehe immer noch Mary vor mir. Ich bin hart mit ihr umgesprungen. Sie hat mich zwar angelogen, aber sie hat mir geholfen, hat mir Geld angeboten. Ich hätte es behalten können. Die Joggerinnen haben Reißaus genommen, aber Mary ist stehen geblieben und hat mir geholfen.

Schau mich nicht so an. Ich fühle mich auch so schon mies genug. Du musst mich nicht auch noch so vorwurfsvoll ansehen.

Mary. Ich sehe immer noch ihre Augen, sehe den Kerzenschein auf ihrem Gesicht.

Weiter jetzt. Weiter.

Ich stehe auf. Besser fühle ich mich nicht, aber ich bin wieder auf den Beinen und weiß, was ich tun werde. Für Mary kann ich nichts mehr tun, aber diesen Kerlen kann ich vielleicht einen Strich durch die Rechnung machen. Denk nach, los, denk nach. Bring dein Gehirn auf Trab.

Auf die andere Seite des Hofes, das ist besser. In-Bewegung-sein ist gut, Denken ist gut. Über den Zaun am Ende des Grundstückes. Es wird schon dunkel. Drüben in der City ist alles erleuchtet, aber hier ist es dunkel. Die Lichter könnten genauso gut vom Mars kommen.

Da ist das Handy. Ich bete, dass es keiner kaputtgemacht hat. Von außen sieht es gut aus. Mal ausprobieren. Der Wählton kommt. Atme ruhig durch, beruhige dich, denk nach. Ich hasse es, mit den Bullen zu reden. Noch einmal durchatmen. So, jetzt.

Neun … neun … neun.

Prompte Verbindung. Eine Frauenstimme, angenehm, freundlich. Mit so jemand würde man gern reden. Aber ich schaffe es einfach nicht. Schau mich nicht so an. Ich schaffe es nicht, Punkt. Sie redet weiter, fragt mich, mit welcher Dienststelle ich verbunden werden möchte.

Ich kappe die Verbindung.

Ich muss nachdenken, ich muss allein sein und in Ruhe nachdenken. Wo, das weiß ich schon. Aber das bedeutet, dass ich dich ins Vertrauen ziehen muss.

Nun hör zu, denn ich werde dir etwas sagen, was bisher keiner weiß, und ich bin mir nicht sicher, ob ich dir vertrauen kann. Nein, anders. Ich vertraue dir nicht, kein bisschen.

Warum sollte ich auch? Ich kenne dich ja gar nicht. Ich habe dir meinen Lieblingsnamen verraten, mehr nicht. Du hängst hier nur herum. Vielleicht hast du gedacht, dass es scheiße von mir war, Mary nicht zu vertrauen. Das war nicht scheiße. Wenn du erlebt hättest, was ich in vierzehn Jahren alles durchgemacht habe, dann wärst du auch misstrauisch. Und du hättest genauso wenig Lust, mit Bullen am Telefon zu reden.

Woher weiß ich denn, dass du mich nicht reinlegst? Ich riskiere es mal mit dir. Heute Abend brauche ich jemanden, der mir zuhört. Aber was ich dir sage, das behältst du für dich, abgemacht? Gut, also Folgendes.

Die meisten Straßenkids wie ich machen es nicht lange. Eine Weile pennen sie draußen, frieren sich den Arsch ab und ehe sie's richtig merken, hängen sie an der Nadel und gehen vor die Hunde. Oder sie werden von den Bullen fertiggemacht, und wenn nicht die, dann kommen andere Typen und nutzen sie aus, verstehst du, was ich meine?

Oder sie sind gleich tot.

Oder sie gehen heim zu Mama.

Bei mir ist das anders. Warum? Ich hab dir gesagt, dass ich anders bin. Ich muss nicht oft draußen pennen. Fünf von sieben Nächten in der Woche mache ich es mir irgendwo gemütlich und keiner kriegt mich dran. Denn keiner weiß, dass ich überhaupt da gewesen bin.

Wie ich das mache? Ganz einfach. Einfach und clever zugleich.

Erstens mal musst du die Stadt kennen. Dieser Lady muss man auf die Schliche kommen. Sie ist schwierig, sie ändert sich ständig. Mal ist sie eine Königin, mal eine Hyäne. Und sie ist groß, richtig groß.

Das kann was Gutes haben, aber auch was Schreckliches. Alles hängt von ihrer Stimmung ab. Sie liebt dich und im nächsten Augenblick will sie dir den Kopf abbeißen. Ich mag sie nicht immer, aber ich habe Respekt vor ihr. Vor allem aber kenne ich sie.

Ich kenne sie wie kein Zweiter. Ich habe dir schon früher einmal gesagt, dass ich Dinge sehe, die sonst niemand sieht. Und manchmal hat es den Anschein, als ob ich alles sehe, was passiert.

Du grinst mich an.

Tu nicht so, ich sehe, dass du grinst. Lass das, ich sage die Wahrheit. Ich sehe, was andere nicht sehen, weil ich die Stadt kenne und weil ich die Augen offen halte. Die Augen offen halten, davon hängt alles. Man muss sich die Zeit nehmen, genau zu beobachten.

Hat mich Jahre gekostet, das zu lernen. Als ich noch klein war – so richtig klein und noch in den Fängen der anderen – konnte ich es noch nicht. Ich konnte mich nicht frei bewegen, selbst wenn ich mich losriss, drehte ich mich wie ein Kreisel.

Aber wie gesagt, ich hab immer die Augen offen und ich lerne rasch. Das Erste, was ich gelernt habe, ist, die Augen aufzumachen. Ich habe die Stadt beobachtet, Tag und Nacht, so wie jetzt auch. Man muss die Augen immer offen halten, dann entgeht einem nichts. Wenn du mal nicht hinschaust, dann tappst du in die Falle.

Immer einen Schritt voraus sein, das ist alles.

Das Erste, was mir auffiel, als ich mit dem Beobachten anfing, war, wie viele Leute gar nicht in ihren Häusern wohnen. Sicher, die meisten sind daheim, ich weiß, aber die interessieren mich nicht. Mich interessieren die anderen. Um ihnen auf die Spur zu kommen, muss man Geduld haben.

Aber es lohnt sich. Wenn man nur lange genug beobachtet, findet man heraus, dass es in der ganzen Stadt viele menschenleere, gemütliche Häuser gibt. In den meisten Nächten habe ich die Qual der Wahl. Manchmal, zugegeben, findet man keines und dann muss ich wie die anderen draußen pennen.

Aber das ist die Ausnahme. Heute Abend kann ich dir gleich drei Adressen nennen. Wir suchen uns die beste aus.

Komm mit und ich zeige dir ein bisschen von meiner Welt. Nur ein bisschen, bilde dir nichts ein. Aber ich muss heute Abend reden. Ich muss erst einmal wieder ein klares Bild kriegen. In meinem Kopf ist noch alles durcheinander.

Zuerst die Sache mit Trixi, dann Mary und der verrückte Hund. Bleib heute Abend einfach etwas länger bei mir.

Aber schleich nicht hinter mir her. Ich kann nicht reden, wenn du hinter mir bist. Gut. Siehst du das Licht dort drüben? Auf der anderen Seite der Mauer? Das ist eine Imbissbude. Der Typ, der sie zusammen mit seinem Sohn führt, heißt Abdel. Schau, da rechts, das ist der Eingang zum Park. Da gehen wir lang.

Nicht in die City, nein, die lassen wir mal links liegen. Wir gehen Richtung Außenbezirke.

Gehen, gehen, gehen.

Gehen hilft beim Denken, und wenn du nicht denken willst, hilft es auch. Manchmal gehe ich fünfzig Kilometer am Tag.

Gehen, um zu denken, gehen, um zu vergessen. Klappt nicht immer, aber es kann schon dabei helfen.

Da ist eine Mauer. Warum einen langen Umweg machen? Steig drüber, lass dich auf der anderen Seite herab, schau nach rechts und nach links. Jugendbanden benutzen den Park auch. Trixi und ihre Leute hängen manchmal hier rum, auch andere Typen. Also halte die Augen offen.

Geh weiter. In den Park, zwischen den Bäumen hindurch, über das Fußballfeld.

Pass auf. So bleibst du am Leben. Ich weiß, Trixi hat mich vorhin erwischt, aber das soll dir eine Warnung sein. Wenn es mich erwischen kann, dann kann es jeden erwischen.

Also Augen auf. Trixi ist hier nicht die erste Sorge.

Geh weiter. Überquere das Fußballfeld und verlass den Park durch die andere Pforte. Siehst du die Lichter da auf der Linken? Die City ist hellwach. Sie steht unter Strom. Spürst du das? Sie ist schön, wenn man sie von außen betrachtet. Das Gehen hat mir gutgetan.

Nicht wirklich. Ich sehe immer noch Marys Gesicht vor mir.

Ich muss mich irgendwo mal richtig ausruhen, und zwar bald. Nun ist es nicht mehr weit.

Vorbei an den Schrebergärten, an der Tankstelle. Noch mehr Schrebergärten. Nur noch hier und da ein Haus. Bleib am Straßenrand, bleib nah an den Vorgärten.

Geh behutsam. Wir können hier nicht untertauchen, wenn uns jemand sieht. Wir nehmen eines von den Häusern. Die meisten werden von Gruftis bewohnt, die Vorhänge sind zugezogen. Noch ein paar Schritte und …

Willkommen daheim.

Mach jetzt alles genauso wie ich. Halt die Augen offen und mach vor allem keine Geräusche. Wenn du mich verrätst, ist es aus mit uns. Vermiese mir eine von meinen Hütten und wir sind geschiedene Leute.

Gut, immer schön ruhig. Jede Hütte ist anders, aber die Regeln sind immer dieselben. Du gehst ungesehen rein, du bleibst ungesehen, solange du drin bist, und du lässt dich nicht sehen, wenn du wieder weggehst. Keiner, wirklich keiner, weiß, dass du hier gewesen bist. Am allerwenigsten die Eigentümer. Also halt die Augen offen, mach's wie ich und lerne daraus.

Erstens gehen wir bei solchen Hütten immer von hinten rein. Hier wohnt ein altes Ehepaar. Schrullige Alte. Sie ist einundsechzig, er zweiundsiebzig. Ich habe sie über ein Jahr lang beobachtet, ehe ich mich entschlossen habe, ihre Hütte zu benutzen. Wie ich schon sagte, du musst immer die Augen offen halten. Ich beobachte viele Häuser und viele Leute gleichzeitig. So kriege ich mit, was läuft.

Die besten Hüttenbesitzer sind die, die nicht so wie ich sind. Ich merke alles, sie merken überhaupt nichts. Nimm zum Beispiel die Gruftis, die hier wohnen. Ich kenne ihre Namen, ihren Geburtstag, ihre Hobbys, ihre Geschichten. Ich kenne auch die Namen und Adressen ihrer Angehörigen und Freunde, den Handwerker, der die Klempnerarbeiten für sie macht, die Lebensmittel, die sie gern mögen.

Was wissen sie über mich?

Nichts. Sie wissen nicht mal, dass es mich gibt. Und sie wissen nicht, dass ich im letzten halben Jahr mehr als zehnmal in ihrer Hütte übernachtet habe.

Woher weiß ich das alles über sie? Leichte Frage. Ich reime es mir aus den Sachen zusammen, die sie bei sich daheim herumliegen lassen. Alles ist für dich da, und sie erfahren nie, dass du alles weißt, solange du peinlich genau darauf achtest, dass alles – aber wirklich alles – so ist, wie es war, als du reingekommen bist.

Du kannst ruhig Sachen benutzen, aber leg alles wieder an seinen Platz.

Wie gesagt, die besten Hütten sind die, wo die Besitzer keine Augen im Kopf haben. Ich könnte hier zum Beispiel Sachen verschieben, und die alten Leutchen würden es nicht bemerken, wenn sie nach Hause kommen.

Aber das Risiko gehe ich nicht ein. Ich bin vorsichtig. Ich bin ein Profi in diesen Dingen, deshalb bin ich immer noch hier und deshalb habe ich alles im Griff.

Gut, also durch die Hintertür. Siehst du den niedrigen Schuppen da hinten im Garten? Den benutzen sie kaum. Ein paar Spaten und ein Rasenmäher stehen da drin, sonst nur Krimskrams. Komm mit hinter den Schuppen, ich zeige dir was.

Siehst du den ollen Stein da? Heb ihn auf.

Voilà! Das ist der Schlüssel für den Hintereingang. Genauer gesagt, ein nachgemachter. Die Leutchen sind schon nett. Wenn sie zu Hause sind, schließen sie die Hintertür nicht ab und lassen den Schlüssel stecken. Dann sitzen sie vorn im Wohnzimmer und schauen fern.

Wenn sie die Familie ihres Sohnes übers Wochenende besuchen gehen, schließen sie die Hintertür ab und legen den Schlüssel in eine Schublade in der Küche. Als ich herausgefunden hatte, wohin sie jeden Freitag fahren, habe ich mir einen zweiten Schlüssel nachmachen lassen.

Nette alte Leutchen. Nach denen kann man die Uhr stellen. Das Taxi holt sie jeden Freitag um zehn Uhr morgens ab. Immer dasselbe Taxiunternehmen, meist auch derselbe Fahrer. Er steigt aus und verstaut ihre Koffer im Kofferraum.

Oma fragt: »Na, wie geht's?«, und dann plaudern sie ein bisschen miteinander, während Opa mühsam ins Taxi klettert. Jeder mit ein bisschen Geduld und halbwegs guten Ohren findet heraus, dass sie zum Bahnhof fahren, das Wochenende bei ihrem Sohn bleiben und erst Sonntag wieder heimkommen.

Wenn der Taxifahrer ein Gauner wäre, gäbe es eine unangenehme Überraschung, nicht nur für die alten Leutchen, sondern auch für mich. Aber er ist keiner, also wird wohl alles glattgehen. Jetzt komm rein, aber halte dich rechts. Du musst dich außerhalb der Sichtlinie der Nachbarn halten. Bleib auf dieser Seite des Weges, dann sehen sie dich nicht. Und mach keine Geräusche und stoße nirgends an.

Los geht's.

Steckt der Schlüssel in der Hintertür? Geht die Tür auf? Früher hat sie leise gequietscht, aber ich habe beim letzten Mal die Türangeln geölt. Mach die Tür zu und sperr ab. Zieh den Schlüssel ab.

Verhalte dich still, horch. Prüfe, ob die Luft rein ist. Hier sollten wir keine Probleme haben. Bei anderen Hütten muss man klingeln, um sicherzugehen, dass die Leute wirklich nicht zu Hause sind. Das darfst du hier nicht machen, auf der Stufe vor der Haustür könnten dich die Nachbarn sehen.

Aber hier ist alles in Ordnung. Ich kenne die Anzeichen. Schlüssel steckt nicht in der Hintertür, er liegt in der Schublade in der Küche, wie ich dir schon sagte. Die Vorhänge im Wohnzimmer sind zurückgezogen. Im Haus sind keine Lichter an. Alles ruhig. Sie sind nicht daheim.

Trotzdem schauen wir erst in jedes Zimmer. Mach das immer so. Erst alles durchchecken.

Gut, jetzt Schuhe aus. Stell sie hinter den Wäschetrockner, damit sie keiner sieht. Geh langsam. Regel Nummer eins: im Dunkeln nie schnell gehen. Regel Nummer zwei: Schalte nichts ein, vor allem nicht das Licht, außer ich sage, dass die Luft rein ist.

Manchmal kann man das ruhig machen. Jede Hütte ist anders. In manchen kannst du ruhig das Licht anmachen, Radio hören, fernsehen und so. Manchmal kannst du duschen oder ein Bad nehmen, du kannst kochen, was du willst. Solange du nachher immer alles sauber machst, sodass es aussieht wie vorher, wird keiner etwas merken.

Hier dagegen kannst du dir nicht so viel erlauben. Alle Zimmer bis auf eines haben Fenster, da würden die Nachbarn von draußen gleich das Licht sehen. Gleiches gilt für Geräusche, du musst hier wirklich vorsichtig sein. Nebenan würde man hören, wenn du ein Gerät zu laut stellst.

Aber dafür komme ich auch gar nicht hierher. Nicht in diese Hütte. Wir können nachher schon mal das Radio ganz leise anstellen, vielleicht bringen sie in den Nachrichten etwas über Mary. Nur deswegen möchte ich das Radio anmachen. Wie gesagt, in diese Hütte komme ich nicht zum Radiohören oder Fernsehen.

Hierher komme ich zum Lesen.

Denn diese alten Leutchen fahren auf Bücher ab.

Früher mochte ich Bücher ja nicht sonderlich, aber jetzt stehe ich drauf. Wenn ich ganz von der Rolle bin, beruhigen mich Bücher manchmal wieder. Nicht immer. Wenn mich Erinnerungen verfolgen, dann hilft gar nichts. Aber ich mag Bücher und die beiden Alten haben Hunderte.

Komm. Wir schauen zuerst im Erdgeschoss nach dem Rechten.

Hübsch eingerichtet ist es hier und dunkel. Ich mag die Dunkelheit. Man kann sich in sie einhüllen wie in eine warme Decke. Und oben wartet ein noch wärmeres Bett auf mich.

Hier unten ist alles in Ordnung. Siehst du die Bücher? Wann hast du schon einmal so viele an einem Ort gesehen? Die können sie unmöglich alle gelesen haben.

Wieder zurück in den Flur. Vorsicht mit den Bildern. Reiß sie nicht im Vorbeigehen runter.

Die Treppe hoch. Tritt leise auf, nur für den Fall.

Halt oben an und schau dich um.

Noch mehr Bücher. Die Regale biegen sich unter den Büchern. Auch in den oberen Zimmern sind überall Bücher, sogar im Badezimmer. Schau dir das hier mal an. Ich habe drin geschmökert, als ich das letzte Mal hier war.

Der Übermensch und der Wille zur Macht.

Zuerst dachte ich, ein Comic, aber da sind keine Bilder drin. Im ganzen Buch geht es um einen Typ namens Nietzsche. Na egal, probier mal das hier.

Die Schatzinsel.

Das nenne ich eine Geschichte. Ich habe es mindestens sechsmal gelesen. Immer wenn ich hierherkomme, lese ich ein ganzes Buch, von vorn bis hinten, jedes Wort. Ich lese schnell. In einer Nacht schaffe ich ein Buch. In anderen Hütten gibt es auch Bücher und da brauche ich nicht im Dunkeln zu lesen.

Mir macht das aber nichts aus.

Wenn ich nur die Wörter erkennen kann, lese ich.

Beim letzten Mal habe ich *Die Schatzinsel* nicht zu Ende gelesen, weil ich zu müde war, ich musste schlafen. Ich bin nur bis zu der Stelle gekommen, wo Jim Hawkins sich in einer Apfeltonne versteckt hält und die Piraten bei ihren Plänen belauscht, bis Long John Silver zu einem der Kerle sagt: »Hol mir mal einen Apfel«, und in dem Augenblick …

Psst!

Keinen Mucks, Bigeyes.

Da ist jemand an der Hintertür.

Still. Bleib hinter mir im Treppenflur. Ich schau mal die Treppe runter.

Niemand. Ich kann bis hinunter zur Hintertür sehen.

Aber da draußen ist jemand. Frag mich nicht, woher ich das weiß.

Psst!

Schritte im Garten, ein Schatten nähert sich der Tür. Hält an. Jetzt erkenne ich ihn. Das ist der Typ, den ich vor Marys Haustür gesehen habe. Eine hässliche Visage. Von hier aus kann ich ihn besser sehen als gestern aus der Nähe bei Mary. Mich kann er im Treppenflur nicht erkennen, ich bin im Schatten.

Aber er schaut ja gar nicht her, er schaut auf die Tür, bückt sich, fummelt an etwas herum. Scheiße, er ist dabei, das Schloss zu knacken.

Schnell – und keinen Mucks.

Den Flur runter, mach dort die kleine Tür auf. Da führt eine weitere Treppe nach oben. Halt! Da klappert was. Hörst du's? Ich höre es. Er ist noch nicht im Haus, aber bald. Oben an der Treppe ist eine Tür.

Dahinter ist die Rumpelkammer.

Ein anderes Versteck gibt es nicht. Kriech in einen großen Pappkarton. Nicht in die Kisten, das wäre zu auffällig. Nimm den Karton in der Ecke.

Unten ist nichts zu hören.

Das ist noch gefährlicher. Wir sind ganz oben im Haus. Geräusche von unten hört man hier nicht. Vielleicht ist er schon drin, vielleicht auch nicht.

Horch.

Stille, tiefe Stille.

Ich weiß, dass er jetzt drin ist.

Wir müssen leise sein.

Steig in den Karton, vorsichtig, vorsichtig. Und jetzt den Deckel drauf.

Halte den Atem an.

Warte und horch.

Kein Laut da unten, kein Flüstern, nichts. Aber er ist drin. Das weiß ich. Er ist im Haus und sucht mich. Das kann kein Zufall sein. Ich sehe noch den Kerl durch Marys kaputte Haustür. Und er sieht mich. Er und die anderen Typen brechen ein und erschießen Mary. Dann sehen sie mich wegrennen.

Ein Zeuge.

Der Kerl sieht, in welche Richtung ich laufe und verfolgt mich. Wahrscheinlich sind seine beiden Kumpel ebenfalls dabei gewesen. Ich habe sie auf dem Weg hierher nicht bemerkt.

Wir sitzen in der Scheiße, Bigeyes.

Doch, ich sag's dir. Wir sitzen in der Scheiße.

Schritte. Hörst du's? Unten im Flur.

Jetzt hören sie auf. Nein, es geht weiter. Er nimmt sich Zeit, orientiert sich, schaut in jedes Zimmer.

Kein Schimmer. Er benutzt nicht seine Taschenlampe, noch nicht. Aber hier könnte er sie einschalten. Das hier ist das einzige Zimmer ohne Fenster. Hierher komme ich immer zum Lesen und jetzt werde ich hier abgemurkst.

Wieder Stille. Was macht er? Wo ist er jetzt gerade? Ich

dachte, er wäre genau unter mir in dem Gästezimmer. Aber jetzt bin ich mir nicht mehr sicher.

Wieder Schritte. Jetzt ist er im Schlafzimmer der alten Leutchen. Er ist nicht mehr so lautlos, er weiß ja jetzt, dass die Eigentümer nicht zu Hause sind. Er weiß, entweder ist er allein im Haus oder nur er und ich.

Und beides macht ihm Freude.

Er ist zuversichtlich, das merke ich an den Geräuschen.

Fast entspannt.

Klick!

Jetzt hat er die Tür entdeckt, die Treppe dahinter führt zu dieser Kammer. Er macht die Tür auf.

Stille.

Ich höre ihn nicht, aber ich spüre ihn. Er steht unten an der Treppe und schaut hinauf. Er schaut und horcht aus dem Gefühl heraus, dass ich hier irgendwo sein muss. Gleich wird er heraufkommen, und sobald er sieht, dass es in der Rumpelkammer kein Fenster gibt, wird er den Lichtschalter betätigen oder seine Taschenlampe anschalten.

Und dann bin ich geliefert.

Schritte auf der Treppe.

Langsame, schwere Schritte, aber ihm ist das nur recht. Wenn oben niemand ist, hört ihn niemand. Und wenn ich oben bin, dann soll ich seine Schritte hören. Er will mir Angst machen.

Die Schritte halten an.

Er ist oben angekommen, atmet schwer, keucht. Er macht die Tür auf, noch zwei Schritte, drei. Halt.

Jetzt ist er in der Kammer.

Kauer dich hin, mach keine Geräusch. Ich kann nichts sehen, alles dunkel. Ich zittere. Hier ist kein Rauskommen.

Bling!

Das Licht geht an.

Ich wusste es. Stille. Er steht da und schaut in die Runde. Ich stelle mir vor, wie er den schweren Schädel bewegt. Wieder sein keuchender Atem. Das Treppensteigen hat ihn geschafft, aber es ist trotzdem zu gefährlich, um sich mit ihm anzulegen. Wenn ich an ihm vorbeischlüpfen könnte, wäre ich gerettet, aber wenn er mich packt, bin ich erledigt.

Wieder Schritte. Er kommt in meine Richtung.

Er bleibt stehen. Es rumort. Er kramt in der Kiste. Ein Knurren, Schniefen, Niesen, Wischen. Wahrscheinlich wischt er sich die Nase am Ärmel ab. Dann rumort er weiter.

Stille.

Wieder Schritte, näher kommend. Rumoren. Er durchsucht die anderen Pappkartons. Vielleicht sollte ich jetzt losrennen. Wenn er mit den Kartons zugange ist, kann ich mich an ihm vorbeidrücken und dann die Treppe runter.

Zu spät. Das Rumoren hört auf, er kommt näher.

Jetzt steht er neben meinem Karton. Er atmet schwer. Wieder muss er niesen, diesmal heftig. Er greift nach meinem Karton, versucht, den Deckel aufzumachen, da –

Ein Handyklingeln.

Er lässt los. Ich zittere. Die Laschen des Kartons sind noch nicht geöffnet, aber er hat sie einen Spaltbreit aufgerissen, sodass ich durchgucken und sein Gesicht im Profil sehen kann. Er hat sein Handy am Ohr.

»Ja, was gibt's?«

Seine Stimme ist kellertief.

Stille, dann spricht er wieder.

»Er ist nicht hier. Und bei dir, irgendwelche Hinweise?«

Wieder Stille.

»Gut«, sagt er. »Ich komme dorthin.«

Er legt auf.

Ich will mich schon abwenden. Wenn er jetzt nach unten guckt, sieht er meine Augen durch den Spalt schauen. Aber er guckt gar nicht. Er geht wieder zur Tür. Noch ein lautes Niesen, dann geht das Licht aus, Schritte treppab.

Ich höre nicht die Hintertür knarren, nur seine Schritte am Haus entlang und dann hinaus auf die Straße.

Und dann wieder Stille.

Ich springe aus dem Karton, rase die Treppe hinunter, gehe ins Schlafzimmer und gleich ans Fenster.

Da geht er die Straße hinunter, ohne sich umzuschauen, ohne auf die anderen Häuser zu achten. Er spricht wieder in sein Handy. Ich beobachte ihn die ganze Zeit über. Keine Spur von den anderen beiden Typen, keine anderen Leute.

Deswegen mag ich ja diese Straße, weil sich hier kein Schwanz blicken lässt.

Aber jetzt fühle ich mich nicht mehr sicher hier.

Ich gleite an der Wand hinunter. Jetzt heißt es nachdenken, richtig nachdenken. Keine Frage, die suchen mich. Die glauben, ich hätte gesehen, wie sie Mary umgelegt haben. Außer …

Nein, das kann nicht sein. Damit kann es nichts zu tun haben. Bestimmt nicht …

Die Sache ist nämlich die, Bigeyes, davon habe ich dir noch nichts erzählt. Es gibt noch andere Leute, die mich suchen. Frag nicht, warum. Glaub mir einfach, dass ich Feinde habe. Und nicht wegen Kinkerlitzchen. Das Ganze liegt weit zurück.

Das Schlimme ist, die Leute, die mir wirklich Angst machen, zeigen sich nie. Die schicken andere vor. Die könnten mir auch diese Typen auf den Hals gehetzt haben.

Der Kerl und seine beiden Kumpel könnten hinter mir her sein, weil sie glauben, ich hätte sie mit einem Schießeisen bei Mary gesehen. Oder sie sind von dem anderen Verein geschickt worden und das wäre noch schlimmer. Das würde heißen, sie haben mich in der Stadt aufgespürt.

Das hätte ich ihnen nicht zugetraut. Keinem hätte ich das zugetraut. Ich dachte, ich könnte hierherkommen und mich tot stellen.

Drei Jahre lang ist es gut gegangen. Die ganze Zeit über bin ich unter ihrem Radar durchgeschlüpft. In der Stadt kennt mich keiner. Jedenfalls nicht richtig. Manche Leute meinen nur, mich zu kennen.

Trixi zum Beispiel glaubt mich zu kennen, weil sie mich vergangenes Jahr in ihrem Revier bei der Arbeit erwischt hat. Noch ein paar andere glauben mich zu kennen. Schließlich muss man sich mit Leuten abgeben, selbst wenn man sich tot stellt. Man muss ja Essen kaufen und so.

Trotzdem, ich bin ein Gespenst. Ich penne, wo es mir passt, ich gehe dahin, wo es mir passt, und meinen Namen suche ich mir auch aus. Selbst die Bullen haben keine Spur von mir, seit ich in der Stadt bin. Ich hatte nicht einmal mit ihnen zu tun. Gut, ich bin von früher her in ihren Akten, aber seitdem haben sie mich nicht mehr gesehen. Und so soll es bleiben.

Ich bin noch ganz durch den Wind wegen Mary. Bilder, wie sie tot daliegt, verfolgen mich. Aber ich kann hier nicht weiter herumsitzen.

Rappel dich auf. Die Routine wartet: sauber machen, essen, trinken, schlafen. Kümmer dich um dich und bleib am Leben.

Genug gezittert. Steh auf, beweg dich. Raus aus dem Schlafzimmer, im Dunkeln bis ins Badezimmer. Was hab ich gesagt, Bigeyes? Auch hier sind Bücher. Frag mich nicht, was das für eine Pflanze ist. Keine Ahnung, ist mir auch egal.

Lass das Wasser laufen.

Das Wasser tut gut. Das Gesicht brennt immer noch

wegen dem, was die Tussis mit mir gemacht haben, aber was soll's. Das Wasser ist schön kühl. Ich würde schon gern duschen, aber ich bin zu müde und außerdem fühle ich mich nicht ganz sicher hier. Vorhin war das nicht so, aber diesen Kerl in einer meiner Hütten zu sehen, macht mich kribbelig.

Trockne dir das Gesicht ab, wisch alles mit Klopapier trocken, spül es dann runter. Keine Spuren hinunterlassen. Alles muss aussehen, als wäre ich nie hier gewesen.

Ich zittere immer noch, Bigeyes. Komme einfach nicht zur Ruhe. Warum nicht?

Such dir ein Buch, das könnte dir guttun. Deswegen hört das Zittern vielleicht nicht auf, aber schaden wird es auf keinen Fall. Da ist eines, ein altes Lieblingsbuch.

Wind in den Weiden.

Das lese ich später. Jetzt erst mal was essen. Raus aus dem Badezimmer, nach unten. Achte auf die Wände, Bigeyes, ich habe es dir vorhin schon gesagt. Du darfst die Bilder nicht verrücken. Da hängt schon eines schief. Der Kerl muss vorhin dagegen gestoßen sein. Ich war das nicht.

Mach es wieder gerade, dann geh weiter.

Er hat die Hintertür nicht abgeschlossen.

Schließ ab, geh in die Küche. Da müssten jede Menge Vorräte sein. Deswegen mag ich ja diese Hütte. Die Alten halten sich an keinen Plan. Zu viele Bücher, zu viele Vorräte. Mach mal den Küchenschrank auf.

Sieh selbst.

Büchsen mit Baked Beans, so weit das Auge reicht. Was machen zwei Leutchen mit so viel Bohnen? Und schau dir die anderen Büchsen an. Weiß der Himmel, was die damit anstellen. Schau im Brotkasten nach.

Massen von Brot.

Fein, eine Dose mit Bohnen, eine Dose Mais, eine Dose Champignons, drei Scheiben Toast. Toaster anwerfen, Pfannen auf den Herd, einschalten.

Jetzt heißt es vorsichtig sein. Lampen sind nicht angeschaltet, aber das rötliche Schimmern von den Kochfeldern auf dem Herd. Wenn der Kerl jetzt draußen im Garten auf der Lauer läge, würde er es sehen. Sonst ist alles paletti, denn wir sind nicht in der Sichtlinie der Nachbarn. Trotzdem, halt die Augen auf.

Und noch ein Risiko.

Ich mach das Radio an, nur ganz leise. Ich muss wissen, ob in den Nachrichten etwas über Mary kommt. Vielleicht hat man ihre Leiche entdeckt.

»Die Nachrichten des Tages. Der Premierminister ist im Parlament heftig in die Kritik geraten wegen der Regierungspläne zu Erhöhung der …«

Nichts. Politischer Kram. Neues Medikament gegen Krebs, globale Erwärmung, irgendein Schauspieler ist gestorben. Nichts über Mary. Wende die Toastscheibe, rühr die Bohnen um, schalte das Radio aus.

Ich will jetzt nichts mehr hören.

Ich bin auf hundertachtzig. Was ist bloß mit ihr passiert?

Ich denke immer, sie liegt da tot auf dem Fußboden. Eigentlich hätte ich den Mumm haben sollen, die Bullen zu verständigen. Ich könnte es auch jetzt noch. Hier gibt es ein Telefon.

Aber ich tu's nicht, das weiß ich.

Essen, du musst essen. Teller, Messer, Gabel. Butter auf den Toast, hau rein. Riecht doch gut. Wäre so schön, wenn's Spaß machen würde. Aber ich kann nicht. Ich denke die ganze Zeit nur an Mary.

Ich kann das jetzt nicht essen, ich kriege überhaupt nichts runter. Ich kann auch nicht denken.

Räum das Essen weg, schmeiß es gleich in den Abfalleimer, ganz tief, deck es ab. Mach den Abwasch, trockne ab und stelle alles wieder an seinen Platz. Leg dich schlafen. Morgen wird alles besser. Ich weiß, was ich morgen zu tun habe. Aber erst mal schlafen. Ich muss das alles vergessen.

Die Treppe rauf, schnapp dir das Buch, lass es nicht fallen.

Wind in den Weiden.

Weißt du, welche Stelle ich lese? Die Stelle, wo Ratty und Mole im Schnee sind, und plötzlich wittert Mole seinen alten Bau. Dann gehen sie zurück und finden ihn tatsächlich. Das lese ich jetzt vor dem Einschlafen.

Aber in die Rumpelkammer gehe ich nicht.

Ich muss mich hinlegen und warm muss es sein. Ich kann auch im Dunkeln lesen. Eigentlich brauche ich nicht einmal die Wörter zu sehen, nicht bei diesem Buch, das kenne ich in- und auswendig.

Oben an der Treppe das Gästezimmer. Da schlafe ich immer, in dem alten Federbett. Ab in die Falle und ins Federbett gekuschelt. Ich erkenne gleich den Geruch wieder. Hübsch warm und dunkel hier.

Schlag das Buch auf.

Ich kann die Wörter besser erkennen, als ich dachte. Blätter kurz durch. Hier, das ist das Kapitel. *Dulce Domum.* Das ist Latein, wie ich herausgefunden habe. Weiß allerdings nicht, was es bedeutet. Das ist jedenfalls das Kapitel, wo Mole seinen alten Bau findet. Er folgt dem Geruch und steigt hinab in sein kleines Zuhause.

Und jetzt verlässt du mich, Bigeyes.

Ich möchte jetzt allein sein, nur ich und der kleine Maulwurf. Also verdrück dich. Wir sehen uns morgen wieder.

Wach auf. Es ist sechs Uhr.

Zeit zum Aufbrechen. Die Sache mit Mary brennt mir auf den Nägeln. Und wir müssen von hier verschwinden, ehe uns jemand bemerkt. Sollte aber kein Problem sein. Wie gesagt, in dieser verschlafenen Gegend wohnen vorwiegend Gruftis. Aber man kann nicht vorsichtig genug sein.

Schau dir das Gästezimmer noch mal genau an. Mach alles sauber.

Das Buch zurück ins Regal, an seinen Platz. Check alles

durch. Keine Spuren, nichts auf dem Fußboden herumliegen lassen. Jetzt das Badezimmer. Wischen, trocken reiben, wegräumen. Noch einen letzten Blick. Dann die Treppe runter. Halte dich nicht mit Frühstücken auf. Habe sowieso keinen Hunger, wegen der Sache mit Mary. Ich muss rauskriegen, was passiert ist.

Küche. Schau dich um, hol die Schuhe hinter dem Wäschetrockner hervor. Zieh sie an. Einen Blick in den Garten. Alles still, die Luft rein. Eine Amsel auf dem Zaun, ein Rotkehlchen auf dem Schuppendach. Kalter Morgen.

Keine Nachbarn zu sehen.

Dreh den Schlüssel im Schloss, mach die Tür einen Spaltbreit auf, horch. Verkehrslärm aus dem Industriegebiet, sonst nichts. Mach die Tür ganz auf und guck nach draußen. Alles in Ordnung. Nach draußen, schließ die Tür ab, dann rüber zum Schuppen, leg den Schlüssel unter den Stein. Zurück auf den Gartenweg und am Haus seitlich vorbei.

Schau die Straße rauf und runter. Alles still und aufgeräumt. Fast idyllisch.

Warum fühle ich mich trotzdem nicht wohl?

Komm, Bigeyes. Wir müssen los.

Die Straße hinunter, an den Schrebergärten vorbei. In die Barton Avenue, rechts an der Einmündung. Bleib hübsch hinter mir, Bigeyes, aber fall nicht zurück. Über die Eisenbahnbrücke, über das Spielfeld, den Weg entlang, durch den Park.

Alles ruhig, aber weiterhin Augen auf. Meist sind um

diese Zeit nur Leute mit ihren Hunden unterwegs. Trotzdem heißt es aufpassen. Wie gesagt, mir sind Leute auf der Spur. Ich muss sie sehen, ehe sie mich sehen, verstehst du?

Immer weiter, werde nicht langsamer.

Wir sind am Rand der City. Die Lady wacht jetzt auf. Sie ist immer noch ein bisschen verschlafen, streckt sich und gähnt. Autos, Busse, Motorradfahrer. Eine Menge Leute sind schon unterwegs. Schüler, Anzugträger, Kinder, Ladenbesitzer machen die Läden auf. Auch ein paar Bullen, Verkehrspolizisten.

Keine Gefahr bisher. Alles harmlose Leute. Aber die Gefährlichen sieht man gewöhnlich auch nicht. Deswegen muss man ja die Augen offen halten, Bigeyes, immerzu.

Jetzt links ab in die Zufahrtsstraße, durch die Unterführung, wieder links ab. Wir nähern uns dem Bungalow aus der anderen Richtung. Geh jetzt einen Takt langsamer.

Wir müssen ja nicht gleich auffallen.

Da ist der Kanal, siehst du? Da drüben links. Such Deckung hinter den geparkten Autos. Langsam, schau dich um. Die Gegend ist mir nicht geheuer. Die Kerle von gestern könnten hier herumhängen. Sie wissen, dass ich hier gewesen bin. Vielleicht rechnen sie damit, dass ich wiederkomme.

Aber ich sehe sie nicht, wie überhaupt niemand zu sehen ist.

Da ist die Straße zum Industriegebiet. Da ist der Bungalow. Sieht alles ruhig aus. Keine Bullen draußen vorm Haus.

Kein Streifenwagen. Niemand. Am Kanal entlang joggt ein Paar, ein schlaksiger Mann und eine Frau. Sonst niemand.

Schau genau hin, geh vorsichtig auf den Bungalow zu, sei bereit, sofort wegzurennen. Diese geparkten Autos gefallen mir nicht. Sie geben mir Deckung, aber auch andere könnten drinnen Deckung suchen.

Geh langsam weiter.

Immer noch niemand zu sehen. Ein Lastwagen fährt die Straße ins Industriegebiet hinauf. Dann ein paar Pkws und ein Postauto. Bald sind sie vorüber. Halte am letzten geparkten Auto. Bleib in seiner Nähe, bück dich und schau über die Straße.

Der Bungalow sieht so aus wie immer. Die Haustür ist geschlossen, die Glasscheibe eingeschlagen. Die Fenster sind, soweit ich sehe, alle geschlossen. Moment mal …

Die Haustür ist überhaupt nicht geschlossen. Ich dachte, sie wäre es, aber sie ist einen Spaltbreit offen.

Ich muss näher heran, um sicherzugehen.

Schau dich um, links, rechts, hinter dir.

Über die Straße bis zur vorderen Pforte. Schau noch einmal. Durch die Pforte und dann bis an die Haustür.

Ich hatte recht. Einen Spaltbreit offen. Der Kerl hat die Tür aufgebrochen.

Ich kann durch den Spalt gut sehen. Niemand im Flur, nur Glas und Holzsplitter auf dem Teppich.

Zurück. Zu riskant, da jetzt reinzugehen, das weiß ich. Besser um das Haus herum, aber ganz behutsam und lautlos. Erstes Fenster. Bleib nah an der Hauswand, guck hinein. Das ist das Zimmer, in dem ich mich umgezogen habe. Niemand drin.

Nächstes Fenster. Badezimmer. Milchglas. Nächstes Fenster.

Die Vorhänge sind zugezogen.

Horch.

Kein Geräusch drinnen, aber irgendwas stimmt da nicht. Auf die andere Seite des Bungalows. Die Küchenfenster sind eingeschlagen. Ich stehe jetzt da, wo gestern Abend die beiden Typen standen.

Schau hinein.

Nichts. Nur Glasscherben auf dem Fußboden. Die Kerze steht immer noch auf dem Tisch. Sie ist jetzt ganz heruntergebrannt.

Keine Spur von Mary oder den Bullen oder sonst jemandem. Ich denke an das Schlafzimmer. Es gefällt mir nicht, Bigeyes. Am liebsten würde ich weg. Aber ich schulde Mary was. Sie könnte da drin liegen.

Sie könnte sogar noch am Leben sein.

Wieder zurück zur Haustür. Jetzt zittere ich wieder, wie ich das hasse. Beruhige dich doch und behalte einen klaren Kopf. Geh lautlos. Bleib an der Tür stehen. Horch, schau genau hin. Niemand. Mach vorsichtig die Tür auf. Lass sie weit offen. Vielleicht musst du wie der Blitz gleich wieder raus.

Schleich dich rein. Glasscherben auf dem Fußboden. Tritt nicht drauf. Immer noch niemand zu sehen. Keine Bewegung, kein Schatten, kein Atemgeräusch. Aber ich kann die Gefahr spüren.

Dreh dich rasch um.

Die Tür steht immer noch weit offen. Ich sehe bis raus auf die Straße.

Schau wieder nach vorn. Schleich den Flur entlang. Halte bei der Küche an. Blick nach rechts. Niemand da. Weiter zum Schlafzimmer.

Die Tür ist zu.

Halt, horch.

Kein Laut. Blick zurück in den Flur. Immer noch leer, immer noch ruhig. Leg ein Ohr an die Schlafzimmertür. Nichts, nur das Geräusch des eigenen Atems.

Drück die Türklinke. Sei sprungbereit.

Keine Reaktion auf das Quietschen der Klinke, kein Schrei von drinnen. Aber das muss nichts heißen. Ich mache die Tür auf, trete einen Schritt zurück.

»Scheiße.«

Sie liegt auf dem Fußboden neben dem Bett, die Augen zur Zimmerdecke gedreht, neben ihr ein umgestürzter Stuhl. Aber es ist nicht Mary.

Sondern Trixi.

Am liebsten würde ich wegrennen, aber dann trete ich doch ein und knie mich hin.

»Trix!«

Sie atmet nicht, die Augen sind glasig. Am Kopf hat sie einen mächtigen blauen Fleck.

»Trix!«

Plötzlich eine Stimme, aber nicht Trixis.

»Der kannst du nicht mehr helfen.«

Ich fahre herum und springe auf.

Hinter der Tür steht einer von den Typen, die gestern Abend durch das Küchenfenster geguckt haben. Er war die ganze Zeit über im Zimmer. Und da ist noch jemand.

Eine von den Tussis aus Trixis Bande. Kenne ihren Namen nicht. Sie sitzt zusammengesackt in der anderen Zimmerecke. Auch sie hat glasige Augen, aber sie ist nicht tot. Sie ist starr vor Angst.

Der Typ schaut sie an.

»Hat die Stimme verloren, das arme Ding. Mit diesen Kids ist es doch immer das Gleiche. Glauben, Wunder wie hart zu sein, weil sie zu einer Bande gehören, aber wenn's dann wirklich mal zur Sache geht, knicken sie ein.« Er bellt sie an: »Stimmt's?«

Sie antwortet nicht, zittert nur. Sie ist kreidebleich und völlig versteinert. Von ihr kann ich keine Hilfe erwarten. Der Typ macht die Tür zu und schaut zu mir herüber.

»Ich habe gehofft, dass du wiederkommst.«

Ich schaue mich um. Irgendwas muss doch zu machen sein.

»Da ist nichts«, sagt der andere, den Blick fest auf mich gerichtet. »Du kannst nichts tun.«

»Was wollen Sie?«

»Dich, mein Freund. Ich dachte, das wäre klar.«

»Und weswegen?«

»Na wegen dir, wegen dem, der du bist.«

»Und wer bin ich?«

»Oh, wir sind aber ganz schlau. Das hat man mir schon gesagt.«

»Sie kennen mich gar nicht. Ich bin hier nur zufällig vorbeigekommen. Sie haben mich vorher noch nie gesehen.«

»Du entsprichst ziemlich genau der Beschreibung, wenn man die Veränderungen in den letzten drei Jahren berücksichtigt.«

Ich schiele zu dem Mädchen hinüber. Wenn sie nur mitmachen würde. Zu zweit könnten wir ihn in die Zange nehmen. Er hat sich nicht auf mich gestürzt, obwohl er Gelegenheit dazu hatte. Hätte er mich erledigen wollen, hätte er es schon längst getan.

Wie er es mit Trixi gemacht hat.

Ich schaue zu ihr hinab.

Sie ist tot, kein Zweifel. Er muss sie mit dem Stuhl erschlagen haben. Ich schaue wieder den Kerl an.

»Warum haben Sie sie umgebracht. Was hat sie getan?«

»Wer sagt, dass ich sie umgebracht habe?«

Er will mich verarschen. Ich weiß, dass er sie umgebracht hat. Ich rufe zu der Tussi in der Ecke:

»Hat er sie umgebracht?«

Keine Antwort. Wahrscheinlich hat sie mich gar nicht

gehört. Sie sitzt nur ganz zusammengekauert da. Der Typ schüttelt den Kopf.

»Das bedeutet so viel wie nein.«

»Ich verstehe das als ein Ja.«

Er hört gar nicht zu, spricht in sein Handy.

»Ich habe ihn hier im Bungalow gestellt. Wie lange braucht ihr bis hierher? Okay, dann in fünf Minuten.«

Er legt auf und lächelt mich an. Ich schreie die Tussi an:

»Wirf mir dein Messer her!«

Sie tut keinen Mucks, schaut nicht mal her. Stattdessen redet der Typ.

»Das wird schwierig für sie. Ich habe das Messer behalten. Als wir vorhin eine kleine Kabbelei hatten.«

Er zieht ein Messer hervor und lächelt mich wieder an.

Jetzt reicht's, Bigeyes. Ich wollte Trixi nicht anfassen, aber anders geht es nicht. Ich lange ihr in die Tasche und schon ist ihr Messer in meiner Hand. Ich lasse es aufschnappen und drehe mich.

Der Typ hat sich nicht gerührt. Er hätte sich auf mich stürzen können, als ich weggeguckt habe. Aber er beobachtet mich genau. Er ist auf der Hut vor einem Vierzehnjährigen. Redet trotzdem groß daher.

»Dich habe ich gesucht! Jetzt weiß ich, dass du der Richtige bist.«

Sag nichts dazu. Beobachte ihn und warte auf den passenden Augenblick.

»Du bist der Junge, den sie Blade nennen«, sagt der Mann.

»Sie suchen jemand anderen.«

»Der Junge, der wie kein Zweiter mit einem Messer umgehen kann.«

»Sie suchen jemand anderen. Hab noch nie von einem Blade gehört.«

»Aber du bist ein As mit dem Messer. Das sieht doch jeder. So wie du damit umgehst, könntest du es jederzeit werfen und jedes Ziel treffen.«

»Dann mach die Augen auf, du Ratte.«

»Oh, ich passe auf.«

Das macht er tatsächlich. Spuckt große Töne, aber lässt mich nicht aus den Augen. Ich weiß, was er denkt, Bigeyes. Er denkt, wenn der Junge Gelegenheit zum Wurf kriegt, trifft er ins Schwarze. Zu gefährlich, also warte ich lieber, bis die anderen eintreffen.

Motorengeräusche vor dem Bungalow.

Der Typ schaut mich hämisch grinsend an.

»Wir nehmen dich zu ein paar alten Freunden mit. Die freuen sich schon auf ein Wiedersehen mit dir. Ihr werdet euch viel zu erzählen haben.« Er schaut zu dem Mädchen. »Leider müssen wir dafür sorgen, dass das verschreckte Huhn nicht gackert. Wir können kein Risiko eingehen, das werdet ihr beide sicherlich verstehen.«

Das Motorengeräusch bricht ab. Wagentüren öffnen sich, fallen zu. Der andere Typ und sein Kumpel, vermutlich. Schritte auf dem Weg. Jetzt muss etwas geschehen, sonst …

Die Tussi kommt mir zuvor.

Sie überrascht mich und den Typen an der Tür. Sie ist aufgesprungen, immer noch verwirrt, aber sie bewegt sich. Sie schreit:

»Wirf das Messer!«

Schritte im Flur. Ich hebe den Arm zum Wurf. Der Typ gegenüber macht das Gleiche, aber ich sehe, er hat keine Übung darin. Er hält das Messer ganz falsch. Er kann mit einem Messer ein Mädchen beeindrucken, aber werfen kann er nicht.

Doch wir kommen beide nicht zum Wurf.

Das Mädchen springt über das Bett, greift sich den Stuhl und schleudert ihn gegen das Fenster. Die Scheibe bricht klirrend auseinander und der Stuhl landet draußen im Garten.

Der Typ macht sich fertig zum Werfen, aber in dem Moment geht die Tür hinter ihm auf und stößt ihn um. Der dicke Kerl von gestern schaut durch die Tür.

»Da ist er ja!«, grölt er.

Das Mädchen packt mich am Arm.

»Durchs Fenster!«, ruft sie und springt durch die zerborstene Scheibe. Ich bin gleich hinter ihr, das Messer immer noch in der Hand. Wir rollen uns auf dem Rasen ab und stehen auf.

»Lauf!«, sagt sie.

Wir sprinten durch den Garten, klettern über den Zaun, folgen der Straße. Am Arm habe ich eine Schnittwunde von der zerbrochenen Fensterscheibe. Hinter uns Schritte. Ich laufe hinter dem Mädchen her, sie ist schnell wie der Blitz. Dafür, dass sie vorhin erstarrt war, geht sie jetzt ab wie eine Rakete.

Sie läuft in Richtung Kanal.

Keine Ahnung, ob das eine gute Idee ist. Ich weiß gar nichts mehr. Aber jetzt ist keine Zeit zum Nachdenken. Jetzt heißt es einfach laufen, laufen, laufen.

Und wir laufen.

Zur Brücke, über den Kanal, hinunter zum Treidelpfad. Links oder rechts? Sie geht rechts Richtung City. Ich widerspreche nicht, folge ihr bloß. Wir rasen den Treidelpfad hinunter. Niemand in der Nähe, ihre Entscheidung war richtig. Wir müssen unter Leute und da ist die City die richtige Wahl.

Schau hinter dich.

Keine Spur von dem dicken Kerl, aber die beiden Typen haben die Brücke erreicht.

»Halt durch!«, ruft sie mir zu.

Ich strenge mich an. Sie läuft schnell, ich nicht. Immerhin haben wir einen Vorsprung vor den Typen, und wenn wir das Ende des Treidelpfads erreichen, müssten wir sie abschütteln können. Das Mädchen schaut sich um.

»Scheiße«, flucht sie.

Auch ich sehe, was sie meint. Die anderen sind schneller, als ich dachte. Sie rennen hinter uns her, viel schneller als ich, sogar schneller als die Tussi. Jetzt endet der Treidelpfad. Durch die Pforte.

»Richtung Meadway Drive«, keuche ich.

»Warum das?«

»Da ist eine Baustelle, Läden, Leute. Wir brauchen Leute um uns herum.«

Sie biegt ab Richtung Meadway Drive. Die Typen sind uns auf den Fersen, aber wir überqueren die Straße und rennen jetzt den Meadway Drive hinunter. Da ist die Baustelle. Massig Leute hier in der Einkaufsmeile, sogar ein paar Schulkinder. Blick zurück.

Die Typen haben angehalten. Einer spricht in sein Handy. Ich fasse die Tussi am Arm.

»Sie haben angehalten.«

»Habe ich gesehen«, sagt sie.

Sie läuft weiter und ich folge ihr. Sie hat recht. Wir müssen möglichst viel Abstand zwischen sie und uns legen.

Wir laufen also weiter. Ich bin ausgelaugt, und sie muss es auch sein, aber an ihrem Gesichtsausdruck erkenne ich, dass sie immer noch geschockt ist. Sie denkt wahrscheinlich an Trixi. Mir geht es genauso.

Ich mochte Trixi nicht, Bigeyes. Ich hab sie sogar gehasst. Aber ich hätte sie nicht tot gewollt, genauso wenig wie ich Mary tot sehen wollte. Ich weiß immer noch nicht, was mit der alten Frau passiert ist. Vielleicht haben die Typen sie irgendwo in ein Gebüsch geworfen.

Irgendwann muss ich mich entscheiden, was ich tun soll. Aber eines weiß ich sicher.

Ich will mit dieser Tussi nichts zu tun haben. Ich hab genug Sorgen, vor allem mit diesen Typen. Sie kannten meinen Namen. Sie kommen aus der Vergangenheit und das bedeutet Ärger.

Sich tot stellen hat nichts gebracht.

So eine Tussi am Hals zu haben ist das Letzte, was ich brauche. Ich hab nur durch Alleinsein überlebt. Anders bleibt man nicht oben auf der Welle. Allein sein, dann kriegen sie dich nicht.

Jetzt wird sie langsamer, Gott sein Dank. Ich bin kaputt, muss mich ausruhen.

Wir sind der City viel näher gekommen. Jede Menge Leute in der Gegend. Keine Anzeichen von Gefahr, aber ich behalte trotzdem alles im Auge.

Denn jetzt ist nichts mehr wie vorher. Ich muss noch vorsichtiger sein und mich entscheiden, was ich mit dieser Tussi mache. Die hat aber ihren eigenen Kopf.

»Hier lang«, sagt sie.

Sie biegt in eine Gasse ein, die zu den Docks hinunterführt. Nicht gerade mein Lieblingsort. Aber immerhin werden uns die Typen dort nicht finden.

Ich folge ihr. Eigentlich will ich nicht, Bigeyes, eigentlich möchte ich mich verdrücken. Aber ich muss mit diesem

Mädchen reden. Ich muss herausfinden, was passiert ist. Und vielleicht weiß sie etwas über Mary.

Normalerweise mag ich Leuten nicht folgen. Ich gehe lieber dahin, wo ich mich sicher fühle.

»Wohin gehen wir?«

Sie antwortet nicht. Ich denke an die anderen Tussis. Die sollen mir nicht noch mal das Gesicht zerkratzen. Aber sie sucht die anderen nicht. Sie biegt in eine Seitengasse ein.

Hier bin ich schon einmal gewesen. Das ist eine Sackgasse, wo Alkis und Junkies rumhängen. Manchmal pennen alte Saufköppe unter einer Zeitung.

Aber jetzt ist kein Schwanz hier.

Sie sackt vor einer Mauer zusammen, dreht den Kopf zur Seite.

Und dann übergibt sie sich.

Ich kann nichts für sie tun. Ich weiß, sie hat einen Schock gekriegt, ihre Freundin ist tot. Aber ich kann nichts für sie tun. Ich muss an mich selbst denken.

Schau mich nicht so an. Ich muss an mich selbst denken. Verstehst du?

ICH MUSS AN MICH SELBST DENKEN.

Ich stehe immer noch da und schaue auf sie hinab. Sie hat alles vollgekotzt und würgt immer noch, obwohl nichts mehr hochkommt.

Keine Ahnung, was ich tun soll.

Was soll ich tun, Bigeyes? Sag's mir.

Ich beuge mich zu ihr hinab.

»Alles in Ordnung?«

Sie antwortet nicht. Was ich verstehe; die Frage war blöd.

Jetzt würgt sie nicht mehr. Holt ein Papiertaschentuch raus und wischt sich den Mund ab. Steht auf und schaut mich zornig an. Geht an mir vorbei, hält nach ein paar Schritten an und setzt sich wieder. Ich werde aus ihr nicht schlau.

»Ich wollte weg von der Kotze«, sagt sie.

»Ach so.«

Schweigen.

Sie lässt den Kopf hängen, als wollte sie mich nicht mehr sehen. Offenbar soll ich gehen. Ich will an ihr vorbei.

»Bleib«, sagt sie.

Ich bleibe stehen, schaue zu ihr hinab. Sie hebt den Kopf gerade so weit, dass ich ihre Augen sehe. Sie sind immer noch zornig.

Ich setze mich neben sie. Sie zündet sich eine Zigarette an, nimmt ein paar Züge, bietet sie mir an.

»Nein, danke.«

»Du lebst gesund, was?«

Ich antworte nicht.

»Was hast du mit dem Messer gemacht?«

»Zum Laufen habe ich es zusammengeklappt.«

»Wo ist es jetzt?«

»In meiner Hosentasche.«

»Dann gib es mir.«

Ich schaue sie an. Ich mag diese Augen nicht, sie machen mir Angst. Sie ist ganz außer sich und streckt die Hand aus.

»Gib es mir.«

»Was willst du denn damit?«

»Ich werde dich schon nicht abstechen, falls du das befürchtest.«

Ich gebe ihr das Messer.

Sie betrachtet es, klappt es auf – und flennt los. Plötzlich sieht sie so jung aus. Sie muss um die sechzehn sein wie die anderen aus der Gang. Aber jetzt ist sie wie ein Kind.

Das Flennen hört bald auf. Sie wischt sich ärgerlich die Tränen aus dem Gesicht und nun sieht sie wieder wie sechzehn aus.

Sie betrachtet das Messer, streicht mit einem Finger über die Klinge.

»Ist das dein Name?«, sagt sie und schaut mich an. »Blade?«

»Mein Name ist Jonny«, sage ich.

»Der Typ hat dich aber Blade genannt.«

»Er hat mich mit jemand anderem verwechselt.«

»Er meinte, du kannst wie kein Zweiter mit dem Messer umgehen.«

»Ich sagte doch, er hat mich mit jemand anderem verwechselt.«

»Du siehst aber aus wie jemand, der mit einem Messer

umgehen kann. Wenn du eines in der Hand hast, sieht man, dass zu gewohnt bist, damit umzugehen.«

»Ich hab nur so getan, als ob. Ich wollte ihn einschüchtern.«

»Du heißt also Jonny?«

»Ja.«

»Und wie heißt du, wenn du nicht lügst?«

»Jonny.«

»Ich nenne dich Blade.«

Mir gefällt das nicht, Bigeyes. Mir gefällt nicht, dass dieser Name die Runde macht. Dir hab ich diesen Namen verraten, aber du bist auch die Einzige, seit ich in die Stadt gekommen bin.

Das ist ein Name aus meinem früheren Leben.

Den Namen hat mir Becky gegeben, deshalb ist er etwas Besonderes, Becky war nicht wie die anderen. Mir gefällt nicht, dass diese Tussi den Namen benutzt. Ich schaue sie an.

»Und wie heißt du?«

»Becky.«

Scheiße, Bigeyes, das wird immer schlimmer. Und sie verarscht mich nicht, sie sagt die Wahrheit. Da liege ich immer richtig. Sie heißt wirklich Becky, das ist ihr echter Name.

»Ich nenne dich Blade«, wiederholt sie.

»Das kratzt mich nicht die Bohne.«

»Die was?«

»Vergiss es.«

»Du redest so komisch.«

»Ich rede, wie ich will.«

Sie hört gar nicht zu, sie heult wieder. Sie ist gleichzeitig wütend, traurig, verängstigt, patzig. Ein kleines Mädchen und eine wütende Tussi.

Und sie hat immer noch das Messer in der Hand.

Ich hab ein Auge drauf. Auch wenn sie versprochen hat, mich nicht abzustechen, ich beobachte sie genau.

»Becky?«

Komisch, sie so zu nennen. Sie antwortet nicht, heult aus Wut.

»Becky? Was ist im Bungalow passiert?«

Sie schaut mich an. Augen geschwollen, Wangen nass, sie ist fertig mit den Nerven. Ich darf sie nicht aus den Augen lassen. Sie wischt sich das Gesicht mit dem Ärmel ab, wirft mir einen wütenden Blick zu und antwortet.

»Wir sind reingegangen, Trixi und ich. Es sollte eine Probe sein.«

»Was für eine Probe?«

»Eine Probe für mich. Ich sollte zeigen, dass ich Mumm habe.«

»Für die Bande?«

»Ja. Ich bin noch draußen. Ich gehöre nicht dazu. Soll erst beweisen, was ich kann, sagen sie.«

Das klingt wie die Wahrheit. Die anderen fünf Tussis habe ich sofort erkannt. Die hier nicht. Und sie stand ein bisschen abseits, als mich die anderen auf dem Treidelpfad fertiggemacht haben.

Sie schluchzt immer noch.

»Dann war das also eine Mutprobe.«

»Ja. Trixi hat den Bungalow eine ganze Weile beobachtet. Sie wollte da schon lange einbrechen.«

»Wieso das? Da gibt's doch nichts zu holen.«

»Es geht nicht ums Klauen.«

»Sondern?«

»Ums Kaputtmachen. Sie mag die Leute nicht, die da wohnen. Der Typ hat sie einmal angeblafft wegen nächtlicher Ruhestörung. Seine Frau hat noch nachgelegt. Und ihr Sohn ist ein kleiner Schleimscheißer. Es war also eine persönliche Sache.«

Ich sperre die Ohren auf, Bigeyes. Ein Typ, sagt sie. Eine Frau, ein Sohn. Aber nichts von einer alten Frau.

»Was ist dann passiert?«

»Trix hat uns gesagt, die drei sind mit Sack und Pack weg, als ob sie in die Ferien fahren wollten. Am nächsten Tag wollten wir da einsteigen. Aber am nächsten Tag war da plötzlich eine Oma mit ihrem Hund. Wir mussten also warten.«

»Was war das für eine Frau?«

»Keine Ahnung?«

»Und dann?«

»Am Tag nachdem wir dich auf dem Treidelpfad fertiggemacht hatten, sagt mir Trix, wir würden da reingehen, nur sie und ich. Sie behauptet, die alte Frau nicht mehr gesehen zu haben. Ich sollte im Haus Sachen klauen, die Einrichtung zerdeppern, aber keine Fingerabdrücke hinterlassen.«

»Warum denn gerade du? Warum nicht die anderen?«

»Weil sie weiß, ich habe Schiss wegen der Polizei.«

»Warum?«

»Geht dich nichts an.«

Sie schaut mich wieder zornig an. Ich entgegne nichts. Sie hat das Messer, nicht ich.

»Dann seid ihr beide reingegangen.«

»Ja, aber ich habe gleich gemerkt, dass da was faul war. Die Haustür war schon eingeschlagen. Das hast du selbst gesehen. Wir sind durch die Tür rein. Trix drängt mich, das Gästezimmer zu durchsuchen, sie will sich das Schlafzimmer vornehmen.«

Ich weiß, wie die Geschichte ausgeht, Bigeyes. Sie braucht gar nicht weiterzuerzählen.

»Ich durchsuche also das Gästezimmer. Da ist nicht viel zu holen. Und dann gehe ich ins Schlafzimmer und ...«

Wieder schüttelt es sie. Diesmal heult sie nicht. Sie zittert und würgt wieder und hält den Griff des Messers fest, als wollte sie ihn zermalmen. Ich würde ihr das Messer am liebsten aus der Hand nehmen, aber ich traue mich nicht. Wenn ich sie jetzt anfasse, geht sie auf mich los, das weiß ich.

»Ruhig«, sage ich.

Sie hört mich gar nicht.

»Becky? Ruhig.«

»Halt's Maul!«

Ich halte das Maul. Ganz recht. Sie muss da durch. Ich brauche sowieso nicht mehr zu hören. Alles andere kann ich mir zusammenreimen.

Eigentlich sollte ich gehen. Ich will es sogar. Mir reicht das hier.

Aber ich kann mich nicht rühren.

Keine Ahnung, warum.

Jetzt würgt sie nicht mehr. Sie zittert noch und schaut mich mit großen Augen an. Ihr Atem geht jetzt langsamer.

»Ich gehe also ins Schlafzimmer, und da liegt Trixi am Boden. Ich weiß nicht, warum ich nichts gehört habe, keinen Schrei, kein Krachen, als er sie niedergeschlagen hat. Vielleicht hatte ich einfach zu viel Angst, um irgendetwas zu bemerken. Ich wollte nur weg.«

»Und dann?«

»Eine Hand packte mich von hinten. Ich zog mein Messer, aber er schlug es mir aus der Hand.«

Sie presst das Messer und beißt sich in die Knöchel.

»Ich hab versucht, mit ihm zu kämpfen, aber er schlug so hart zu, dass ich schnell aufgab. Ich bin zusammengesackt. Die Mädchen haben recht. Ich bin keine Kämpferin. Trixi hätte nicht aufgegeben. Wenn sie nicht den ersten Schlag abgekriegt hätte, hätte der Typ schwer einstecken müssen.«

»Wie lange warst du da drin, ehe ich gekommen bin?«

»Keine Ahnung. Ein paar Minuten, vielleicht auch länger.«

»Warst du wirklich so verängstigt oder hast du nur so getan?«

»Ich war's wirklich. Als du hart geblieben bist, hab ich wieder Mut gefasst und bin losgestürzt.«

Ihr Gesichtsausdruck hat sich verändert. Etwas, was sie bisher nicht gezeigt hat. Es stimmt, sie ist nicht wie die anderen Tussis. Sie hat nicht das, was die anderen haben. Und sie hat etwas, was den anderen fehlt.

Es ist jetzt in ihrem Gesicht.

Ich werde da in etwas hineingezogen, was ich gar nicht will.

Über Mary weiß ich nicht mehr als vorher. Außer dass ich recht hatte: Sie wohnt nicht in dem Bungalow. Ich sehe Becky scharf an.

»Was willst du wegen Trixi unternehmen?«

Sie wirft mir wieder einen zornigen Blick zu.

»Du meinst wohl, was unternehmen *wir* wegen Trixi?«

»Nein. Was willst *du* wegen Trixi unternehmen?«

»Ich gebe der Polizei einen Hinweis, aber ohne meinen Namen zu nennen.«

»Die kriegen dich trotzdem. Die kennen bestimmt deine Bande. Und du bist bei denen in den Akten, oder?«

»Ich hatte mal Ärger mit der Polizei.«

»Wegen was?«

»Geht dich nichts an.«

Recht hat sie. Ich kann ihr das nicht verübeln, schließlich hab ich auch meine Geheimnisse.

»Die finden dich«, sage ich. »Eine aus der Bande verpfeift dich. Vor allem weil sie wissen, dass du mit Trixi da reingegangen bist. Folglich bist du die Hauptverdächtige.«

»Deswegen geh ich ja auch nicht auf die Polizeiwache. Ich rufe da nur an und erzähle ihnen von den Männern.«

»Wirst du denn auch mich erwähnen?«

Sie steht plötzlich auf.

»Kommt drauf an«, sagt sie.

»Auf was?«

Sie klappt das Messer zusammen und steckt es in die Hosentasche.

»Komm mit«, sagt sie.

Ich weiß nicht, warum ich ihr eigentlich folge. Vielleicht mache ich mir Sorgen.

Ja, zugegeben, ich mache mir Sorgen. Ich mag nicht gesehen oder erkannt werden. Nun sind diese Typen aus der Vergangenheit aufgetaucht, und wenn diese Tussi der Polizei einen Hinweis auf mich gibt, dann habe ich auch noch die Bullen am Hals. Wenn die erst mal in die Akten gucken, stoßen sie auf die alten Geschichten.

Deshalb muss ich verhindern, dass sie mit irgendjemand über mich redet.

Und das läuft auf einen Handel hinaus. Ich weiß nicht genau, was sie will, aber irgendwas führt sie im Schild. Ich muss rauskriegen, was. Sie wird nicht lange damit warten.

»Ich brauche einen Ort zum Pennen«, sagt sie.

Sie geht mit schnellen Schritten eine andere Gasse entlang. Wir gehen jetzt parallel zu den Docks, den Fluss sehen wir nicht mehr. Ich habe Mühe, Schritt zu halten.

»Warum fragst du mich danach?«

»Weil du einen Unterschlupf hast.«

»Das kannst du gar nicht wissen.«

»Doch, das weiß ich.« Sie schaut mich an. »Du bist clever, das hab ich gemerkt. Du hast was auf dem Kasten. Kein Wunder, dass sie dich Blade nennen.«

»Ich hab doch gesagt, der Typ hat mich mit jemand verwechselt.«

»Hat er nicht. Du bist Blade.«

»Du kennst meinen Namen gar nicht«, sage ich. »Trixi genauso wenig. Keinem aus eurer Bande habe ich meinen Namen gesagt.«

Sie schaut mich forschend an.

»Weißt du, warum dich Trixi Slicky genannt hat?«

»Nein.«

»Sie hat dich so genannt, weil du für ein Straßenkind zu geleckt aussiehst. Du schläfst nicht draußen, das sieht jeder. Du bist gepflegt, du hast immer gute Klamotten an. Na ja, im Augenblick gerade nicht.«

»Das hab ich euch zu verdanken.«

»Trixi wollte dir eine Lektion erteilen. Ihr gefiel es überhaupt nicht, dass du in unserem Revier arbeitest und in schicken Klamotten herumschwuchtelst.«

»Meine Klamotten waren nicht schick, sie waren bloß sauber.«

»Meinetwegen. Du siehst jedenfalls aus, als hättest du ein Zuhause mit einer reizenden Mama und einem netten Papa. Und ein dickes Auto, einen Hund und eine Katze und endlos Kohle sowieso.«

»Mag sein, vielleicht sehe ich so aus.«

Sie lacht auf, mehr ein Kichern. Mit einem Mal wirkt sie wie ein kleines Mädchen. Aber ihr Blick wird gleich wieder hart und der Eindruck verfliegt.

»Du hast kein Zuhause«, sagt sie. »Du bist ein Einzelgänger. Du treibst dich in der Stadt rum genauso wie ich. Du hast niemanden hier, hab ich recht?«

»Geht dich nichts an.«

Wir sind am Ende der Gasse angekommen und bleiben stehen. Sie schaut mich wieder eingehend an. Ich vertrage das nicht, Bigeyes, es macht mich fertig. Ich hab schon genug Sorgen mit diesen Typen und den Geschichten aus der Vergangenheit. Ich kann mich jetzt nicht auch noch um das kaputte Leben dieses Mädchens kümmern.

»Du lebst auf der Straße«, sagt sie.

»Hat dir das Trixi gesagt?«

»Trixi? Die hat dich für ein Kind reicher Eltern gehalten, das bloß zum Spaß Brieftaschen klaut und dann wieder heim ins warme Nest geht. Deswegen konnte sie dich nicht ausstehen. Ihrer Meinung nach hast du nicht geklaut, weil du es nötig hattest. Du hast geklaut, weil es dir Spaß macht. Die anderen Mädchen haben das auch gedacht.«

»Alle außer dir.«

»Ja«, stimmt sie zu, »außer mir.«

»Ihr könntet euch alle täuschen. Ich könnte ein Zuhause haben und doch kein Kind reicher Leute sein.«

Sie tritt an mich heran. Ich mache einen Schritt zurück. Sie bleibt, wo sie ist, schaut mich aber immer noch an.

»Nervös, was?«, sagt sie. »Was dachtest du, würde ich tun?«

Ich antworte nicht.

»Ich hab das Messer nicht aufgeklappt«, beruhigt sie mich. »Es ist in meiner Hosentasche. Was dachtest du denn?«

Antworte nicht, beobachte nur.

»Du hast einen Unterschlupf«, sagt sie, »und ich brauche einen Platz zum Pennen. Nur für eine Nacht, dann bin ich wieder weg. Nimm mich mit und ich verpfeife dich nicht bei der Polizei. Ich sag denen nur, was der Mann mit Trixi gemacht hat. Dich erwähne ich gar nicht.«

»Wenn ich dir einen Unterschlupf für heute Nacht besorge.«

»Wenn du mir einen Unterschlupf für heute Nacht besorgst.«

»Aber du musst doch bis jetzt irgendwo gepennt haben.«

»Ja, aber dahin kann ich nicht mehr zurück. Die Mädchen würden mich finden und die Polizei auch.«

»Die finden dich so oder so.«

»Nicht wenn ich weggehe.«

»Dann geh doch jetzt.«

Sie schüttelt den Kopf, schaut zu Boden.

»Ich habe seit drei Tagen nichts mehr gegessen. Die Bande hat mir kaum was zu beißen gegeben. Trixi meinte, solange ich mich nicht bewiesen hätte, gäbe es nichts mehr von der Bande. Ich kann keine Brieftaschen klauen, dazu fehlt mir die Geschicklichkeit, ich würde gleich beim ersten Versuch geschnappt. Und jetzt noch die Sache mit Trixi.«

Sie schaut wieder auf.

»Die Mädchen werden mich umbringen. Die haben mich nie gemocht. Die glauben mir nicht. Die denken, ich hätte Trixi im Stich gelassen, egal was ich sage. Die denken, ich hätte es darauf abgesehen und hätte Trixi ans Messer geliefert. Und wenn mich die Polizei schnappt, bringen sie mich wieder dahin zurück.«

»Wohin zurück?«

Sie antwortet nicht, aber das ist auch gar nicht nötig. Ihr Gesicht spricht Bände.

Ich weiß nicht, was tun, Bigeyes. Ich muss diese Tussi irgendwie abschütteln. Und woher weiß ich, dass sie tut, was sie verspricht? Sie könnte mich genauso gut auch auffliegen lassen, selbst wenn ich ihr helfe. Ihr nicht zu helfen könnte aber ein noch größeres Risiko sein.

»Komm mit«, sage ich.

Sie schüttelt den Kopf.

»Du musst erst mit mir kommen.«

»Ich gehe mit dir nirgendwohin. Du brauchst einen Schlafplatz, also kommst du mit mir. Ich führe dich hin.«

Sie macht eine so rasche Bewegung, dass ich nicht ausweichen kann. Sie drückt mich gegen die Wand und zückt ihr Messer, lässt es aufschnappen und kitzelt mir damit die Kehle.

»Becky, lass die Scheiße.«

»Hör zu!« Ihre Stimme klingt wie ferner Donner. »Wir haben eine Abmachung. Du verschaffst mir einen Schlafplatz für heute Nacht und was zu essen, dann verschwinde ich morgen aus deinem Leben. Ich folge dir. Aber zuerst kommst du mit mir.«

»Aber wozu?«

Die Klinge streicht langsam über meine Kehle. Ich schaue nach unten und dann in Beckys Augen. Sie sind schwarz wie die Nacht.

»Wir nehmen noch jemanden mit«, sagt sie.

Wir gehen weiter. Die Gassen sind jetzt hinter uns, links die Docks. Schlepper und Kähne, der Fluss schwappt grau und schwärzlich vorüber, er interessiert sich nicht für uns, er will nur einfach weiter.

Wie die Leute hier, auch die sind wie der Fluss ständig in

Bewegung. Ich mag hier nicht weiter rumrennen, kann immer noch nicht fassen, dass ich dieser Tussi nachlaufe.

Sie wendet immer wieder den Kopf, als ob sie schauen wollte, ob ich ihr noch folge.

Warum bin ich eigentlich hier, Bigeyes?

Ich hätte mich schon längst aus dem Staub machen sollen. Es wäre kinderleicht. Mit den vielen Leuten um uns herum könnte sie mich nicht daran hindern. Ich hab ihr noch nicht mal mein Wort gegeben. Sie nimmt meinen Blick für mein Wort, aber tatsächlich habe ich ihr nichts versprochen.

Vielleicht hätte ich ihr mein Wort gegeben, wenn sie mich gezwungen hätte. Sie hatte mir schon das Messer an die Kehle gesetzt, da stimmt man ja allem zu. Aber jetzt ist das Messer nicht mehr da, es steckt in ihrer Hosentasche.

Warum bin ich also nicht weggelaufen?

Die Docks sind hier zu Ende, aber sie eilt an Kränen und Lagerhäusern vorbei immer weiter. Der Fluss macht hier einen Bogen und wird immer breiter, bis er ins Meer mündet. Ich komme selten hierher, der bloße Anblick macht mir Angst. Ich mag das große Wasser nicht.

Becky hat jetzt auch die Richtung geändert.

Sie geht jetzt nach rechts, wieder zurück in die Stadt, Richtung Hedley. Ich sehe schon den Park, die Sportanlagen und die ersten Wohnhäuser. Sie nimmt einen schmalen Fußweg, der um das Kricketfeld herumführt.

Ein paar Typen lungern hier herum, aber sie sind harmlos.

Becky ist schweigsam, Gott sei Dank. Ich muss nachdenken. Was soll ich als Nächstes tun? Wie gesagt, bloß weil sie meint, ich hätte zugestimmt, bin ich noch lange nicht einverstanden. Warum zögere ich bloß? Das ist sonst nicht meine Art. Ich könnte einfach den Flattermann machen.

Vielleicht liegt es am Namen.

Becky.

Warum musste sie bloß so heißen? Sie hat nichts von meiner Becky an sich. Nie und nimmer. Niemand könnte das. Nur ihr Name. Aber vielleicht laufe ich ihr allein deswegen immer noch nach.

Am Kricketfeld vorbei, den Madison Crescent hinunter, an der Ladenzeile vorbei, über die Eisenbahnbrücke, dann den Weg an den Gleisen entlang. Becky spricht zum ersten Mal wieder, seit wir die Docks verlassen haben.

»Blade?«

»Ich heiße nicht Blade.«

»Doch«, sagt sie.

»Was willst du?«

»Kennst du die Hedley-Siedlung?«

Ob ich diese Siedlung kenne? Besser als sie, das ist sicher. Ich kenne jeden Fleck in dieser Stadt. Sie bestimmt nicht.

»Was ist damit?«

»In eines der Häuser dort müsste ich rein.« Sie runzelt die Stirn. »Aber ich trau mich nicht.«

»Dann hast du ein Problem.«

»Ich möchte, dass du für mich dort reingehst.«

»Pech für dich. Mach ich nicht.«

Sie hält an und dreht sich um, nur diesmal hab ich es kommen sehen. Ich bin schon zwei Schritte zurück, aber sie hat ihr Messer gar nicht gezogen. Sie steht nur da und schaut mich mit zitternder Lippe an.

Ich traue ihr immer noch nicht. Heulen kann jede. Sie hat auch vorher schon geheult, das war aber wegen des Schocks. Jetzt ist es anders. Frag mich nicht, warum, Bigeyes.

Ihre Lippen zittern nicht mehr, ihr kommen auch keine Tränen. Trotzdem stimmt was nicht. Sie schaut mich einfach nur an. Auch ich schaue sie an. Sie könnte jetzt wer weiß was tun. Stattdessen spricht sie.

»Sie ist in einem Haus in der Siedlung.«

»Wer?«

»Jaz.«

»Wer ist Jaz?«

»Meine Tochter.«

»Deine was?«

»Jaz ist die Abkürzung für Jasmine.«

»Das kratzt mich nicht die Bohne, wofür das die Abkürzung ist. Wie kannst du überhaupt eine Tochter haben? Und dieses Haus da –«

»Sie hat keinen Vater.« Sie hebt die Schultern. »Na ja, sie hat schon einen Vater, natürlich, aber …« Sie hebt wieder die Schultern. »Er ist abgehauen. Jaz und ich sind allein. Sie ist erst drei, ich war dreizehn, als ich sie bekam. Und jetzt muss ich sie aus diesem Haus rausholen.«

»Das kannst du selbst machen. Damit hab ich nichts zu tun.«

Sie schaut mich kalt an.

»Hol sie für mich dort raus und ich erwähne dich nicht gegenüber der Polizei.«

»Moment mal. Wir haben eine Abmachung. Einen Unterschlupf für diese Nacht und was zu essen. Von einem Kind war nicht die Rede.«

»Ich hab dir gesagt, dass noch jemand mitkommt.«

»Aber du hast nicht gesagt, dass ich sie holen soll.«

»Das ist aber die Bedingung.«

Ich muss nachdenken, Bigeyes, und zwar rasch. Nichts hindert mich daran wegzulaufen. Aber wenn sie mich bei den Bullen verpfeift? Ich hab mich drei Jahre lang tot gestellt. Ich bin außerhalb ihres Radars geblieben und das will ich weiterhin. Vor allem seitdem diese Typen aus der Vergangenheit aufgetaucht sind. Wenn sich die Bullen einmischen, wird alles nur noch schwieriger.

Nicht dass ich dieser Tussi über den Weg traue. Selbst wenn ich ihr Kind da rausholen und ihr einen Unterschlupf verschaffen würde, könnte sie mich immer noch bei der Polizei verpfeifen. Ich gehe mit ihr ein Risiko ein, aber vorher muss ich erst noch etwas wissen.

»Was für ein Haus ist das? Warum kannst du da nicht reingehen und sie holen?«

Sie schaut mich an.

»Da könnten Mädchen aus der Bande drin sein.«

»Gehört denen das Haus?«

»Nein, es gehört Tammys Oma. Du kennst doch Tammy?«

»Ich weiß, wie sich die Kratzer ihrer Fingernägel in meinem Gesicht anfühlen.«

»Sie und Sash waren Trixis Lieblinge. Beide haben mich gehasst. Aber Tammys Oma hat mich in ihrem Haus schlafen lassen, und ich durfte Jaz bei ihr lassen, während ich mit den Mädchen unterwegs war.«

»Du hast dein Kind bei einer alten Frau gelassen, die du nicht mal kennst?«

»Sie ist in Ordnung. Na ja, die meiste Zeit hat sie einen in der Krone, aber sonst ist sie nett. Sie würde Jaz nie etwas zuleide tun. Und außerdem sind immer noch andere Leute im Haus.«

Sie schaut beiseite, so als hätte sie den letzten Satz lieber nicht gesagt. Ich hake nach.

»Wer denn?«

Sie schaut mich nicht an. Sie zögert und ich weiß, warum. Sie weiß, dass ich nicht reingehe, wenn es zu gefährlich ist. Und da hat sie recht.

»Wer denn?«

Nun schaut sie auf.

»Leute, die die Bande kennt. Sie nutzen das Haus zum Rumhängen.«

Sie nutzen die alte Frau aus, das ist offensichtlich.

»Ich kann mich da nicht blicken lassen«, sagt sie. »Sie würden mich ausfragen.«

»Du könntest ihnen die Wahrheit sagen und verschweigen, dass ich auch in dem Bungalow war. Du hast Trixi tot vorgefunden. Du hast mit dem Typen gekämpft. Hast einen Stuhl durch die Fensterscheibe geworfen und bist abgehauen.«

»Das würde man mir nicht abkaufen.«

»Wie soll ich dein Kind aus dem Haus holen?«

Sie rückt wieder näher. Ich mache einen Schritt zurück, halte Abstand. Sie bleibt stehen und beobachtet mich. Sie geht behutsam vor, Bigeyes, das merke ich. Sie will es nicht übers Knie brechen. Sogar ihre Stimme wird sanfter.

»Du bist clever«, sagt sie. »Das hab ich dir bereits gesagt. Du hast wirklich was auf dem Kasten. Wenn's um die Beine geht, bist du nicht so schnell, aber im Kopf bist du flink. Deine Augen sind immer in Bewegung. Dir entgeht nichts. Du verstehst dich darauf, unsichtbar zu bleiben. Und du hast dich im Griff.«

Sie holt das Messer aus der Tasche, klappt es aber nicht auf.

»Nimm es«, sagt sie.

Ich nehme es nicht.

Sie steckt es in meine Tasche.

»Jaz ist entweder in einem Schuppen hinten im Garten. Da spielt sie gern. Sie nennt es ihre Bude. Oder sie ist im

Haus im großen Wohnzimmer. Da sitzt sie meist in einer Ecke und malt.«

Ich hasse das Bild, das sofort in meinem Kopf entstanden ist. Ich sehe es deutlich und es macht mich krank. Am liebsten würde ich gar nichts damit zu tun haben. Obwohl, Bigeyes, ich weiß nicht, warum, aber ich empfinde bereits etwas für das Mädchen.

Damit meine ich Jaz.

Erstens hat sie Becky als Mutter, das ist schon schlimm genug. Und dann lässt man sie auch noch bei einer alten Nuss, die den ganzen Tag besoffen ist. Gar nicht zu reden von dem übrigen Gesocks, das da herumhängt.

Ich kann mir denken, was das für Typen sind.

»Ist sie im Schuppen, dann haben wir Glück, und ist sie im Wohnzimmer, dann nicht, willst du das damit sagen?«

Ich verstehe nicht, wie ich das überhaupt fragen kann. Becky ist rasch mit der Antwort.

»Richtig, aber selbst wenn sie im Wohnzimmer ist, können wir sie rausholen. Wir müssen nur das Haus beobachten und auf eine günstige Gelegenheit warten. Wenn sie allein im Wohnzimmer ist, klopfst du ans Fenster, bittest sie aufzumachen und sagst ihr, dass sie hinaussteigen und mitkommen soll.«

»Sicher, sie wird bestimmt alles machen, was ein Fremder ihr sagt.«

»Das tut sie. Ich gebe dir nämlich etwas von mir, das sie sofort erkennen wird. Du sagst, das ist von Fairypops.«

»Wie?«

»Von Fairypops. Wir haben Kosenamen. Sie ist Fairybell, das Feenkind, und ich bin Fairypops, die gute Fee.«

»Das klappt nie.«

»Sag es einfach. Sie wird dir glauben. Sie traut einfach jedem.«

»Da hast du sie ja toll erzogen.«

Beckys Mund verzieht sich.

»Ich erziehe sie, so gut ich kann. Aber sie vertraut Menschen, so ist sie nun mal. Egal, ob ich sie vor manchen Leuten warne, sie hat einfach Vertrauen.«

Jetzt schaue ich weg. Ich kann dieser Tussi nicht ins Gesicht sehen. Was tue ich jetzt, Bigeyes, sag es mir.

Sie hat einfach Vertrauen. Wer hat einfach Vertrauen? Selbst Kinder sind nicht so dumm.

Ich schaue wieder Becky an.

»Gehen wir.«

Ich kenne dieses Haus. Gleich als Becky von einem Schuppen im Garten gesprochen hat, ist mir das klar geworden. Hier in der Gegend gibt es mehrere, aber nur einen, den ein Kind als Bude bezeichnen würde.

Ich hätte als Dreijähriger auch so einen Schuppen gebrauchen können.

Schau ihn dir an. Eine nette kleine Bude gleich hinter dem Apfelbaum. Ganz anders als das Haus, diese Räuberhöhle. Wenn das Kind doch nur im Schuppen spielen würde, dann wären wir fein raus. Aber so ist es leider nicht. Frag mich nicht, woher ich das weiß.

Becky wird unruhig.

»Blade?«

»Was?«

»Los. Wir verlieren nur unsere Zeit. Die Bande ist nicht da, nur die Oma. Siehst du das Fenster im ersten Stock? Sie ist in ihrem Schlafzimmer.«

»Ich hab sie schon gesehen. Ich suche das Mädchen.«

»Du musst erst im Schuppen nachsehen.«

»Da ist sie nicht.«

»Das weißt du nicht. Du hast doch gar nicht nachgeschaut.«

»Da ist sie nicht.«

»Die Tür ist nur angelehnt. Das sehe ich von hier.«

»Na und?«

»Sie könnte doch drin sein.«

Ich antworte gar nicht, das wäre nur Zeitverschwendung. Stattdessen beobachte ich das Haus. Die Oma ist immer noch oben. Ich erkenne sie jetzt, ich hab sie ein paar Mal hier auf den Straßen gesehen. Wusste nicht, dass sie hier wohnt, auch nicht, dass Trixis Bande ihr Haus als Bleibe benutzt. Gewöhnlich ist der Osten ihr Revier.

Das zeigt wieder mal, wie wachsam man sein muss.

Erinnerst du dich, was ich dir gesagt habe, Bigeyes? Die

Stadt darfst du keinen Augenblick aus den Augen lassen, nur so kannst du überleben.

Die Oma bewegt sich jetzt. Sie geht weg vom Fenster, verschwindet einen Augenblick, dann ist sie unten in der Küche, von dort ins Wohnzimmer. Lässt sich in einen Sessel fallen. Sie sieht versumpft aus.

Was tut sich in der Gegend? Schäbige Häuser, verwahrloste Gärten, Hunde bellen, ein Radio plärrt im Nachbarhaus. Ein Typ streitet sich mit seiner Alten im Haus gegenüber. Wenigstens ist der Fußweg menschenleer, außerdem hat man durch eine Lücke im Zaun einen unverstellten Blick auf das Haus.

Becky redet wieder.

»Komm, Blade, gehen wir.«

»Ich dachte, du wolltest nicht hineingehen.«

»Ich hab es mir anders überlegt. Außer der Oma ist niemand da und die ist halb benebelt. Aber erst schauen wir im Schuppen nach.«

»Da ist sie nicht, das hab ich dir schon gesagt.«

»Wir schauen zuerst im Schuppen nach. Wenn sie nicht dort ist, gehen wir ins Haus.«

»Nein.«

Ich sehe sie finster an. Warum eigentlich? Schließlich ist es doch ihre Sache. Soll sie das doch selbst machen. Aber irgendwas lässt mir keine Ruhe, mit dem Haus ist etwas, das Becky nicht verkraften würde.

»Nein«, sage ich.

»Wie?«

»Ich mach es.«

»Was heißt das?

»Das heißt, ich kenne mich damit besser aus. Du verstehst nichts vom Unsichtbarbleiben.«

»Woher weißt du das?«

»Ich weiß es eben. Und außerdem ist da irgendwas im Busch.«

»Was denn?«

»Kann ich nicht sagen. Aber da ist was.«

Sie sagt nichts dazu.

»Warte hier«, rate ich ihr. »Ich bringe die Kleine raus.«

»Na gut, aber gib ihr das hier.«

Sie holt etwas aus ihrer Hosentasche. Etwas Plüschiges, Winziges. Reicht es mir.

»Peter Hase«, sage ich.

»Wer ist Peter Hase?«, fragt sie.

»Du liest wohl gar nicht, oder?«

»Nein, du etwa?«

Ob ich lese, Bigeyes? Wenn die wüsste.

Ich stecke den kleinen Plüschhasen in meine Tasche.

»Das ist also für Jaz.«

»Ja. Sag ihr, dass du ein Freund bist und dass Fairypops draußen auf sie wartet.«

Becky schaut noch einmal zum Haus hinüber. »Zu dumm. Eigentlich sollte ich mit dir da rein.«

»Nein, rühr dich nicht und bleib in Deckung.«

Ich gehe los. Muss handeln, ehe sie es sich anders überlegt. Hoffentlich bleibt sie da auch stehen. Sie könnte alles versieben. Ich muss wahnsinnig aufpassen und kann nicht auch noch sie im Auge behalten.

Sprung über den Zaun, den Rasen überqueren und auf die Wand zuhalten.

Hinschauen, horchen. Nebenan läuft immer noch das Radio. Im Haus gegenüber ist es still geworden, aber weiter unten auf der Straße hört man Kindergeschrei. Der Aufprall eines Fußballs. Kein Geräusch aus dem Haus der Alten, aber das will nichts heißen. Irgendwas stimmt hier nicht, auch wenn ich es nicht sehen kann. Und in einer Hinsicht hat Becky recht.

Wir dürfen keine Zeit verlieren.

Blick durch das Fenster. Die Alte sitzt immer noch zusammengesunken im Sessel. Sonst niemand im Zimmer. Andere Fenster, von denen aus man mich sehen könnte, gibt es nicht. Aber die Haustür ist von allen Seiten einsehbar. Checke die Rückseite, halte kurz am Küchenfenster.

Leer.

Das hab ich mir gedacht. Das Kind ist oben, aber da fangen schon die Schwierigkeiten an. Ich rieche das. Vorbei an der Küche, halt, erst checken. Nur ein Fenster schaut zu mir, das gehört zu dem Haus auf der anderen Seite des Gartens. Da guckt keiner.

Bis zur Hintertür. Anhalten, nachschauen.

Kein Mensch zu sehen.

Wieder hört man den dumpfen Aufprall eines Fußballs auf der Straße, Geklirr, ein Schrei, Gelächter und davoneilende Schritte.

Stille.

Mach die Tür auf. Horch.

Kein Geräusch im Haus.

Erst in die Küche, durch den Flur, leise, leise. Halt an beim Wohnzimmer. Die Tür ist einen Spalt weit offen. Schau hindurch. Der Kopf der Alten ist ihr auf die Brust gesunken, eine brennende Kippe liegt im Aschenbecher. Jetzt die Treppe hoch, sachte, sachte. Jetzt wird es schwierig. Es riecht nach Schnaps, Hasch und Schimmel. Halt an oben auf der Treppe.

Einmal rundum checken.

Drei Türen, zwei davon offen. Kleine, schmale Schlafzimmer, niemand drin. Das dritte Zimmer scheint das Bad zu sein. Warum ist die Tür geschlossen? Horch mal dran.

Nichts zu hören.

Sie muss da drin sein, die Frage ist bloß, wer noch?

Blick zurück auf die Treppe. Vielleicht muss ich mich ja ganz schnell abseilen. Jedenfalls gehe ich nicht ohne Jaz. Frag mich nicht, warum, ich weiß es nicht.

Vorsichtiger Druck auf die Klinke, die Tür ist nicht verschlossen. Nur einen Spaltbreit öffnen. Kein Geräusch drinnen. Die Tür noch weiter aufmachen, bis sie auf ein Hindernis stößt. Jemandes Fuß ist im Weg.

Keiner sagt etwas.

Den Kopf vorsichtig durch die Tür stecken.

Eine Rauchwolke behindert die Sicht. Ich zwinge mich einzutreten – und sehe, da hängen jede Menge Leute rum.

Ein großer, wabbeliger Kerl liegt nackt in der Badewanne. Eine Frau sitzt mit dem Rücken am Klosett, zwei weitere Typen liegen neben ihr auf dem Fußboden. Nadeln und Spritzen im Waschbecken.

Weiter weg auf dem Fußboden ein Blatt Papier, darauf ein paar Stifte, eine Kinderzeichnung. Ein Vogel, das erkenne ich von hier.

Aber kein Kind zu sehen.

Plötzlich fällt die Tür hinter mir zu. Einer der Typen hat ihr einen Tritt versetzt. Er hat sich im Sitzen aufgerichtet und starrt mich an.

»Wer bist denn du?«

Ich drücke das Plüschtier in der Hosentasche.

»Jaz' Onkel Peter.«

»Hä?«

»Jaz' Onkel Peter.«

Alle rühren sich jetzt, sogar das Walross in der Badewanne. Große, undurchdringliche Gesichter. Vorher nie gesehen, aber alle sehen kaputt aus. Die Frau schaut mich an.

»Du siehst nicht wie ein Onkel aus, eher wie ein Haufen Scheiße von der Straße.«

Die Typen lachen alle.

Ich schaue mir die Gesichter einzeln an. Alle starren nur auf mich. Der Typ, der die Tür zugekickt hat, hält sie mit dem

Fuß geschlossen. Tut keinen Mucks. Ich schaue ihm in die Augen. Auch er schaut mich weiterhin an, dann grinst er.

»Alles okay, Onkel Peter?«

»Wo ist Jaz?«

»Nicht hier.«

»Das sehe ich. Wo ist sie?«

Der Typ schaut zu seinen Kumpeln hinüber.

»Nicht sehr höflich, der Kleine.«

Wieder Gelächter. Ich versuche es anders.

»Ihre Mama sucht sie.«

»Ach Gott«, sagt die Frau.

Ich betrachte sie genauer. Von allen hier wird nur sie mir eine Auskunft geben. Aber ich muss es richtig anstellen.

»Ein süßes Mädel«, sage ich.

»Mmh.«

In den Augen der Frau fällt die Abenddämmerung ein. Ich rücke näher.

»Weißt du, wo sie sein könnte, Süße?«

»Ich bin nicht deine Süße, du kleiner Scheißer.«

»Schon gut, schon gut. Also, wo könnte sie sein?«

»Sie ist raus, als wir reinkamen. Hat ihr Bild hiergelassen. Guck mal im Schlafzimmer nach.«

Ich hab schon in beiden Schlafzimmern nachgeschaut, Bigeyes, aber vielleicht …

Ich mache einen Schritt in die Ecke, wo das Blatt Papier liegt, nehme die Zeichnung und den Bleistift und kehre zur Tür zurück. Der Typ hält sie immer noch mit dem Fuß geschlossen. Ich drücke das Plüschtier in der Hosentasche, lasse es los, taste nach dem Messer, umschließe es mit den Fingern.

Es ist eine Weile her, dass ich ein Messer in der Hand hatte, und noch länger, dass ich damit gedroht habe.

Ich denke an Trixi und Mary und an Jaz und diesen Typ mit dem aasigen Lächeln. Ich starre ihn an, bis er merkt, was gespielt wird. Das lese ich aus seinem Gesicht. Er schaut abwärts und beobachtet, wie sich meine Hand in der Hosentasche ballt.

Wieder grinst er, nimmt aber das Bein von der Tür fort.

Ich mache die Tür auf, horche und trete hinaus auf den Treppenflur. Das Schlafzimmer also. Welches von beiden? Zuerst das auf der rechten Seite.

Schleich hinein, schließ die Tür hinter mir. Niemand zu sehen, aber jetzt kommt mir eine Idee. Ich gehe auf die Knie und schaue unter das Bett, und tatsächlich, ein kleines Mädchen guckt hervor.

Zart wie ein Schneeglöckchen.

Sie rührt sich nicht, schreit nicht, sie schaut mich einfach nur mit großen Augen an. Ich lächle und flüstere.

»Hallo, Jaz. Du hast dein Bild vergessen.«

Ich reiche es ihr. Sie nimmt es nicht, schaut kurz das Bild, und dann wieder mich an.

»Tolles Bild«, lobe ich sie. »Willst du es nicht zu Ende malen?«

»Hab keinen Stift.«

»Da. Ich habe ihn für dich mitgebracht.«

Ich zeige ihr den Bleistift.

»Hier unten drunter kann ich nicht malen«, sagt sie.

»Dann komm doch hervor.«

Sie krabbelt unter dem Bett hervor, nimmt das Bild und den Bleistift. Ich fahre mit der Hand über das Papier.

»Sieht gut aus, Jaz. Was ist es denn, eine Drossel?«

»Ein Rotkehlchen.«

»Dann brauchst du ein bisschen Rot für die Brust.«

»Hab kein Rot.«

»Ich besorge dir einen roten Stift. Hör zu. Rat mal, wer mich geschickt hat.«

Sie antwortet nicht. Ich spreche noch leiser.

»Fairypops. Sie wartet draußen auf dich. Wollen wir zu ihr gehen? Wir können das Bild später fertig malen.«

Ich stehe auf und reiche ihr die Hand. Sie steht wortlos auf und nimmt das Blatt Papier. Sie schaut mich an.

»Wo ist Hase?«

»Hier.« Ich hole den Stoffhasen aus der Tasche. »Du hast ihm gefehlt.«

Sie nimmt ihn nicht.

»Willst du ihn nicht haben, Jaz?«

»Ich muss doch das Bild tragen.«

»Soll ich dann Hase tragen?«

»Ja.«

»Gut, gehen wir.«

Ich gehe zur Tür. Ich muss das Mädchen so schnell wie

möglich hier rausholen. Ich hab kein gutes Gefühl bei diesem Ort. Und schon sind neue Schwierigkeiten im Anmarsch.

Unten sind Stimmen zu hören.

Ein paar Mädchen aus der Bande sind zurück. Wie viele es sind, kann ich nicht sagen. Ich höre auf jeden Fall Tammy und noch ein paar. Von Sash ist nichts zu hören.

Ich öffne die Tür einen Spaltbreit und horche. Immer noch Stimmen von unten, aber jetzt sind sie ins Wohnzimmer gegangen. Ich drehe mich zu Jaz um.

»Komm mit.«

Sie sagt nicht Nein, schaut nicht einmal ängstlich. Becky hat recht. Dieses Mädchen hat so viel Vertrauen, dass es schon wieder unheimlich ist. Ich führe sie aus dem Schlafzimmer und lotse sie so am Treppenflur entlang, dass wir von unten nicht gesehen werden können.

Wieder hinhorchen.

Tammys Stimme. Sie redet übertrieben laut auf die Alte ein.

»Oma? Hörst du mich?«

Die Alte erwidert nichts. Ich drücke Jaz' Hand, kauere mich hin und flüstere.

»Jaz? Wollen wir ein Spiel spielen?«

Sie schaut mich an, sagt nichts, aber nickt stumm. Ich rücke näher an sie heran.

»Wir müssen mucksmäuschenstill sein. Dann schleichen wir uns aus dem Haus, ohne dass uns jemand sieht oder hört. Ob du das wohl schaffst?«

Sie nickt wieder.

»Na prima. Wir schleichen uns raus und gehen zu Fairypops. Aber keinen Mucks, abgemacht?«

Sie nickt zum dritten Mal. Tammy brüllt immer noch unten im Wohnzimmer.

»Menschenskind, Oma, hast du sie gesehen?!«

Diesmal wird eine Antwort gemurmelt.

»Wen denn?«

»Trixi! War sie hier?«

»Nein.«

»Und was ist mit Becky?«

Die Antwort verstehe ich nicht, aber im gleichen Augenblick donnert jemand gegen die Haustür, dann Schritte und Sash' Stimme ist zu hören:

»Sie ist tot!«

Alle schreien durcheinander, trotzdem schafft es Sash, die Geschichte zu erzählen.

»Trixi ist in dem Bungalow beim Treidelpfad. Offenbar hat sie Becky mitgenommen. Ich bin rein und habe sie im Schlafzimmer gefunden. Jemand hat ihr den Schädel eingeschlagen.«

»Was ist mit Becky?«, fragt Tammy.

»Die war nicht da. Aber hört zu.« Sash atmet schwer, ich höre es sogar von oben. »Hab sie gesehen. Sie nicht mich, aber ich sie. Auf dem Weg zum Bungalow habe ich sie den Meadway Drive hinunterlaufen sehen. Sie lief zu den Docks. Und wisst ihr, wer bei ihr war?«

»Wer?«

»Slicky.«

Stimmengewirr unten im Wohnzimmer. Die Alte redet davon, die Polizei zu rufen, aber die Mädchen hören gar nicht auf sie. Ich auch nicht, ich suche einen Weg, hier rauszukommen.

Die anderen sind immer noch im Wohnzimmer. Wenn wir jetzt gleich nach unten gehen, könnten wir ungesehen entwischen. Aber nicht lange, dann kommen sie und suchen Jaz. Sie wissen, dass Becky ihre Tochter holen wird. Ich flüstere wieder.

»Bist du so weit, Jaz?«

Da geht plötzlich die Badezimmertür auf.

Das Walross aus der Badewanne, immer noch splitternackt, steht triefend im Gang. Er macht einen Schritt bis zum Treppengeländer und hält sich wankend daran fest. Ich ziehe Jaz zu mir heran, aber der Kerl sieht uns gar nicht. Die Frau kommt ebenfalls aus dem Badezimmer, gefolgt von den beiden anderen Typen. Das Walross brüllt im Treppenhaus.

»Könnt ihr Leute da unten wohl mit diesem verdammten Höllenspektakel aufhören?«

Für einen Junkie redet der ganz schön hochgestochen daher. Und er ist das Letzte, was wir jetzt brauchen können. Tammy ist schon raus aus dem Wohnzimmer und schreit ihn an.

»Verschwindet von hier! Das haben wir euch schon mal gesagt. Raus!«

Gleich wird sie die Treppe hinaufstürmen und dann sieht sie uns. Ich schiele zum Schlafzimmer hinüber. Da gäbe es eine Chance …

Das Walross erwidert ihr mit sonorer Stimme.

»Wir haben ein Recht, hier zu sein, mein Fräulein. Schließlich war deine Großmama so nett, uns hereinzubitten.«

Ich beuge mich zu Jaz hinab. Sie hat sich nicht gerührt, hat keinen Mucks getan, hat meine Hand nicht losgelassen. Sie schaut mich nur an. Ich flüstere.

»Komm mit.«

Ins Schlafzimmer, ganz behutsam. Blick zurück, niemand beobachtet uns. Die Junkies schreien nach unten und die Mädchen schreien nach oben. Ich mache die Tür zu, lasse Jaz' Hand los, reiße die Laken vom Bett, schlinge sie zusammen, knote ein Ende am Bettpfosten fest, mache das Fenster auf, werfe das Laken hinaus.

Das könnte schiefgehen.

Es muss aber klappen.

»Jaz, hör zu.«

Sie schaut mich mit großen Kinderaugen an.

»Jaz, du musst jetzt tun, was ich dir sage. Ich setz dich auf meine Schultern und du hältst dich an meinem Kopf fest. Dann klettern wir gemeinsam in den Garten hinunter. Schaffst du das?«

Sie nickt.

Es ist unglaublich. Ein Wort genügt, und sie tut genau das.

Das Geschrei wird immer lauter. Tammy gerät in Rage. Höchste Zeit abzuhauen. Ich ziehe an einem Ende des Lakens, werfe noch einen prüfenden Blick aus dem Fenster.

»Los geht's, Jaz.«

Ich hebe sie auf meine Schultern, sodass ihre Beine links und rechts neben meinem Kopf baumeln. Sie ist federleicht. Umso besser. Ihr Bild hält sie mir vor die Augen.

»Können wir das Bild nicht hierlassen, Jaz?«

»Nein.«

»Na gut.«

Zum Diskutieren ist keine Zeit.

»Halte dich gut fest.«

Sie hält sich fest, die Händchen samt Bild über meinem Gesicht verschränkt. Ich sehe kaum etwas, aber dafür ertaste ich den Weg. Mit einem Bein steige ich aus dem Fenster, halte mich an den zusammengebundenen Laken fest. Ziehe das andere Bein nach. Die Laken halten. Jetzt abseilen, das Kind hält sich auch gut fest. Schon sind wir unten im Garten.

»Gut gemacht!« Ich setze sie auf den Boden. »Jetzt gehen wir zu Fairypops.«

Ich nehme sie bei der Hand und führe sie hinter das Haus. Drinnen wird immer noch geschrien. Blick in den Garten. Auf der anderen Seite des Zauns sehe ich Beckys Kopf. Sie geht auf den Schuppen zu und winkt uns ebenfalls dorthin.

Diese blöde Kuh!

Denkt sie denn gar nicht mit? Ich hab ihr doch gesagt, sie soll sich nicht blicken lassen und an ihrem Platz bleiben. Vom Haus kann sie jeder sehen. Aber das ist jetzt nicht zu ändern. Wir müssen so rasch wie möglich zur Pforte, ehe sie noch Schlimmeres anstellt.

»Komm, Jaz, lauf mit mir, so schnell du kannst.«

Wir haben keine zehn Schritte gemacht, da ruft jemand hinter uns her.

»Ihr da!«

Es ist die Alte. Sie schaut aus dem Wohnzimmerfenster und zeigt auf uns.

»Halt!«

Tammys Kopf erscheint ebenfalls im Fenster. Sie sieht uns und verschwindet sofort wieder. Im nächsten Augenblick rast sie schon draußen am Haus entlang und kommt auf uns zu, Sash und zwei weitere Mädchen folgen ihr.

Alle drei haben Messer.

Mit Jaz als Klotz am Bein haben wir keine Chance. Wir können nur versuchen, unter möglichst viele Leute zu kommen, wo die Bandenmädchen mit ihren Messern nicht viel anrichten werden. Becky ruft immer wieder nach Jaz.

»Jaz, komm hierher!«

Ich gebe dem Kind einen sanften Stoß.

»Lauf zu Fairypops!«

Jaz läuft auf die Gartenpforte zu. Becky hat die Pforte schon geöffnet. Sie ruft auch mich.

»Komm!«

Ich halte einen Augenblick an, um die Mädchen zu verunsichern. Sie haben schon das Tempo gedrosselt, als wüssten sie nicht, ob sie sich an mich oder eher an Becky und das Kind halten sollen. Die Alte schaut immer noch aus dem Fenster. Wahrscheinlich werden die Mädchen nicht viel machen, solange die Alte zuschaut.

Ich schaue mich um. Jaz hat die Pforte erreicht und läuft in Beckys Arme. Ich sehe ihre Augen. Komm!, sagen sie.

Ich laufe wieder, erreiche die Pforte und schlage sie zu. Becky hat Jaz auf dem Arm. Die Kleine hält immer noch ihr Bild in der Hand. Doch jetzt kommen Tammy und die anderen auf die Pforte zugerannt.

»Los!«, sagt Becky.

Sie nimmt den Pfad, aber in Richtung Wald.

»Becky! Nicht da lang! Richtung City!«

Was wir brauchen, sind Leute, nicht Bäume. Doch es ist schon zu spät. Sie hat die falsche Richtung eingeschlagen und die Mädchen haben mich fast eingeholt. Ich drehe um und laufe keuchend hinter Becky her. Ich keuche fürchterlich, Bigeyes. Wir stecken in der Klemme und das ist Beckys Schuld.

Eigentlich müsste ich jetzt so rasch wie möglich verduften, aber das bringe ich nicht fertig – wegen Jaz. Ich kann sie nicht im Stich lassen.

Mit vier Mädchen werden wir nicht fertig. Weder können wir mit allen vieren kämpfen noch haben wir eine Chance, ihnen zu entkommen. Becky allein könnte ihnen davonlaufen, aber nicht mit Jaz auf dem Arm. Ich habe sie schon eingeholt.

Und die Mädchen kommen immer näher.

Hier beginnt das Waldstück. Groß ist es nicht, wenn wir auf dem Weg bleiben und schnell genug laufen, treffen wir sicherlich auf Leute. Aber Becky ist schon in den Wald hinein.

»Becky! Zurück auf den Weg!«

»Nein! Hier können wir sie abschütteln!«

Sie hört nicht, rennt einfach weiter. Bald tappen wir zwischen Eichen und Birken herum. Plötzlich bleibt Becky stehen, dreht sich um und starrt. Sie hat wohl gemerkt, dass das keinen Sinn hat. Sie hält immer noch Jaz auf dem Arm. Beide schauen an mir vorbei.

Auch ich halte an und schaue hinter mich.

Die Mädchen kommen auf uns zu, ohne Eile, sie sehen ja, dass wir stehen. Sie fächern sich auf und schneiden uns damit jede Fluchtmöglichkeit ab. Ich rühre mich nicht mehr – wozu auch – und schaue mich um.

Becky tritt ein paar Schritte zurück. Sie setzt Jaz ab, beide stehen jetzt neben einer alten Zeder. Das Kind hält immer noch seine Zeichnung in der Hand und scheint sich keine Sorgen zu machen.

Ich wünschte, ich wäre sie.

Aber das geht nicht. Ich bin ich. Was ich auch mache, ich bin immer ich. Die Mädchen sind ein paar Meter von mir entfernt stehen geblieben. Ich beobachte sie, spüre aber Becky und Jaz weiterhin im Rücken. Ich prüfe die Gesichter vor mir.

Wer ist jetzt, wo Trixi nicht mehr da ist, die härteste von allen?

Schwer zu sagen. Tammy und Sash sind aus demselben Holz geschnitzt. An die Namen der anderen beiden kann ich mich nicht erinnern. Ich hab sie oft genug gesehen, um zu wissen, wozu sie fähig sind.

Becky ruft ihnen zu.

»Xen! Kat! Ihr müsst nicht tun, was Tammy euch befiehlt«

»Halt die Klappe«, sagt das schwarzhaarige Mädchen.

»Xen –!«

»Halt die Klappe, habe ich gesagt!«

Becky wendet sich an das andere Mädchen.

»Kat, hör mal – «

»Vergiss es«, erhält sie zur Antwort.

Und Becky verstummt.

So heißen die beiden also, Xen und Kat. Aber mehr werden wir voneinander nicht erfahren. Ich beobachte Tammy. Sie ist von allen vieren am nächsten herangekommen. Offenbar ist sie jetzt die Chefin. Alle kommen jetzt ein paar Schritte näher. Ich warne sie.

»Stopp. Keinen Schritt weiter!«

»Halt die Schnauze, Slicky!«, bellt Tammy.

»Keinen Schritt weiter!«

»Willst du uns aufhalten, oder was?«

Und da geschieht es.

Ich markiere nicht mehr den toten Mann. Eben war ich noch ein Gespenst, jetzt stehe ich vor ihnen, das Messer gezückt, die Klinge blank.

Die Mädchen bleiben stehen, schauen sich gegenseitig an, wenden ihre Blicke dann mir zu.

»Ah, du hast jetzt ein Messer, Slicky«, sagt Sash. »Kannst du auch damit umgehen?«

»Becky hat Trix nicht umgebracht«, sage ich. »Ich auch nicht.«

»Wer dann?«

Becky meldet sich hinter mir zu Wort.

»So ein Typ. Er war im Bungalow. Ich hab ein Zimmer überprüft, Trix ist ins Schlafzimmer gegangen. Als ich dann dort reinging, lag sie schon tot da, außerdem war da noch der Typ. Er muss ihr eins über den Kopf gezogen haben.«

Ich beobachte die Mädchen, jedes einzelne Gesicht. Sie glauben kein Wort davon.

»Das stimmt«, sage ich. »Ich habe ihn auch gesehen.«

Tammy schaut mich argwöhnisch an.

»Und du bist auch zufällig dort gewesen.«

»Ja.«

Sie tritt einen Schritt näher.

»Woher hast du Trixis Messer?«

Die anderen Mädchen erstarren. Tammy schaut zu ihnen hinüber.

»Habt ihr das nicht bemerkt?«, fragt sie die anderen. »Slicky hat ihr Messer.«

»Ich habe es ihr aus der Tasche gezogen«, sage ich. »Damit habe ich mich gegen den Typen gewehrt.«

»Das stimmt«, sagt Becky.

Doch für Erklärungen ist es nun zu spät. Die Mädchen kommen näher. Ich halte ihnen das Messer entgegen.

»Keinen Schritt weiter!«

Sie gehen trotzdem weiter. Becky und Jaz hinter mir weichen zurück.

»Keinen Schritt weiter oder –«

»Oder was?«, sagt Sash.

Ich schaue hinter mich. Becky und Jaz stehen vor der Zeder, das kleine Mädchen hält ihre Zeichnung in der Hand.

»Oder was?«, höhnt Sash.

Und plötzlich rufe ich dem Kind etwas zu.

»Jaz, halte deine Zeichnung hoch, damit wir sie sehen können. Halte sie über deinen Kopf!«

Und ohne Zögern tut sie, was sie immer tut. Sie tut, was

man ihr sagt. Sie hält die Zeichnung über den Kopf, vielleicht eine Handbreit, aber das genügt schon.

Denn mein Arm schwingt schon zurück. Nur für mich ist es Zeitlupe, Vergangenheit, Gegenwart und Zukunft werden eins, als das Messer durch die Luft saust, die Spitze auf das kleine Mädchen vor dem Baum gerichtet. Ich beobachte ihr Gesicht, es schaut mich ruhig an, als wäre es der ruhigste und friedlichste Ort in dieser ganzen beschissenen Welt.

Das Messer bohrt sich in das Papier und heftet es an den Baum dahinter.

Das Rotkehlchen ist mitten ins Herz getroffen.

Dann renne ich zu Jaz hinüber. Sie steht immer noch ganz ruhig da, vertrauensvoll wie immer. Becky schreit auf, aber ich beachte sie nicht. Ich ziehe das Messer aus der Baumrinde, das Blatt Papier fällt zu Boden. Ich wende mich wieder den Mädchen zu. Sie haben sich nicht gerührt, sondern starren mich an. Ich spüre, wie Jaz meine freie Hand ergreift.

Becky hört auf zu schreien.

Ich warne die Mädchen.

»Wer mir zu nahe kommt, dem passiert das Gleiche.«

»Wie Trixi?«, ruft Tammy.

»Das war nicht ich, und Becky auch nicht.«

Sie starren mich weiter an, dann wenden sie sich ab und ziehen sich zurück. Becky berührt mich am Arm.

»Es ist noch nicht vorbei«, sagt sie.

Ich schaue zu Jaz hinunter, ihre Hand liegt noch immer in meiner.

»Das war erst der Anfang«, sage ich.

Das ist zwar nicht das beste Nest, Bigeyes, aber für heute Nacht wird es reichen. Und da es eine Wohnung in einem Mietshaus ist, können wir sogar Licht machen. Zumindest ein paar Lampen im Schlaf- und im Wohnzimmer. Da kann man das Licht stufenlos regulieren und außerdem gehen die Fenster auf die Umgehungsstraße. Außer den Autofahrern kann uns niemand sehen, die Wohnung liegt zu hoch, als dass sich überhaupt irgendjemand um uns kümmern würde.

Becky war den ganzen Tag über schweigsam. Hat kaum was gesagt, seitdem wir den Wald verlassen haben. Auch Jaz hat nicht viel gesagt. Sie war wohl ein bisschen sauer, weil ich ihre Zeichnung verhunzt habe, aber nicht lange. Sie hat mir wieder die Hand gegeben.

Keine Ahnung, was wir den restlichen Tag über gemacht haben. Immer unterwegs und Augen auf. An mehr kann ich mich nicht erinnern. Und jetzt ist es acht Uhr abends, es ist dunkel und mein Leben ist wieder ein Chaos.

Ich war gut im Mich-tot-Stellen. Mein Leben war ein fauler Lenz, ich konnte ausschlafen. Wie schon gesagt, das Leben ist ein Kinderspiel. Aber eben nur, wenn man es im Griff hat. Andernfalls ist es ein Krampf. Ich muss mich zusammenreißen, muss entscheiden, was ich tun soll. Drei Jahre lang habe ich wie ein Geist gelebt, jetzt sind wieder Gespenster hinter mir her.

Becky hat sich zusammen mit Jaz aufs Sofa gekuschelt. Das kleine Mädchen schläft ganz tief. Becky hat auch die Augen geschlossen, aber sie schläft nicht. Am liebsten würde sie mich und alles andere verdrängen. Sie versucht zu vergessen.

Frag mich nicht, woher ich das weiß.

Aber das wird nicht klappen. Man vergisst nämlich nicht, niemals. Die Gespenster holen dich jedes Mal ein.

Aus dieser Tussi werde ich nicht schlau. Sie ist nicht wie Tammy und die anderen. Die sind hart und lassen sich nichts bieten, sie dagegen ist aufgebracht oder kuscht oder beides. Sie ist bestimmt eine miese Mutter. Nie im Leben hätte ich ein kleines Mädchen wie Jaz bei so einer dusseligen Oma gelassen, die nichts mehr blickt und ihr Haus kaputten Typen von der Straße als Drogenhöhle überlässt.

Wenn Jaz mein Kind wäre, hätte ich es keine zwei Minuten aus den Augen gelassen.

Aber in einem Punkt hat sich Trixi in Becky getäuscht. Das Mädchen ist nicht feige. Sie hat Angst, aber das ist nicht dasselbe. Sie hält die Augen immer noch geschlossen, aber ich weiß, dass sie hellwach ist und angestrengt nachdenkt.

Wie ich.

Schon seltsam, dass ich jemandem einen meiner Schlafplätze zeige. Über den Mann, der hier wohnt, habe ich ihr nicht viel erzählt. Arbeitet auf einer Bohrinsel. Einen Monat ist er draußen auf See, einen Monat an Land. Vor ein paar Jahren hab ich das rausgekriegt, und seitdem beobachte ich, wo er sich wann aufhält. Vor Ablauf von drei Wochen kommt er nicht zurück.

Für den Ort spricht einiges. Erstens das altmodische Schloss, leicht zu knacken. Der alte Mann, der nebenan wohnt, ist schwerhörig. Die Wohnung gegenüber steht leer. Leider fehlen Bücher, das ist das Einzige, was mich abhält, öfter hierherzukommen.

Becky schlägt die Augen auf.

»Alles in Ordnung, Becky?«

Statt zu antworten, fragt sie mich.

»Wo hast du denn das Messerwerfen gelernt?«

Ich hatte mich schon gefragt, wann sie damit käme. Den ganzen Tag hatte sie die Frage vermieden.

»Geht dich nichts an, wo ich das gelernt habe.«

»Willst du mir damit sagen, dass ich mich nicht in deine Angelegenheiten einmischen soll?«

»Vielleicht.«

Schweigen. Sie schaut mich durchdringend an. Im gedämpften Licht wirken ihre Augen so dunkel wie noch nie. Sie schaut erst auf Jaz, die immer noch neben ihr schläft, dann blickt sie wieder mich an.

»Du hättest sie umbringen können.«

»Hab ich aber nicht. Also, ich hab mein Versprechen gehalten. Ich hab euch einen Unterschlupf für heute Nacht verschafft. Und etwas zu essen dazu.«

»Das nennst du Essen? Eine Büchse Bohnen, eine Büchse Champignons und eine Büchse Mais?«

»Nicht meine Schuld, wenn der Mann sonst keine Vorräte in der Wohnung hat. Gewöhnlich gibt es bei ihm auch Suppe.«

Sie schaut weg. Sie kocht vor Schmerz und Wut. Sie nimmt sich eine Zigarette.

»Lass das«, sagte ich.

Sie schaut mich fragend an.

»Keine Zigaretten, Becky.«

»Was soll das jetzt wieder?«

»Ich hinterlasse keine Spuren in den Verstecken, die ich benutze.«

Sie starrt mich nur noch wütender an. Wahrscheinlich war das dumm von mir. Einmal durchlüften hätte genügt, und bis der Mann zurück ist, wäre der Rauch sowieso verflogen. Aber ich bin es nun einmal gewöhnt, keine Spuren zu hinterlassen.

Vielleicht spielt es gar keine Rolle mehr. Vielleicht gebe ich dieses Versteck auf, benutze es nicht mehr. Denn, Bigeyes, ich frage mich, ob diese Stadt für mich nicht erledigt ist, jetzt, wo die Gespenster hier sind. Es gibt keine Rückzugsorte mehr. Alles, was ich mir aufgebaut habe, was ich durch langes Beobachten rausgefunden habe, war für die Katz.

Ich muss wieder von vorn anfangen.

In einer anderen Stadt.

Vielleicht werden sie mich auch dort finden. Aber ich muss wieder von vorn anfangen. Und ich muss mir Hoffnung machen.

Becky redet wieder.

»Ich halte Wort.«

Ich schaue sie an.

»Morgen früh bin ich fort«, sagt sie. »Fort aus deinem Leben.«

Langes Schweigen. Draußen fahren Autos die Ringautobahn entlang. Sie sind wie ferne Stimmen von unbekannten Menschen, unterwegs zu unbekannten Orten. Stimmen, die sich an niemanden richten.

In meinem Leben ist es jetzt so dunkel.

Wo ist das Licht geblieben?

Erinnerst du dich an das Buch, das ich dir gestern Abend gezeigt habe? Über einen Kerl namens Nietzsche?

Der Übermensch und der Wille zur Macht. An einer Stelle schreibt er:

Was mich nicht umbringt, macht mich nur noch stärker.

Glaubst du das, Bigeyes?

Ich weiß es nicht. Ich schaue Becky an und weiß es nicht. Ich betrachte mich selbst und weiß es nicht. Ich weiß gar nicht, ob du mir zuhörst.

Ich fühle mich nicht stärker, eher klein und schwach. Ich bin noch da, aber ich fühle mich klein und schwach.

»Willst du das?«, fragt Becky.

Ich schaue sie an. Auch sie wirkt klein und schwach. Von uns dreien scheint nur die schlafende Jaz stark zu sein.

»Willst du das?«, fragt Becky wieder. »Sollen Jaz und ich gehen?«

Ich schaue erst sie, dann Jaz an. Und ich höre mich antworten.

»Nein.«

Früher Morgen, grau in Grau. Autos dröhnen vorbei. Hab nicht viel geschlafen. Ich mache das Radio an. Gewöhnlich vermeide ich das, aber ich muss auf das Schlimmste gefasst sein.

»Die Schlagzeilen. Nach dem Mord an einem sechzehnjährigen Mädchen im Bezirk Carnside fahndet die Polizei nach einem sechzehn Jahre alten Mädchen namens Rebecca Jakes und einem zirka vierzehn Jahre alten Jungen, bekannt unter dem Namen Slicky. Das Opfer, dessen Name bisher nicht genannt wurde, war erschlagen in einem Bungalow aufgefunden worden –«

Becky stellte das Radio ab.

»Ich will das nicht hören«, sagt sie.

»Wir müssen aber wissen, was die Polizei weiß.«

»Das wissen wir doch schon.«

Sie schaut zu Jaz hinüber. Die sitzt in einer Ecke und malt ein neues Bild auf der Rückseite des Blattes, das ich verhunzt habe. Sie achtet gar nicht auf das Loch, das die Klinge gerissen hat.

»Becky, wir müssen wissen, was in den Nachrichten gesagt wird.«

Sie blickt mich an und spricht mit leiser Stimme.

»Die Polizei hat mich schon gesucht, ehe ich hierherkam. Dann hab ich Trixi und die Bande getroffen und bin bei Tammys Oma gelandet. Seither bin ich untergetaucht. Aber nun weiß die Polizei, dass ich hier bin. Und du ...«

Ihr Blick wandert über mich.

»Du bist ein Fall für sich.«

»Wir brauchen etwas zum Frühstück.«

»Lenk nicht ab.«

»Wir brauchen trotzdem etwas zum Frühstück.«

»Wer sind diese Männer, die dich suchen?«

»Hab ich nie zuvor gesehen.«

»Aber sie wissen, wer du bist. Der Mann hat dich Blade genannt. Und da hatte er recht. Jetzt kannst du niemandem mehr etwas vormachen.«

Ich zucke nur die Achseln. Aber so leicht lässt sie sich nicht vom Thema abbringen.

»Wer sind sie?«, will sie wissen.

»Typen, die von bestimmten Leuten geschickt wurden.«

»Was sind das für Leute?«

»Ich hab mir ein paar Feinde gemacht.«

»Wen denn?«

»Zeit zum Frühstücken.«

Ich stehe auf und gehe zu Jaz.

»Hallo, Jaz!«

Sie schaut auf.

»Was malst du denn da?«

Sie zeigt mir ihr Bild. Noch ein Vogel.

»Schön«, sage ich. »Ich verspreche dir, dass ich es nicht kaputt mache. Hast du Hunger?«

Sie nickt.

»Ich schau mal, was wir haben.«

Und das ist nicht viel. Der Mann hat jede Menge Vorräte in Dosen, aber sonst ist nichts da. Ich gehe in die Küche, Becky folgt mir. Gemeinsam durchsuchen wir die Schränke.

»Hier sind Haferflocken«, meldet sie. »Mit Wasser könnten wir einen Brei daraus machen. Was gibt es sonst noch?«

»Knäckebrot.« Ich schaue in einen weiteren Schrank. »Etwas Marmelade. Gibt es noch Margarine?«

Sie macht die Kühlschranktür auf.

»Ja.« Sie nimmt den Deckel ab und riecht an der Margarine. »Scheint noch gut zu sein.«

Wir frühstücken, machen den Abwasch, räumen das Geschirr weg. Bedrückendes Schweigen. Der Mieter nebenan hat den Fernseher laut gedreht. Fußgetrappel an der Tür, dann fallen Briefe durch den Türschlitz auf den Haufen, der sich bereits im Flur angesammelt hat. Jaz zeichnet wieder. Becky und ich sitzen am Tisch.

»Wir müssen weg, Bex.«

»Ich weiß«, sagt sie. »Wann?«

»Heute Abend. Wenn es richtig dunkel ist.«

»Was machen wir den Tag über?«

»Wir bleiben hier. Lassen uns nicht blicken.«

»Wird der Besitzer nicht heimkommen?«

»Nur wenn er ein guter Schwimmer ist.«

Schweigen. Ich schaue sie an. Sie wirkt wieder wie ein kleines Mädchen, fast so wie Jaz. Nur dass Jaz keine Angst hat.

»Ich hab auch Angst, Bex.«

»Ich dachte, nur ich hätte Angst.«

Ich schüttel den Kopf.

Und es stimmt, Bigeyes. Ich hab die Flatter, weil ich weiß, dass es aus ist. Alles hat sich geändert. Vorher war ich frei. Ich stand oben auf meinem Berg, erinnerst du dich noch? Und jetzt sucht die Polizei nach mir, die Bande, und, was das Schlimmste ist, auch die Vergangenheit holt mich ein. Alles kommt hoch wie eine Leiche, die sich plötzlich wieder bewegt.

Und das Gleiche gilt für Becky.

»Ich hab auch Angst, Bex.«

Sie schaut mich an.

»Wohin wollen wir eigentlich?«

»Nur fort.«

»Können wir uns nicht hier in der City verstecken?«

»Nein.«

»Aber du kennst dich hier doch so gut aus.«

»Ich kenne die Stadt wie kein Zweiter. Aber gerade deshalb müssen wir weg. Zu viele Leute suchen uns hier.«

»Wohin also?«

»Keine Ahnung. Erst mal müssen wir weg und dann sehen wir weiter.«

Sie schielt über die Schulter zu Jaz hinüber. Das kleine Mädchen ist ganz über seinem Bild versunken, als ob es sonst nichts auf der Welt gäbe.

»Bex?«

Sie dreht sich zu mir.

»Hast du Geld?«, frage ich sie.

»Nein. Du?«

»Nein. Und sonst?«

»Ein paar Sachen von mir sind noch im Haus von Tammys Oma. Ich brauche sie nicht.«

»Gut.«

»Dann müssen wir also warten bis heute Abend?«

»Ja.«

Und wir warten. Jaz malt ein Bild nach dem anderen, bittet um Papier. Becky findet einen Block mit liniertem Papier und einen Bleistift. Jetzt zeichnen sie gemeinsam. Ich brüte vor mich hin.

Über all die Dinge, die ich vergessen wollte. Und für einen Moment scheint es, als ob ich wieder sieben Jahre alt bin. Ich stehe wie damals mitten auf der Straße, halte schreiend und fluchend den Verkehr an und würde am liebsten alle zum Teufel wünschen. Aber diesmal ist es anders, die Leute schauen sich das nicht mehr einfach an, diesmal drücken sie aufs Gas und wollen mich überfahren.

Mein ganzes Leben löst sich auf. Ich dachte, alles wäre fest wie eine kleine Kugel, aber in Wirklichkeit war es nur ein Wollknäuel. Jemand hat das Knäuel genommen und in die Luft geworfen, und nun wickelt es sich ab und hinterlässt für alle einen sichtbaren Faden, dem sie folgen können.

War nicht schwer, mich zu finden.

Die Typen und der haarige große Kerl müssen mir schon lange auf der Spur gewesen sein. Sie haben mich wahrscheinlich mit der Mädchenbande unten am Treidelpfad gesehen oder kurz darauf beim Weg zum Bungalow. Bestimmt wussten die, dass ich drin war. Auf mich hatten sie es abgesehen, als sie die Tür aufgebrochen haben.

Und jetzt ist Trixi tot und wahrscheinlich auch Mary.

Wie viele Leute werden noch wegen mir draufgehen?

Ich schaue erst Becky, dann Jaz an und wieder zieht sich in mir alles zusammen.

Der Tag schleppt sich wie ein schwerer Traum dahin.

Und dann ist es doch Abend geworden.

Wir essen, das Gleiche wie schon zu Mittag. Keiner sagt ein Wort, so als würden wir auf eine Hinrichtung warten. Der Fernseher nebenan dröhnt immer noch. Lief den ganzen Tag, ohne dass es mir aufgefallen wäre. Wir machen den Abwasch, räumen alles an seinen Platz, setzen uns wieder. Becky sieht blass aus.

»Bex?«

»Was denn?«

»Willst du bei der Polizei anrufen?«

»Machst du Witze?«

»Ich meine ja nicht, dass du dich stellen sollst. Du könntest ihnen einen Hinweis auf den Kerl geben, der Trixi umgebracht hat. Und auf die anderen beiden Typen, die danach aufgetaucht sind. Dann hätte die Polizei einen Grund, nach anderen Personen zu fahnden. Das könnte von Vorteil für uns sein.«

Sie schüttelt den Kopf.

»Ich hab schon genug Probleme mit der Polizei. Die glauben mir sowieso kein Wort. Und wenn …«

Sie braucht gar nicht weiterzureden. Ich merke schon, dass sie eine Heidenangst vor den Bullen hat.

Ich stehe auf.

»Wir müssen los.«

Becky steht ebenfalls auf und reicht Jaz die Hand. Das kleine Mädchen ergreift sie, blickt aber zu mir auf.

»Bist du so weit, Jaz?«, frage ich.

Sie nickt.

Da fällt mir etwas ein.

»Bex?«

»Ja?«

»Steck das ein, ja?«

Ich reiche ihr das Messer.

»Ich will es nicht«, sagt sie.

»Ich auch nicht.«

»Aber du weißt, wie man damit umgeht.«

Das weiß ich nur zu gut, Bigeyes. Und darin liegt das Problem. Ich kenne mich zu gut mit dem Messer aus. Genauso wie ich auch die Stadt zu gut kenne. Es wird Zeit, beide hinter mir zu lassen.

»Steck es ein, Bex, sei so gut.«

Sie nimmt es schließlich und steckt es in ihre Tasche.

»Danke«, sage ich.

Ich checke noch mal die Wohnung, schalte das Licht aus und mache die Tür auf. Alles ruhig. Der Flur ist dunkel und leer. Sogar nebenan ist es still geworden.

Wir treten in den Flur, warten und horchen. Nichts regt sich, keine Stimmen zu hören, nur der Verkehrslärm von draußen. Becky schließt die Wohnungstür. Wieder horchen, dann Stockwerk für Stockwerk leise die Treppe hinunter, raus auf die Straße und hinein ins Dunkel der Nacht.

Blutroter Abendhimmel. Die Straßen dunkel, die Nacht fällt herab. Aber die Stadt ist wach. Sie schläft nie, Bigeyes, sie mag vor sich hindösen, aber sie schläft nie – und sie sieht zu viel.

Wer hält sonst noch die Augen offen?

Das ist die Frage.

Eine Menge Leute suchen uns. Die Polizei, die Mädchenbande, all die anderen. Ich mag gar nicht daran denken. Die Vergangenheit ist zurückgekehrt und hat ihre Krallen in meinen Rücken geschlagen. Das Leben ist wieder gefährlich, und ich bin nicht mehr das, was ich früher war.

Becky hat einen komischen Gang, sie schlurft. Ob sie bloß müde ist oder sich wehgetan hat, ist schwer zu sagen. Sie hat Schiss, das weiß ich. Sie ist keine Wildkatze wie Tammy und die anderen Mädchen der Bande. Sie glaubte, sie könnte das, aber das war ein Irrtum.

Ich werde nicht schlau aus ihr. Sie ist mir nicht egal, ich mag sie – ein bisschen. Aber ich blicke bei ihr nicht durch. In der Wohnung sind wir gut miteinander ausgekommen, aber auf der Straße verschließt sie sich wieder.

Gerade das kann ich jetzt nicht brauchen. Sie müsste jetzt stark sein. Stattdessen wird sie zu einem Klotz am Bein. Sie scheint überhaupt keinen Instinkt zu haben, nicht einmal für Jaz.

Allein wegen der Kleinen hab ich mich noch nicht abgeseilt. Wenn's Becky allein gewesen wäre, hätte ich gesagt, trennen wir uns. Aber ich kann die Kleine doch nicht im Stich lassen!

Schau sie nur mal an. Hat in einer Drogenhöhle gewohnt und weiß Gott wo sonst noch, hat Becky als Mutter, verbringt die meiste Zeit mit Junkies, Herumtreibern und Mädchen, die dich abstechen wollen. Und jetzt spaziert sie an meiner Hand durch den Abend, als ob sie zu einem Kindergeburtstag gehen würde.

Als ob's gar keine Gefahren gäbe. Als ob wir wüssten, wohin wir gehen. In Wirklichkeit haben wir kein Ziel. Nur die Zukunft. Aber das ist kein Zuhause.

Das ist kein Zuhause für Jaz. Auch nicht für Becky und mich. Für niemanden mit einer Vergangenheit. Und das ist der springende Punkt, Bigeyes. Wer in die Zukunft geht, muss auch eine Zukunft haben.

Ob ich eine Zukunft habe, weiß ich nicht. Jedenfalls habe ich eine Vergangenheit, genauso wie Bex, ganz gleich, wie die aussieht. Und jetzt habe ich diese Scheißgegenwart. Nicht gerade das, was man sich wünscht. Dunkle Straßen, dunkle Häuser, eine düstere Stadt und einen düsteren Himmel.

Becky schaut mich an.

»Blade?«

»Ja?«

»Wie weit noch?«

»Nicht mehr weit.«

»Das heißt?«

»Noch acht Kilometer.«

»Ist das nicht weit?«

Ich antworte nicht. Sie ist bloß sauer, weil ich ihr nicht sage, wohin wir gehen. Da hat sie recht, aber andererseits auch nicht. Für sie und mich sind acht Kilometer nicht weit. Vor allem wenn einem die Bullen und andere Typen auf den Fersen sind, machen acht Kilometer wirklich keine Angst. Das ist dann nur ein Klacks.

Aber für Jaz ist das anders.

Acht Kilometer sind für so ein Kindchen eine Strapaze. Nur weiß ich keine andere Lösung. Als wir morgens die Wohnung verlassen haben, wusste ich noch nicht, wohin, aber dann ist mir diese Idee gekommen.

Keine Glanzidee, aber immerhin könnte uns das weiterhelfen. An etwas anderes denke ich nicht. Daran und wie ich Jaz und ihre ahnungslose Mutter dorthin bringe.

»Nicht schlappmachen, Bex.«

Sie sieht mich wütend an. Ich beachte das gar nicht, schaue stattdessen zu dem Mädchen hinunter.

»Jaz?«

Sie hebt das Köpfchen und schaut mir gerade in die Augen.

»Jaz? Soll ich dich huckepack nehmen?«

Ich hoffe halb, dass sie ablehnt. Sie ist federleicht, aber wenn ich sie über eine längere Strecke tragen muss, wird mir bald die Puste ausgehen. Aber dann lächelt sie mich so süß an.

Ich sag dir, Bigeyes, die Kleine schafft mich. Sie hat so was von einer Elfe.

»Na, rauf mit dir.«

Ich hebe sie hoch und setze sie mir auf die Schultern. Dann halte ich ihre Füße.

»Du machst dich extra schwer.«

»Nein, mach ich nicht.«

Sie legt mir die Arme um den Kopf. Dann gibt sie mir

mehrmals einen Klaps auf den Kopf, tapsig, wie wenn ein Baby einen Hund knufft.

»Lass das mal.«

Ich mache nur Spaß, aber sie hört wirklich auf. Wir gehen weiter. Ich spüre Beckys Blick auf mir. Schwer zu sagen, was sie denkt. Wahrscheinlich alles Mögliche gleichzeitig. Vielleicht freut sie sich, dass ich mit ihrem Kind herumjuxe. Vielleicht aber auch nicht. Doch damit kann ich mich jetzt nicht aufhalten.

Wir müssen weiter. Wir müssen ankommen. Alles andere zählt nicht.

»Hier links, Bex.«

Ein schmaler Weg, keine Laternen, keine Häuser. Sie bleibt stehen. Sie will nicht weitergehen, starrt den Weg hinunter.

»Warum müssen wir gerade da runter?«

»Weil uns dieser Weg genau dahin führt, wohin wir wollen.«

»Und warum sagst du nicht, wo das ist?«

»Weil es vielleicht nicht klappt.«

»Du meinst, weil es gefährlich ist?«

Gefährlich.

Was für eine bescheuerte Frage, Bigeyes. Manchmal möchte ich diese Tussi am liebsten erwürgen. Die denkt wohl, für uns gäbe es Orte, wo es nicht gefährlich ist. Als brauchten wir nur den richtigen Weg zu wählen und alles wär' geritzt.

Aber so funktioniert das nicht. Jede Straße, jeder Weg, jeder Ort ist gefährlich für uns. Und das weiß sie auch. Nur kann ich das nicht vor Jaz sagen.

»Bex, ich sag nur, es könnte nicht klappen, mehr nicht.«

Dann mit leiser Stimme.

»Egal, wohin wir gehen, es ist überall riskant. Die haben in den Nachrichten von uns berichtet. Deshalb müssen wir Leute und Überwachungskameras meiden. Wir müssen uns an menschenleeren Orten aufhalten. Und dieser schmale Weg ist so einer.«

Manchmal. Aber das sage ich nicht.

»Wohin führt der Weg?«

»Zu dem Ziel, das ich anpeile.«

»Das Ziel, das du nicht verraten willst. Der geheimnisvolle Ort.«

Das klingt bissig, aber ich bin deswegen nicht eingeschnappt. Was mir mehr Sorgen macht, ist, mit dieser Tussi unterwegs zu sein. Wieder steht sie wie festgenagelt da und starrt vor sich hin.

Dann schaut sie plötzlich wieder auf.

»Na gut«, sagt sie.

Und dann biegt sie in den schmalen Weg ein.

Ich folge ihr, mit Jaz huckepack. Ich weiß, was du denkst, Bigeyes. Du fragst dich, warum ich Bex nicht sage, wohin wir gehen.

Wunder dich nur. Ich weiß, was ich tue. Sie tickt nicht richtig. Egal, ob sie etwas machen oder etwas für sich behalten soll, ich vertraue ihr nicht.

Übrigens vertraue ich dir auch nicht, aber das ist eine andere Geschichte.

Immer weiter den Weg entlang. Hier ist es dunkler als auf den Straßen, die wir gerade verlassen haben. Ein guter Ort ist das hier auch nicht. Besser als auf den Straßen, nicht so ungeschützt, aber nicht wirklich gut. Ich werde mich erst wohler fühlen, wenn wir den Sportplatz erreicht haben. Aber bis dahin dauert es noch eine Weile.

Hohe Mauern auf beiden Seiten. Hinter der hier ist eine Schule. Hättest du nicht gedacht, oder? Auf der anderen eine Müllhalde. Man wird sie gleich sehen. Normalerweise vermeide ich solche Orte.

Auf Müllhalden treiben sich komische Leute rum – Fledderer und Junkies, manchmal auch Penner auf der Suche nach einem Schlafplatz. Kein guter Ort, aber wir haben keine Wahl. Besser, wir sind mit Leuten, die wie wir der Polizei aus dem Weg gehen. Die werden uns kaum verraten.

Trotzdem müssen wir auf uns aufpassen. Diese Leute mögen zwar einen Hass auf die Bullen haben, aber das heißt nicht, dass sie für uns mehr übrig haben. Becky sagt leise zu mir:

»Da sind Leute.«

»Hab ich schon gesehen.«

»Gleich vor uns.«

»Hab ich schon gesehen.«

»Sollen wir umkehren?«

»Geh weiter.«

Drei Gestalten, alle drei gegen die Mauer gelehnt. Aber die sind harmlos, machen keinen Ärger. Das weiß ich.

»Blade?«

Sie flüstert jetzt, geht immer langsamer, schlurft. Ich flüstere ebenfalls.

»Geh weiter, keine Gefahr.«

»Aber –«

»Geh einfach weiter und sei still.«

Und sie hält sich dran. Ich spüre, dass sie es nicht gern macht. Am liebsten würde sie ihre Angst in den Nachthimmel hinausschreien und losrennen. Sie kramt in ihren Taschen, das sehe ich. Sie sucht Trixis Schnappmesser.

»Bex.«

Ich bemühe mich, ganz sanft zu sprechen. Sie schaut mich an.

»Lass das«, sage ich.

Sie liest meine Miene trotz der Dunkelheit und nimmt die Hand aus der Hosentasche.

Ohne Messer.

Die Gestalten sind jetzt ganz nahe – zwei Männer, offenbar betrunken, und eine Frau, die aus einer Flasche trinkt. Jetzt schauen sie zu uns herüber. Ich drücke Jaz' Füße leicht.

»Sag den Leuten Hallo, Jaz.«

»Hallo!«, ruft die Kleine sofort.

»Na, Kleines«, sagt die Frau.

Wir gehen an ihnen vorbei. Ich drücke wieder Jaz' Füße.

»Gut gemacht.«

Sie gibt mir wieder so einen kleinen Klaps auf den Kopf. Ich spüre ihr Gewicht kaum. Langsam glaube ich, ich könnte sie ewig so auf den Schultern tragen.

Weiter den Weg hinunter. Die Mauer rechts hört auf. Die Müllhalde dehnt sich vor uns aus. Wir müssen da möglichst schnell vorbei. Wenn wir Glück haben, ist alles ruhig, aber eine Dumpfbacke reicht, um Ärger zu bekommen.

So weit, so gut. Der Weg ist frei, nichts Verdächtiges im Schatten auf der rechten Seite. Nur Müllhaufen, die manche Leute hier nachts abladen, wenn keiner guckt.

»Da bewegt sich was«, sagt Becky. »Da bei dem alten Kühlschrank.«

»Das ist nur eine Katze.«

»Hast du sie gesehen?«

»Ich sag doch, das ist eine Katze. Da weiter hinten ist noch eine.«

»Wo?«

»Hinter dem Kinderwagen.«

Mit einer Kopfbewegung deute ich die Richtung an. Becky schaut.

»Ich sehe keine Katze.«

»Die ist auch schon wieder weg.«

Sie schaut mich kurz an.

»Dir scheint ja nichts zu entgehen.«

Ich antworte nicht. Schließlich muss ich mich aufs Schauen konzentrieren.

Unter dem Müll bewegt sich noch mehr. Etwas nah am Boden, eine Gestalt unter einer Decke, ein Husten, dann ein kurzes Aufblitzen. Jemand macht ein Auge auf, fixiert mich kurz und schließt es wieder.

Wir gehen weiter. Das Rauschen der Stadt drüben auf der linken Seite. Ein Stöhnen, als wollte die Stadt endlich schlafen, aber sie findet keinen Schlaf. Ich kenne dieses Geräusch, wie ich alle ihre Geräusche kenne.

Aber hier ist es fast ganz still. Nur ein Rascheln zwischen Müll, vermutlich Ratten. Hinter uns ein leises Miauen, als hätten sich die beiden Katzen jetzt getroffen. Bald ist es wieder still. Dann ein weiteres Geräusch.

Schritte.

Anhalten, lauschen. Auch Becky hält an, schaut zu mir.

»Was?«, sagt sie.

»Psst!«

Checken. Keine Spur von einem Verfolger, keine Schritte mehr. Also weitergehen. Das Geräusch ist wieder da. Halt.

Es hört auf.

Ich checke die Gegend rundum, achte auf jede Kleinigkeit. Nichts bewegt sich mehr auf der Müllhalde, nichts auf dem Weg.

»Ich hab nichts gehört«, sagt Becky.

Jaz spielt mit meinem Haar, als ob es keinen Grund zur Besorgnis gäbe. Also weiter, aber langsam und stetig. Aber ich halte Augen und Ohren offen. Ich höre und sehe niemanden. Keine Schritte außer unseren eigenen und das Rauschen der Stadt in der Ferne.

»Ich höre nichts«, sagt Becky zum wiederholten Mal.

Es fängt an zu regnen, in feinen Tropfen. Jaz kichert. Ich schaue zu ihr hinauf. Ich kann sie nicht deutlich erkennen, nur ihr Gesicht, wenn sie sich herabbeugt.

»Es regnet«, sagt sie und zupft mich am Haar.

Für sie ist alles ein Spiel und für einen kurzen Augenblick geht es mir auch so. Aber es hält nicht an.

Die Schritte sind wieder zu hören.

Ich halte an, lausche, schaue mich um. Becky beobachtet mich, das spüre ich. Ich könnte sie schon wieder erwürgen. Sie sollte besser den Weg und die Müllhalde im Auge behalten, aber nicht mich. Sie sollte gucken, ob es Ärger gibt.

»Was?«, fragt sie.

Diesmal hab ich ihn gesehen, ein gutes Stück hinter uns auf dem Weg, dort im Schatten der Mauer. Ich hätte ihn schon früher sehen sollen, entweder ist er wirklich clever oder mein Instinkt lässt nach.

Er hält ebenfalls an und bleibt im Schatten stehen. Ich kann sein Gesicht nicht erkennen, aber es ist ein stämmiger Kerl. Bestimmt beobachtet er mich, auch wenn ich seine Augen nicht sehe.

»Was?«, fragt Becky wieder.

Sie braucht doch nur selbst die Augen aufzumachen, meinem Blick zu folgen und zu schauen. Stattdessen starrt sie mich an. Sie gafft mich wie eine Idiotin an.

»Da drüben.« Ich zeige mit dem Kinn auf den Weg. »Da im Schatten der Mauer, da steht ein Typ.«

Sie sagt nichts, aber ich merke, wie mich ihr Blick loslässt.

»Ich seh niemanden«, sagt sie.

Jaz zupft wieder an meinem Haar. Ich kitzle sie am Fußknöchel, blicke Becky an.

»Geh langsam weiter. Und dreh nicht durch.«

Wie gehen weiter den Weg hinunter. Ich dreh mich nicht um. Ich höre ihn jetzt, auch wenn er schleicht. Aber er bemüht sich gar nicht zu schleichen, er geht mit lauten Schritten. Er weiß, dass wir ihn bemerkt haben, und macht sich keine Mühe mehr.

Ich muss ihn zu Gesicht kriegen, vielleicht kenne ich ihn ja. Aber noch nicht. Ich muss einen selbstsicheren Eindruck machen, so als ob ich mich nicht beirren lasse.

Ich tue aber nur so. Ich hasse seine Art, hinter uns herzugehen, stehen zu bleiben und wieder zu folgen. Mir wär's lieber, er käme gleich heran. Aber er bleibt auf Abstand, beobachtet uns aus sicherer Entfernung.

Becky schiebt wieder Panik. Ist mir ein Rätsel, wie sie es geschafft hat, in Trixis Bande zu kommen. Aber sie muss doch irgendwas gemacht haben, Mumm gezeigt haben, sonst hätten die Mädchen sie nicht aufgenommen.

Jetzt hat sie keinen Mumm, sie hat Schiss, das sehe ich. Sie hat komplett dichtgemacht.

»Bex.«

Ich horche weiter, obwohl ich rede, horche auf die Schritte hinter uns. Sie sind immer noch da. Auch wenn es regnet, hört man sie deutlich in der Nacht.

»Bex.«

Keine Antwort, nicht mal ein Blick. Jetzt drehe ich mich um, nur ganz kurz, um zu checken, wer da hinter uns geht. Er ist näher gekommen, bleibt aber weiterhin im Schatten. Nun bleibt Becky stehen.

Auch ich bleibe stehen und schaue sie an. Sie starrt nach hinten den Weg hinauf.

Sie muss ihn jetzt sehen. Er ist ebenfalls stehen geblieben, immer noch im Schatten, aber viel näher als beim letzten Mal.

»Siehst du ihn?«, frage ich.

Sie zieht hörbar die Luft durch die Nase ein, dreht sich um und geht weiter.

»Ich sehe niemanden«, murmelt sie.

Aber sie lügt, Bigeyes. Ich merke immer, wenn jemand lügt. Schlimmer, sie verarscht mich auch noch. Und weißt du, warum? Ich fühle die Antwort so deutlich wie die Regentropfen im Gesicht.

Sie hat den Typ nicht nur gesehen.

Sie kennt ihn auch.

Ich sage nichts, bin mucksmäuschenstill, schaue mich um, beobachte Becky. Und ich denke nach. Erste Frage: Wenn sie ihn kennt und nicht mit mir darüber reden will, was verbirgt sie dann?

Zweite Frage: Wie hat er uns gefunden? Entweder war es Zufall oder jemand hat uns auf der Straße erkannt und verpfiffen. Egal, wer es war. Kriminelle kennen sich untereinander. So was spricht sich rum, vor allem wenn man auch noch Geld damit verdienen kann.

Dritte Frage: Wenn sie ihn kennt und ihm nicht nahe kommen will, heißt das dann, dass er gefährlich ist? Ich bin unschlüssig. Normalerweise weiß ich es, sobald ich die Leute sehe, aber bei diesem Typ bin ich mir nicht sicher.

Vierte Frage: Wenn er gefährlich ist, warum bleibt er dann auf Abstand?

Vielleicht ist er bloß vorsichtig und wartet auf die passende Gelegenheit. Oder aber er hat auch Angst. Wenn er es aus den Nachrichten erfahren hat, könnte davon die Rede gewesen sein, wie gut ich mit dem Messer umgehen kann. Vielleicht hat man mich als tödliche Gefahr hingestellt.

Das könnte von Vorteil für uns sein. Oder aber es macht alles noch schlimmer. Schisshasen halten sowieso Abstand. Nur die Spinner, die sich beweisen wollen, vor denen muss man sich in Acht nehmen.

Und vor denen, die sich um gar nichts scheren.

Becky geht schneller, ohne sich umzudrehen, ohne mich

anzuschauen. Schwer zu sagen, ob sie Schiss vor dem Typ hat oder nicht. Ist doch bescheuert, ich sollte sie einfach fragen.

»Bex?«

»Stell mir keine Fragen.«

Auch gut. Ich mach ihr keine Vorwürfe. Schließlich habe ich ihr auch nichts gesagt. Aber jetzt spricht Jazy mit ihrer süßen Stimme.

»Blade?«

Zum ersten Mal nennt sie mich beim Namen. Besonders wohl fühle ich mich nicht. Nicht wenn sie mich so nennt, warum, weiß ich nicht.

»Was gibt's, Jaz?«

»Will runter.«

»Gut.«

Ich setze sie ab. Seltsames Gefühl, sie nicht mehr auf den Schultern zu haben. Zwar hab ich ihr Gewicht am Ende doch gespürt, aber es tat gut, sie zu tragen. Sie gibt Becky die Hand. Becky schaut sie an, runzelt die Stirn, als wollte sie von Jaz nicht aufgehalten werden. Jaz kümmert sich nicht darum, sondern lächelt einfach. Nach einer Weile lächelt auch Becky.

»Alles in Ordnung, Fairybell?«

Jaz nickt.

Ich schaue mich um. Der Typ ist immer noch da, hat sich nur zurückfallen lassen. Man sieht ihn jetzt nicht mehr so deutlich, aber ich bin sicher, dass er in ein Handy spricht.

Wir sind langsamer geworden, Becky tut das wegen Jaz. Vielleicht ist das auch gut so. Es gibt noch mehr zu beobachten außer diesem Typ im Schatten.

Die Müllhalde tritt in den Hintergrund, der Weg wird schmaler, rechts und links kommen die Sportplätze in Sicht. Und ich komme ins Grübeln, Bigeyes. Eigentlich wollte ich geradeaus bis zur Weggabelung gehen und dann rechts abbiegen.

Jetzt bin ich mir nicht mehr sicher.

Irgendwas an dem Typ beunruhigt mich. Er könnte für jede Menge Ärger sorgen, vor allem wenn er Leuten über uns Bescheid gibt. Er kann die Bande oder die Bullen benachrichtigen. Vielleicht steht er sogar mit den Gangstern aus meiner Vergangenheit in Verbindung. Vielleicht haben sie ihn auf mich angesetzt.

Zuerst dachte ich das nicht, aber nun stelle ich mir diese Frage. Wer weiß, wen sie alles für sich arbeiten lassen. Da ist der Typ, der Trixi umgebracht hat, dann sein Kumpel und schließlich der große haarige Kerl. Und nun kommt der neue Typ mit dem Handy hinzu.

Er könnte auch zu ihnen gehören. Vielleicht habe ich mich getäuscht und Bex kennt ihn gar nicht. Vielleicht hat sie keine Ahnung.

»Er heißt Riff«, sagt sie plötzlich.

Ich drehe mich zu ihr. Sie stapft weiter, Jaz an der Hand, ohne mich anzuschauen.

»Der Typ da.«

»Du hast doch gesagt, du hättest niemanden gesehen.«

»Na und, ich hab gelogen. Ich hab ihn gesehen und erkannt.«

Ich sage nichts dazu. Man darf sie jetzt nicht drängen. Sie ist sowieso schon nervös. Wenn ich sie in Ruhe lasse, erzählt sie mir alles. Dränge ich sie, macht sie ganz dicht.

Der Regen hört auf und wir gehen weiter durch die Nacht. Der Typ ist jetzt ein gutes Stück hinter uns, hat sich kein bisschen bewegt. Ich kann ihn gerade noch im Schatten erkennen. Bestimmt spricht er immer noch in sein Handy.

Ich schaue Becky an. Sie starrt immer noch zu Boden, als hätte sie jetzt genug gesagt. Ich muss sie doch zum Sprechen bringen. Doch da spricht Jaz zuerst.

»Riff«, sagt sie.

Beckys Blick wandert erst zu ihr, dann zu mir.

»Er ist ein Kumpel von Tammys Oma«, sagt sie. »Na ja, kein Kumpel, eher ein Schmarotzer.«

Das kann ich mir denken. Tammys Oma kenne ich, die Alte ist gaga. Jeder kann ihr Haus als Absteige benutzen.

Ein Bild von einer anderen alten Frau kommt mir in den Sinn – die weißhaarige Mary mit den Duftkerzen und dem verspielten Rottweiler. Kein Mensch wird sie jemals gaga nennen. Aber ich darf jetzt nicht an diese Geschichte denken.

Es tut zu weh. Ich sehe wieder den Bungalow, ich höre

die Schüsse und dann das Geräusch meiner Schritte, als ich aus ihrem Haus rannte. Bestimmt ist sie tot.

Schluss damit, mir brennen andere Dinge auf den Nägeln.

»Wer ist dieser Riff?«, frage ich. »Außer dass er sich bei anderen einnistet.«

»Er selbst ist harmlos, aber er kennt ein paar echt üble Kerle.«

»Überrascht mich nicht.«

Aber zumindest kennt er niemanden aus meiner Vergangenheit. Jedenfalls nicht, wenn er Beziehungen zu Tammys Bande hat. Das ist gut zu wissen.

»Er steckt mit Trixis Bruder zusammen«, sagt Bex.

Trixis Bruder? Ich wusste gar nicht, dass sie einen Bruder hat. Mehr brauche ich nicht zu wissen.

»Wer ist ihr Bruder?«

»Er heißt Dig.«

»Älter oder jünger?«

»Zwanzig.«

»Und ist er so fies wie Trixi?«

»Dem möchte man nicht im Dunkeln begegnen.«

»Bieg links ab«, sage ich.

»Wie?«

»Geh quer über den Weg nach links.«

Ich spüre, wie sie mich fragend anschaut, während ich mich umdrehe und zurückschaue. Dieser Riff soll uns nämlich sehen. Leider sehe ich ihn nicht. Sag mir nicht, dass er abgehauen ist, Bigeyes. Warte – jetzt hab ich ihn wieder. Immer noch da hinten im Schatten.

»Geh über den Weg, Bex. Der Typ da soll uns sehen.«

Sie widerspricht nicht, sondern geht einfach los.

»Halt«, sage ich.

Sie hält an, Jaz immer noch an der Hand. Beide schauen mich an. Ich beuge mich zu Jaz hinab und lächle sie an.

»Riff«, sagt sie.

In der Dunkelheit kann ich ihren Mund nicht sehen, nur ihre glänzenden Augen. Es scheint so, als würde sie mit den Augen reden.

»Magst du ihn, Jaz?«

Sie sagt nichts und steht einfach nur da. Jetzt fühle ich noch etwas anderes als Angst. Während ich in diese stillen glänzenden Augen schaue, kommen mir wieder Erinnerungen.

»Hat er dir wehgetan, Jaz? Hat er dir etwas getan, was du nicht wolltest?«

Ich schaue weg, mein Blick wandert den Weg hinauf in die stillen Schatten und wieder zurück zu Jaz. Die beobachtet mich immer noch, als hätte sie mit der Antwort gewartet. Dann schüttelt sie den Kopf.

»Riff ist harmlos«, wiederholt Becky. Ihre Stimme klingt hart in der Nacht. Ich hatte sie fast vergessen. Ich richte mich wieder auf, blicke noch einmal kurz den Weg hinauf.

»Hoffen wir, dass er uns gesehen hat.«

»Wieso eigentlich?«

»Lass nur. Gehen wir.«

Ich gehe voran bis zum Zaun. Man kann leicht hinüberklettern, und Jaz ist so klein, dass sie unten durch die Lücke schlüpfen kann.

»Kriech du unten durch, Jaz, das ist kinderleicht.«

Sie zögert nicht und kriecht durch. Ich klettere über den Zaun, während sie schon auf dem Sportplatz steht. Becky macht es mir nach.

»Und jetzt?«, fragt sie.

»Wir müssen es so aussehen lassen, dass dieser Riff glaubt, wir wollen den Sportplatz überqueren.«

»Wozu?«

»Damit er das übers Handy seinen Kumpeln berichtet. Aber nach einer Weile kehren wir wieder zum Weg zurück, überqueren ihn und lassen die Verfolger auf dem Sportplatz drüben zurück.«

Nur sehe ich schon jetzt, dass der Plan nicht aufgeht.

Von beiden Enden des Weges kommen Lichter auf uns zu.

Verschiedene Lichter. Hinter uns ein Autoscheinwerferpaar. Aber die Lichter, die aus der anderen Richtung kommen, machen mir mehr Sorgen.

Lichter von Taschenlampen, viele Lichter.

Sie sind noch weit entfernt, aber wenn wir hier noch

eine Minute oder länger bleiben, wird uns einer von ihnen sicherlich sehen. Aber auch wenn wir in einiger Entfernung wieder auf den Weg abbiegen, kriegen wir Ärger mit den Taschenlampenträgern.

»Los jetzt«, sage ich. »Wir müssen uns beeilen.«

Ich setze Jaz auf meine Schultern und marschiere los.

»Will selber gehen«, sagt sie.

»Ich muss dich tragen, Kleines. Ich setz dich wieder ab, sobald ich kann. Versprochen.«

Sie widerspricht nicht. Gott sei Dank ist sie ein liebes Kind.

Wir laufen jetzt. Becky folgt problemlos, jetzt, wo ich Jaz trage. Ich mache mir unterwegs Gedanken. Wir haben immer noch die Möglichkeit, weiter unten umzukehren, aber zunächst müssen wir über dieses Spielfeld und aus der Sicht der Wegschneise, ehe wir rechts abbiegen.

Und abbiegen müssen wir. Wir können nicht wieder in die Stadt zurück. Um zu meinem Ziel zu gelangen, müssen wir die Richtung beibehalten, in die auch der Weg zeigt. Wenn wir einen großen Bogen um diese Typen machen, könnten wir es schaffen, vorausgesetzt, wir verraten uns nicht, sobald sie hierherkommen.

Denn das werden sie tun, das weiß ich.

Wir haben das Spielfeld zur Hälfte hinter uns. Rugbypfosten, Umkleidekabinen, ein Pavillon. Wir laufen weiter, aber ich lasse langsam nach. Blick zurück.

Autoscheinwerfer am Zaun neben dem Fahrweg, Gestalten stehen daneben. Bullen – zwei Streifenwagen, vier Beamte, keine Hunde.

Die Lichter der Taschenlampen sind verschwunden.

Ausgeschaltet, das ist klar. Diese Typen wollen genauso wenig von den Bullen gesehen werden wie wir. Aber wohin haben sie sich abgesetzt? Jedenfalls sind sie uns nicht über das Spielfeld gefolgt. Wir sind jetzt fast am anderen Ende angelangt, ich hätte sie gleich gesehen.

Und jetzt kommen neue Sorgen.

Schwere Sorgen, Bigeyes. Sie lassen mich nicht los. Ich muss mehr über diese Taschenlampenträger wissen. Sie suchen uns, das ist klar, aber wer sind sie?

Jedenfalls nicht nur die drei Kerle, die bisher hinter mir her sind. Ich habe mindestens fünf Lichter in der Wegschneise gesehen. Ich muss wissen, wer sie sind, wie sie aussehen und wie gefährlich sie sind.

Ja, ja, ich weiß, eigentlich sollte ich mich um Bex und Jaz kümmern und sie in Sicherheit bringen. Aber ich muss auch wissen, wer uns verfolgt. Ich muss meine Feinde kennen.

»Was ist los?«, fragt Becky.

Sie blickt mich beim Laufen an.

»Dich beschäftigt was«, sagt sie. »Das sehe ich dir an.«

»Ich sag es dir in einer Minute. Lass uns erst von hier weg sein.«

Wir laufen weiter. Immer noch keine Menschenseele hinter uns auf dem Spielfeld. Keine Ahnung, wo die Taschenlampenträger sein könnten. Ich hoffe nur, dass sie uns noch nicht entdeckt haben. Die Bullen sind jetzt da, wo wir vorhin waren. Das Scheinwerferlicht ihrer Streifenwagen strahlt hell in die Nacht hinein.

Jaz wird langsam schwer, aber wir erreichen das Ende des Spielfelds. Wir machen keuchend an der Mauer Halt.

»Runter«, sagt Jaz.

»Ja, ich weiß.« Ich setze sie ab. »Bitte schön.«

»Was jetzt?«, sagt Becky.

»Du und Jaz, ihr versteckt euch hinter dieser Mauer. Etwas weiter ist eine Stelle, wo die Mauer eine Bresche hat.«

»Woher weißt du das?«

»An der Stelle kann man leicht rüberklettern. Lasst euch nicht dabei blicken. Auf der anderen Seite gibt es Sträucher und Gebüsch.«

»Und was machst du?«

»Ich muss noch mal zurück.«

»Wozu denn?«

»Um rauszukriegen, was das für Leute sind.«

»Aber wir müssen hier weg. Du hast doch selbst gesagt, bis zu deinem Versteck sind es acht Kilometer. Was bringt es uns, zu wissen, wer hinter uns her ist? Wir wissen doch, dass wir diese Leute nicht treffen wollen. Das genügt mir. Es ist ein Uhr nachts und ich will hier weg.«

Ich schaue sie an. Sie hat recht, wir sollten türmen, vor allem wegen Jaz. Aber es hilft nichts, Bigeyes.

Ich muss mir diese Kerle näher anschauen. Vielleicht

kenne ich niemanden, vielleicht sind alle gekaufte Schläger. Aber ich muss wissen, wer mir an die Eier will.

»Bleibt hier«, sage ich zu Becky. »Und verhaltet euch ruhig. Ich bin gleich wieder da.«

Sie antwortet nicht, sieht mich nur finster an. Jaz schaut zu mir herauf, als ob sie auf etwas warten würde.

»Sie will einen Kuss«, sagt Becky.

Ich höre den Vorwurf in ihrer Stimme.

Ich blicke zu Jaz hinunter. Lange her, dass ich jemand einen Kuss gegeben habe. Die Letzte war Becky – nicht diese Becky hier, die andere. Die unvergleichliche Becky. Die tote Becky. Aber darüber will ich jetzt nicht reden.

Ich beuge mich hinab zu Jaz und drücke ihr einen Kuss auf die Wange. Ein merkwürdiges Gefühl.

»Tschüs«, sagt sie und wendet sich Becky zu, als ob ich gar nicht mehr da wäre.

Als wäre ich nie da gewesen.

»Jaz? Alles in Ordnung?«

»Sie glaubt, dass du nie wiederkommst«, sagt Becky.

»Was?«

»Sie ist das so gewohnt. Deshalb wollte sie einen Kuss von dir. Sie denkt, dass du uns für immer verlässt.«

»Bex –«

»Und das stimmt ja vielleicht.« Becky wirft mir einen harten Blick zu. »Du kannst keinen Klotz am Bein gebrauchen. Allein bist du viel beweglicher. Wir sind bloß eine Last.«

Ich schaue wieder Jaz an. Sie klammert sich an Beckys Bein und drückt das Gesicht gegen ihren Schenkel. Sie weint nicht, sie … Ich weiß nicht recht.

»Sie möchte dich vergessen«, sagt Becky.

Ich beuge mich runter und streichle Jaz' Haar. Sie rührt sich nicht, schaut nicht her. Ein komisches Gefühl. Normalerweise mag ich Menschen nicht nahe kommen. Aber bei Jaz ist das anders.

»Jaz«, flüstere ich. »Ich bin nur für ein paar Minuten weg. Ich komme wieder, versprochen.«

Sie dreht sich nicht zu mir um, versteckt nur weiterhin ihr Gesicht.

»Jaz?«

Sie dreht leicht den Kopf, sodass ich ihr rechtes Auge sehe. Es ist voller Tränen. Mir wird das zu viel, Bigeyes. Ich pack das nicht. Ich denke, vielleicht ist es wirklich besser, bei ihnen zu bleiben, uns in Sicherheit zu bringen, die Kerle, die uns verfolgen, zu vergessen.

Und doch, so sehr mir das kleine Mädchen an die Nieren geht, ich muss wissen, was da draußen los ist.

Ich gebe ihr noch einen Kuss. Sie rührt sich nicht und sagt kein Wort.

»Ich komme wieder, Jaz.«

Sie schaut mich nur stumm mit diesem kleinen feuchten Auge an. Ich spüre etwas in meine Hosentasche gleiten. Ohne hinzuschauen, weiß ich, was es ist. Ich sehe Becky an.

»Ich will das Messer nicht.«

»Behalte es«, sagt sie. »Du hast es nötiger als ich. Außerdem weißt du, wie man damit umgeht.«

Ich fahre mit der Hand in meine Hosentasche und packe das Messer ganz fest.

»Behalte es«, wiederholt sie.

Ich lasse los, ziehe die Hand aus der Tasche. Das Messer fühlt sich schwer in meiner Tasche an, schwerer, als es sollte.

»Ich bin gleich wieder da«, sage ich.

Und weg bin ich.

Muss nachdenken, zu mir kommen, stark sein, allein sein. Muss für die nächsten Minuten Bex und Jaz vergessen. Wenn ich nicht den Kopf frei habe, bekomme ich Ärger.

Kurzer Blick über die Schulter. Becky hat die Bresche in der Mauer gefunden und hilft Jaz hinüber. Na wenigstens tut sie, was ich ihr gesagt habe. Hoffentlich wartet sie dort, bis ich wiederkomme.

Gut, jetzt vergiss die beiden. Jetzt muss du dich unsichtbar machen.

Immer noch niemand auf dem Spielfeld, jedenfalls sehe ich niemanden. Ich bewege mich geduckt vorwärts, vorsichtig, aufmerksam horchend, in die Richtung, wo vorhin die Taschenlampen aufgeleuchtet haben. Ich weiß, dass die Typen noch in der Gegend sind, das fühle ich.

Auch die Bullen sind noch da. Die Scheinwerfer ihrer Autos blenden noch und auf dem Fahrweg stehen zwei von ihnen. Jetzt nach links abbiegen über das Hockeyfeld.

Anhalten, umsehen und horchen.

Weiter. Kriech durch das Gebüsch auf das nächste Hockeyfeld. Halt. Der Fahrweg ist jetzt näher auf der linken Seite. Ich sehe ihn ganz deutlich und auch die Spielfelder auf der anderen Seite.

Es war richtig, Bex und Jaz nicht hierher zu bringen. Auf diesem Feld sind Leute. Zwar sehe ich sie nicht, aber ich spüre es. Ich bin wie eine Katze, ich halte mich am Boden, jederzeit bereit, loszuspringen. Ich bin kein guter Läufer, deshalb brauche ich einen gewissen Vorsprung, falls sie mich schnappen wollen.

Aber wo sind sie?

Da, jetzt sehe ich sie.

Am anderen Ende des Spielfelds, da, wo der Zaun an den Fahrweg grenzt. Eine kleine Gruppe von Gestalten, eng beieinander, die Taschenlampen ausgeschaltet. Wahrscheinlich sind sie über den Zaun geklettert und haben sich zurückgezogen, als sie die Autoscheinwerfer gesehen haben.

Ich glaube nicht, dass die Bullen sie bemerkt haben. Wahrscheinlich haben sie nicht einmal die Lichter der Taschenlampen gesehen. Schwer zu sagen, wie viele da zusammen im Dunkeln hocken.

Ich zerbreche mir den Kopf, wie ich näher an sie herankommen soll. Am besten klettere ich am anderen Ende des Hockeyfelds über den Zaun und schleiche mich in seinem Schutz an sie heran.

Dann los.

Regen setzt wieder ein, so sanft wie vorhin. Fühlt sich gut an im Gesicht. Ich gehe geduckt und lasse die Augen nicht von den Gestalten. Sie sind still, keine Stimmen zu hören. Als ob sie warten würden. Vielleicht auf die Polizei.

Oder auf mich.

Ich glaube nicht, dass sie mich gesehen haben. Ich krieche und halte mich ganz links. Jetzt höre ich Stimmen, ein tiefes Gemurmel.

Dann wieder Stille.

Geräusch eines aufheulenden Motors hinter mir. Scheinwerfer streichen über den Fahrweg. Die Bullen fahren weg. Das erste Auto hat auf dem Fahrweg gewendet, jetzt das zweite.

Ich bleibe stehen. Ich sehe, wie sie zurück zu der Stelle fahren, wo dieser Riff gestanden hat. Wo er wohl jetzt ist? Langsam wird die Lage unübersichtlich, Bigeyes.

Irgendjemand hat uns bei den Bullen verpfiffen. Das weiß ich. Jemand hat uns gesehen, als wir durch die Straßen gelaufen sind, und hat uns anhand der Beschreibung erkannt.

Die Penner, die wir am Weg gesehen haben, sind es nicht

gewesen. Die wollen nichts mit der Polizei zu tun haben. Auch nicht Riff. Der will uns für die Bande. Wahrscheinlich war es irgendeine Omme, die den ganzen Tag hinter der Gardine steht.

Aber jetzt sind da auch noch diese anderen Typen. Die müssen ebenfalls einen Tipp gekriegt haben. Die sind nicht aus Zufall hier.

Ich muss das herausfinden.

Ich pirsche mich näher heran. Mehr Stimmen von den Gestalten im Dunkel, lauter und dreister, jetzt, wo die Bullen weg sind. Aber sie hocken immer noch da, offenbar haben sie es nicht eilig loszuschlagen.

Da ist der Zaun. Anhalten, horchen. Die Typen sind jetzt rechts neben mir, halb verdeckt im Schatten. Sie hocken in einem Graben, sodass nur ihre Köpfe und Schultern zu sehen sind. Einer von ihnen bewegt sich.

Rühr dich nicht.

Er dreht sich um. Ich bin wie versteinert, halte den Atem an. Die anderen sind verstummt. Kein Laut mehr.

Noch mehr Köpfe drehen sich. Augen schauen in meine Richtung. Zwar sehe ich den Schimmer der Augen nicht, aber ich fühle, wie sie durch das Dunkel spähen, den Raum um mich durchschneiden. Aber sie sehen mich nicht. Ich sage mir immer wieder, dass sie mich nicht sehen. Ich kann mich unsichtbar machen, nur so überlebe ich.

Doch warum drehen sie die Köpfe nicht wieder zurück? Warum schauen sie weiterhin in meine Richtung? Ich bin flach am Boden, ich bin im Schatten und mucksmäuschenstill. Warum schauen sie immer noch herüber?

Da höre ich es.

Schritte, die auf mich zukommen.

Da ist er, kommt herangeschlichen – und ich erkenne ihn. Es ist der Typ, der Trixi umgebracht hat. Schau genau hin, fixiere ihn, sei bereit, nach rechts oder links zu sprinten. Mit ihm ringen kann ich nicht. Ich muss türmen.

Aber nicht jetzt. Warte, bis er auf mich losgeht.

Doch das tut er gar nicht. Erst als er fast über mich stolpert, merke ich, dass er mich nicht gesehen hat. Er schaut zu den Typen hinüber und sie beobachten ihn. Deswegen haben sie sich umgedreht.

Dennoch wird er mich im nächsten Augenblick bemerken, wenn ich nicht vollkommen reglos bleibe und er weiterhin nicht hinschaut. Einer von den Typen ruft ihm etwas zu.

»Hast dir ganz schön Zeit gelassen, Paddy«, und einen Augenblick später ist er an mir vorbei und bei seinen Kumpeln im Graben.

Paddy.

So heißt er also. Ein weiteres Mosaiksteinchen, das sein Bild vervollständigt. Paddy – kann gut reden, aufmerksamer Beobachter, hat kein Gewissen, tötet auf Bestellung.

Hat den Auftrag, mich zu holen.

Aber ich gehe nicht mit. Nicht dahin, woher er kommt. Eher sterbe ich.

Ich muss dir was sagen, Bigeyes. Es gibt Orte, die gefährlich sind, andere sind wirklich Scheiße, und es gibt die Hölle. Ich bin in allen dreien gewesen.

Ich gehe nicht dahin zurück.

Ich halte Ausschau nach den anderen beiden, seinem Kumpel und dem haarigen Kerl. Leider kann ich sie in der Dunkelheit nicht wirklich sehen. Wenn Paddy hinter mir her ist, dann müssen die anderen beiden auch hier sein. Ich muss noch näher ran, muss sie deutlicher sehen, muss hören, was sie sagen.

Hoffentlich knipsen sie die Taschenlampen nicht gleich wieder an.

Jetzt reden sie wieder, aber zu leise, ich verstehe kein Wort. Schleich dich links heran, nicht zu rasch, aber auch nicht zu langsam. Ich muss mithören, bevor sie sich wieder trennen. Sie können jeden Augenblick aufbrechen. Und ich muss in Deckung bleiben.

Hier ist der andere Zaun. Drüber klettern oder unten durchschlüpfen? Ich suche eine passende Stelle unter dem Draht, das ist sicherer.

Geht nicht. Die Lücke ist zu schmal. Rechts checken. Man sieht nicht viel. Büsche sind im Weg, aber das kann mir auch nützen.

Über den Zaun, ganz vorsichtig. Lass dich auf der anderen Seite hinuntergleiten. Die Typen drüben rühren sich nicht, nur das Gemurmel ihrer Stimmen.

Kriech am Zaun entlang. Und da ist schon der Erste von ihnen.

Halt. Beweg dich nicht. Schau kurz hin. Ich wende mein Gesicht einen Daumenbreit nach links und spähe durch die Lücke zwischen Maschendraht und Boden. Da unten im Graben hocken sechs Männer.

Trotz der Dunkelheit sehe ich jetzt ihre Gesichter. Drei von ihnen erkenne ich sofort – Paddy, seinen Kumpel und den großen haarigen Kerl. Die anderen drei sind mir unbekannt, aber auch sie scheinen harte Jungs zu sein. Wenn die es alle auf mich abgesehen haben, sitze ich noch tiefer in der Scheiße, als ich dachte.

Jetzt redet Paddy.

»Hat denn keiner von euch den Jungen gesehen?«

Ich sehe, wie die anderen den Kopf schütteln.

»Wir haben hier gewartet«, sagt der große Kerl, »während du mit Riff weg warst.«

Riff!

Die Typen kennen Riff! Das ist übel, Bigeyes. Damit hab ich nicht gerechnet. Und wenn sie Riff kennen, dann kennen sie auch die Mädchenbande und Trixis Bruder. Sie müssen irgendwie miteinander in Verbindung stehen. Keine Ahnung, wie.

Aber eines ist klar. Sie haben Tammy nicht gesagt, dass Paddy Trixi umgebracht hat. Sie haben ihr gesagt, ich oder Bex seien es gewesen. Vielleicht arbeiten sie auf diese Weise zusammen. Mehr Augen für die Jagd.

Aber diese Typen spielen ihr eigenes Spiel.

Der große Kerl redet weiter.

»Wir konnten wegen der Polizei nicht weg.« Er macht eine Pause. »Was hast du mit den anderen beiden gemacht?«

Die anderen beiden? Mich überläuft es heiß, Angst steigt in mir auf. Paddy antwortet.

»Das kleine Kind habe ich Riff überlassen. Er hat es mitgenommen.«

Ich zucke zusammen. Das darf nicht wahr sein. Das muss jemand anderes sein.

»Und das Mädchen?«, fragt der Kerl.

Ich mag gar nicht hinhören, aber es ist schon zu spät. Paddy antwortet sogleich. Und seine Worte schneiden mir ins Herz.

»Ich hab sie umgebracht.«

Ich fühle den Schmerz wie einen Messerstich.

Ich hätte nicht gedacht, dass mir so etwas passieren könnte. Ich dachte, mit solchen Gefühlen ist es vorbei. Aber nun spüre ich es wieder. Jaz und Becky waren in mein Leben getreten und jetzt ist das kleine Mädchen entführt worden und Becky ist tot. Und schuld daran bin ich. Was hab ich nur getan?

Die Männer sind aufgebracht.

»Herrgott noch mal, Paddy!«

»Das war dumm von dir!«

»Warum hast du das getan?«

»War notwendig«, sagt er. »Sie hätte sonst alles ausgeplaudert.«

»Aber es hieß doch, wir sollten uns nicht die Finger schmutzig machen und uns nur den Jungen schnappen.«

»Es ging aber nicht anders«, sagt Paddy. »Klar?«

»Genauso wie im Bungalow, da ging es auch nicht anders. Und nun hast du zwei auf dem Kerbholz.«

Die anderen Männer raunen untereinander.

»Ich hab die Leiche versteckt«, sagt Paddy. »Das wird eine Weile dauern, bis sie sie finden.«

Die anderen verstummen, als müssten sie darüber nachdenken.

Ich will hier unbedingt weg. Ich muss herausfinden, was der Typ getan hat. Das wird nicht leicht sein, hier gibt es viele Stellen, wo er sie versteckt haben kann. Gräben, Gebüsch, Müllkippen. Aber versuchen muss ich es.

Bloß kann ich nicht einfach weglaufen. Stillhalten, unsichtbar bleiben, nachdenken, sonst kriegen sie mich. Ich halte es nicht aus, Bigeyes, es zerreißt mich. Da liege ich nur ein paar Handbreit von den Kerlen entfernt, die mich kassieren wollen, und von dem Typ, der Becky umgebracht hat. Ich versuche, nachzudenken und ruhig zu bleiben, obwohl ich unter Strom stehe.

Atme ruhig durch.

Ich atme so langsam und ruhig wie möglich, aber der Atem geht stoßweise und keuchend, weil ich gegen die

Tränen ankämpfe. Einer der Männer dreht sich um und schaut zu mir.

Ich sehe seine Augen überdeutlich, sie glänzen gefährlich. Ob er mich sieht? Ich schließe die Augen, damit er den Glanz in der Dunkelheit nicht sieht. Kein Geräusch von drüben, alles ist still.

Was machen die Männer jetzt? Was macht der Typ? Bewegt hat er sich nicht, ich hab nichts gehört, ich spüre nicht, dass er näher kommt. Am liebsten würde ich die Augen aufmachen, aber ich darf nicht. Ich drücke sie noch fester zu, falls er etwas bemerkt haben sollte. Ich spüre die Tränen, die sich anstauen.

Ich öffne die Augen. Der Typ schaut immer noch herüber. Er muss mich bemerkt haben, oder? Dann dreht er sich um, zündet sich eine Zigarette an und sagt: »Gehen wir.«

Die anderen rühren sich nicht. Ich beobachte sie durch einen Tränenschleier. Ich verbeiße mir den Schmerz und präge mir jedes Gesicht ein.

Denn das ist der Augenblick, wo sich alles ändert, wo ich aufhöre, ihre Beute zu sein.

Der stämmige Kerl steht auf und schaut auf den Typ mit der Zigarette.

»Lenny hat recht«, sagt er. »Wir finden den Jungen nicht, wenn wir weiter hier herumsitzen.«

Lenny – ein weiterer Name. Ich präge mir Gesicht und Namen ein. Wie rasch der Hass zurückgekommen ist. Ich dachte, ich wäre darüber hinweg, doch das war ein Irrtum.

Alle stehen auf. Paddy leiht sich Lennys Zigarette, zündet sich selbst eine an der Glut an und gibt die Zigarette zurück. Dann schaut er die anderen in der Runde an.

»Los«, sagt er. Die anderen klettern aus dem Graben und gehen in Richtung Fahrweg. Kurz darauf sind sie fort. Ich klettere über den Zaun und laufe über das Hockeyfeld.

Ich flenne immer noch, Bigeyes, ich renne mit Tränen in den Augen. Ich sollte die Lage checken, falls die Typen mich reingelegt haben, die ganze Zeit über wussten, dass ich in der Nähe war, und nun umkehren und mich schnappen wollen – aber ich kann es nicht.

Ich denke nicht einmal daran. Ich laufe blindlings weiter, schluchzend und flennend vor Schmerz, Furcht und Wut. Ich habe das erste Hockeyfeld hinter mir, überquere das zweite, stolpere durch die Dunkelheit und den Regen, bis ich vor der Bresche in der Mauer stehe. Ich klettere drüber.

Aber sie sind nicht da.

Wie sollten sie auch? Ich wusste es, und doch hatte ich gehofft, mich getäuscht zu haben, falsch verstanden zu haben, Paddy hätte alles nur erfunden, um sich vor den anderen zu brüsten.

Aber er hat ihnen die Wahrheit gesagt. Und ich wusste es.

Es hat keinen Sinn, nach Bex zu suchen. Sie ist tot, durch meine Schuld. Ich knie mich an die Stelle, wo Bex und Jaz vorhin noch waren.

»Bex.«

Ich spreche zu einem Schatten, aber ich kann nicht anders.

»Bex, es tut mir leid … Bitte, es tut mir leid.«

Ich schaue mich um und versuche mir vorzustellen, was hier passiert ist.

Da liegt ein dicker Knüppel. Vielleicht hat er es damit getan. Ein Schlag damit hätte genügt.

Ich mag nicht daran denken, was Jaz wohl gesehen hat.

»Es tut mir leid, Bex.«

Ich hätte sie nicht verlassen, ich hätte Jaz nicht allein lassen dürfen.

»Es tut mir so schrecklich leid.«

Ich hätte nicht weggehen dürfen. Ich hätte beide von hier weg und in Sicherheit bringen sollen. Ich stehe auf, schaue mich um und denke nach. Es regnet immer noch. Wind kommt auf.

Der Himmel ist tiefschwarz. Ich stehe hier mitten in der Nacht und weiß, dass eine Entscheidung fällig ist.

Ich bin wieder allein wie früher. Ich kann immer noch tun, was ich mit Bex und Jaz vorhatte. Ich kann abhauen und untertauchen. Oder ich kann mich anders entscheiden.

Zum Jäger werden.

Ich brauche gar nicht nachzudenken. Ich kenne die Antwort, seit Paddy sich mit seiner Tat gebrüstet hat. Ich hole das Messer hervor und lasse es aufschnappen. Der Regen netzt die Klinge, als ob Tränen daran hingen.

»Hört zu ...«

Ich flüstere. Ich weiß nicht, zu wem ich spreche.

Ich drücke es fest und da weiß ich es auf einmal.

Ich spreche zu Becky – der Becky, die gerade umgebracht wurde, und zu der anderen Becky, die mich gekannt hat und die ebenfalls tot ist. Und ich weiß, dass beide zuhören.

Ich schaue auf das Messer. Ich sehe beide Beckys in der Klinge gespiegelt. Ich klappe das Messer wieder zu und lasse die Tränen im Heft. Und dann verspreche ich beiden:

»Das hier tue ich für euch.«

Ich laufe wieder zurück zum Fahrweg. Nicht in die Richtung, aus der wir gekommen sind, sondern in die Richtung, die die Typen eingeschlagen haben. Ich sehe sie noch nicht, sie sind ein gutes Stück vor mir. Wenn sie nicht in der Zwischenzeit abgebogen sind, habe ich sie in wenigen Minuten eingeholt, außer sie sind ebenfalls gelaufen.

Aber warum sollten sie? Wovor sollten sie Angst haben? Bestimmt nicht vor einem Jungen wie mir.

Aber da irren sie sich. Das hier ist nicht ihr Revier, es ist meines. Meine Stadt. Die kenne ich wie sonst niemand. Und mich kennen sie auch nicht, jedenfalls nicht so, wie sie glauben.

Weiter, weiter, Tempo, auch wenn es regnet. Mein Gesicht ist nur noch von den Regentropfen feucht, die Tränen bleiben jetzt in mir drin, da sollen sie weiterfließen. Ich wehre mich nicht dagegen. Sollen sie nur fließen.

Ich laufe schnell, auch wenn ich eigentlich müde bin. Aber ich muss runter mit dem Tempo, sonst setzt womöglich der Verstand aus, wenn ich sie sehe. Wenn ich mich von der Wut packen lasse, kann ich nicht gewinnen. Nicht gegen sechs auf einmal. Ich muss nachdenken, planen, beobachten.

Halt! Da vorn sind sie – ein großer Schatten, der sich ziemlich weit vor mir bewegt. Sie bleiben zusammen, gehen lautlos und ohne den Schein der Taschenlampen. Sie müssen vorhin gedacht haben, dass ich ganz in der Nähe bin, als sie mit den angeschalteten Lampen umherstreiften.

Ich kann immer noch nicht glauben, dass sie mit Riff und den Mädchen Kontakt aufgenommen haben. Welche Geschichte Paddy ihnen wohl aufgetischt hat, dass sie glauben, Becky oder ich hätten Trixi auf dem Gewissen.

Unwichtig. Ich kenne meine Feinde, sechs gehen dort vor mir.

Keiner dreht sich um. Halte dich seitlich des Wegs, bleib im Schatten und folge ihnen. Mach dich unsichtbar. Langsam werde ich ruhiger und kalt, so wie ich sein muss. Aber immer noch schreit es in mir nach Rache.

Ich bin so gefährlich, dass ich mich vor mir selbst fürchte.

Aber das ist nicht der Augenblick zum Handeln. Bleib im Hintergrund, beobachte und folge ihnen. Ich halte das

Messer in der Hosentasche fest umschlossen. Am liebsten würde ich es herausholen und aufklappen. Erinnerungen steigen auf, Bilder aus der Vergangenheit, die ich nicht sehen möchte. Doch es hilft nichts, sie überrollen mich wie Wellen von Schmerz, sie verbinden sich mit Tränen, Wut, Hass und dem Gefühl der Schuld.

Das mehr als alles andere.

Ich starre auf die Rücken der Typen vor mir und ich gehe innerlich ein. Die Bilder aus der Vergangenheit setzen mir nicht so zu wie die Bilder von Jaz und Becky. Die eine wird entführt, die andere liegt irgendwo tot. Ihr Körper ist jetzt schon kalt und feucht und erstarrt langsam.

Wegen mir. Ich hab sie sterben lassen.

Ich drücke das Messer noch fester.

Schau mich nicht so an, Bigeyes. Schau mich überhaupt nicht an. Du verstehst das nicht. Es geht um Rache, aber ich muss es auf meine Art machen.

Die Männer gehen langsamer. Der stämmige Kerl bildet das Schlusslicht, er ist müde. Kräftig ist er, aber nicht trainiert. Kein Wunder, bei den vielen Pfunden. Die anderen drehen sich nach ihm um. Er ist jetzt ganz stehen geblieben und holt Atem.

Alle halten an. Paddy zündet sich eine weitere Zigarette an. Sie murmeln etwas.

Stopp.

Einer schaut den Fahrweg hinauf. Drück dich eng an den Zaun, kauer dich hin. Eine Taschenlampe scheint auf, ihr

Lichtschein wandert umher. Ich rühre mich nicht. Wenn sie mich finden, muss ich sofort losspurten.

Der Fahrweg macht das Türmen nicht leicht. Selbst mit meinem Vorsprung haben sie mich bald. Besser, ich klettere über den Zaun und verdrücke mich Richtung Eisenbahnlinie. Dort kann ich sie leichter abhängen.

Aber sie haben mich nicht gesehen. Die Taschenlampe geht wieder aus und die Typen setzen sich wieder in Gang.

Ich schleiche ihnen nach, immer vorsichtig am Zaun entlang. Ich bleibe im Schatten, den Blick auf ihre Rücken geheftet. Wer wird sich als Erster umdrehen? Doch sie denken gar nicht daran, gehen einfach weiter, sogar der stämmige Kerl, obwohl seine Lunge pfeift.

Jetzt heißt es aufpassen. Da kommen noch mehr Typen in Sicht. Ein paar hängen gleich da vorn am Zaun rum. Der Sechsertrupp hat sie gar nicht beachtet, aber wenn einer von ihnen mich anquatscht, kann das gefährlich werden, denn das könnten die anderen hören.

Halt, lass die anderen weiterziehen. So, jetzt beweg dich wieder. Gut, dass ich gewartet habe. Der erste Penner labert sofort los.

»Na, haste dich verlaufen, Kleiner?«

Ich antworte nicht, gehe einfach weiter. Ich bin schon fast an ihm vorbei, da springt sein Kumpel auf.

Ich hab das Messer draußen, ehe er Piep sagen kann. Es blitzt auf, zischt um sein Gesicht herum. Er weicht einen Schritt zurück, den Blick auf die Klinge geheftet.

Ich halte ihn mit dem Messer in Schach. Sein Kumpel hat sich schon leise verdrückt. Schließlich zuckt er die Schultern und sagt: »Schon gut«, und setzt sich wieder an den Zaun.

Ich klappe das Messer zu, stecke es in die Tasche und gehe weiter.

Noch ist die Gefahr nicht vorüber. Beide sind Weicheier, sie trauen sich nichts. Aber sie könnten Ärger machen, wenn sie laut losschimpfen. Das könnte die Männer auf mich aufmerksam machen.

Aber beide bleiben still.

Die Männer sind jetzt ein ganzes Stück voraus. Ich muss Abstand halten, darf sie nicht aus den Augen verlieren, muss wissen, welche Richtung sie einschlagen. Noch gehen sie geradeaus, aber gleich kommen sie an die Weggabelung, wo es in die City und in die Außenbezirke geht.

Dorthin wollte ich Bex und Jaz bringen. Mein Fluchtplan. War nicht schlecht, könnte ihn immer noch benutzen. Aber es lohnt nicht, daran zu denken.

Nichts ist mehr wie vorher. Vergangenheit und Gegenwart überschneiden sich.

Noch mehr Penner tauchen auf, aber sie sind noch harmloser als die ersten beiden. Alle liegen am Rand des Fahrwegs, schlafen oder sind bekifft. Wahrscheinlich merken sie nicht mal, dass ich hier bin.

Ich gehe an ihnen vorüber, immer die Männer vor mir im Blick. Eine Viertelmeile und noch eine, eine ganze Meile, ohne den Blick von ihnen zu lassen. Warum fahren sie nicht die Strecke? Sie hätten doch den Weg nicht zu Fuß zu gehen brauchen. Aber ich glaube, ich verstehe, warum.

Keine Scheinwerfer, keine Warnung. Jemand muss uns gesehen und ihnen einen Hinweis gegeben haben – wahrscheinlich Riff – und daraufhin sind sie uns entgegen gefahren, sind ausgeschwärmt, anfangs noch mit Taschenlampen, und haben über Handy Kontakt gehalten.

Für den Fall, dass die Bullen aufkreuzten, wie tatsächlich geschehen, konnten sie sich trennen, verstecken und später wieder neu gruppieren.

Und noch etwas habe ich herausgekriegt. Sie hatten nie die Absicht, Bex oder Jaz zu entführen. Hätten sie uns alle drei haben wollen, wären sie mit dem Auto hierher gefahren. Uns zu tragen wäre viel zu viel Aufwand gewesen, zumal wenn wir noch Lärm geschlagen hätten.

Ich vermute, deshalb hat Paddy Bex umgelegt und Jaz Riff überlassen. Er wollte nur mich. Nun, das ist ihm noch nicht gelungen.

Da ist die Gabelung und da steht ein Kleinbus am Weg.

Die Männer haben angehalten.

Stopp. Beobachte sie genau. Hier im Schatten bin ich sicher. Die Männer reden leise. Der stämmige Kerl schnauft immer noch, aber jetzt lässt er sich von Paddy eine Zigarette geben und zündet sie an.

Es hat aufgehört zu regnen.

Du musst dich näher heranschleichen. Noch ist vieles möglich, aber alles ist gefährlich. Das Einfachste zuerst. Die Autonummer. Ich muss näher heran.

Sachte, sachte. Ich höre das Raunen der Stadt zu meiner Linken. Sie hat nie aufgehört zu raunen, nur habe ich nicht hingehört. Ich konnte nicht, weil ich meine ganze Aufmerksamkeit auf dieses Gesocks richten musste.

Und das tue ich immer noch.

Warum höre ich jetzt die Stadt raunen? Sag es mir, Bigeyes. Ein leises Raunen, wie wenn sie unglücklich wäre, weil sie nicht schlafen kann, wie wenn sie wüsste, dass sie nie schlafen wird. Vielleicht hat sie aber auch zu viel gesehen, zu viele Typen wie die dort und wie mich.

Zu viel von dem, was gleich passieren wird.

Der stämmige Kerl hustet und reißt mich aus meinen Gedanken.

Autonummer. Die kann ich jetzt lesen. Ein paar Mal im Geist wiederholen, dann hab ich sie abgespeichert. Ich kann mir Dinge gut einprägen. Ich erinnere mich auch an alle Geschichten, die ich gelesen habe.

Und jetzt präge ich mir alles andere ein. Den Kleinbus, die Männer, die Weggabelung, den Müll, den man über den Zaun gekippt hat, die Spielfelder, die sich weiter hinten erstrecken – und dann noch einmal den Bus.

Mir kommen immer neue Ideen, aber nur eine halte ich

fest, weil sie so gut ist. Versuche nicht, sie mir auszureden, Bigeyes.

Zum Reden ist es jetzt zu spät. Ich sehe beide Beckys. Sie stehen vor mir, ich sehe auch Jaz. Ich sehe auch alles drum herum ganz genau. Das Blut kocht in mir, am liebsten würde ich den Himmel einreißen.

Pirsche dich näher heran, schlüpf durch die Lücke unter dem Zaun, dort auf der anderen Seite. Die Männer sind jetzt zu meiner Rechten, hocken dort, rauchen und reden gedämpft. Zwei pinkeln. Paddy spricht wieder in sein Handy.

Eine Ratte huscht an mir vorbei und verschwindet im Gebüsch. Ich bin neben dem Abfall auf dieser Seite des Weges. Hier liegt nicht so viel herum wie auf der Müllhalde, an der wir vorhin vorbeigegangen sind, aber es gibt genug Sachen, die ich für meinen Plan brauchen kann.

Noch eine Ratte. Sie bleibt stehen, schaut mich an und verschwindet wie die erste. Weiter geht's, die Schatten der Männer hinter dem Zaun immer im Blick. Außerdem suche ich die Abfallhaufen ab.

Ich finde gleich, was ich brauche, und verstaue es unter einem Strauch. Dann krieche ich weiter, hebe einen Stein auf, bleibe vor dem Zaun stehen und beobachte die Männer.

Sie sind immer noch da, reden aber nicht mehr, außer Paddy, der telefoniert nach wie vor. Sie sind unruhig, das merke ich, als ob sie am liebsten abhauen würden. Immer wieder schauen sie zu ihm hin.

Ich beobachte ihn auch, Bigeyes.

Und wie ich ihn beobachte.

Jetzt klappt er sein Handy zu. Er lacht zufrieden, als stünde alles bestens, als hätte er nie einer Fliege etwas zuleide getan. Er steckt das Handy weg und wendet sich den anderen zu. Die schauen ihn genau an.

Aber nicht so genau wie ich.

Ich nehme einen Stein, schaue und warte. Mit einer Kopfbewegung bedeutet er ihnen, zum Bus zu gehen, worauf sie sich in Bewegung setzen. Ich werfe den Stein in die Dunkelheit, weit über ihre Köpfe hinweg.

Der Stein prallt dumpf im Müll auf der anderen Seite des Weges auf.

Die Männer bleiben stehen.

Keiner sagt etwas, aber alle starren hinüber zum Müllhaufen, wo der Stein gelandet ist. Schließlich sagt einer leise etwas. Ich verstehe ihn trotzdem.

»Wahrscheinlich eine Katze.«

Richtig überzeugt klingt er nicht.

Ich warte ab. Sie starren immer noch zu dem Müllhaufen, als erwarteten sie ein weiteres Geräusch. Paddy treibt sie an.

»Los. Das ist er nicht.«

Die Männer lachen, aber es klingt gezwungen. Und ich denke mir, ja, lacht nur, lacht euch einen Ast ab. Das ist nicht der Junge, hier wird er doch bestimmt nicht sein.

Lacht nur.

Ich werfe den nächsten Stein.

Sie erstarren alle gleichzeitig. Jetzt schauen sie aber wirklich, und zwar in alle Richtungen. Sogar der stämmige Kerl guckt sich um.

Aber sie sehen mich nicht. Ich bin in einer Senke gleich hinter dem Zaun. Neben mir liegen Müllsäcke und alte Konservendosen, doch das macht mir nichts aus, solang ich sie deutlich sehe und vor dem Schein ihrer Taschenlampen sicher bin, wenn sie angehen.

Na also. Sechs Taschenlampen gehen an.

Ich ziehe den Kopf noch mehr ein, nur um sicherzugehen. Trotzdem kann ich sie sehen. Mir entgeht nichts, sie sind nervös, das merke ich an der Art, wie sie stehen.

Sechs große kräftige Männer, die Angst vor einem unbekannten Geräusch haben.

Ich könnte ihnen sagen, was es bedeutet, Angst zu haben.

Ich hebe noch einen Stein auf. Diesmal muss ich genau aufpassen. Beim Schein der Taschenlampen könnten sie sehen, wie er geflogen kommt. Ich warte, beobachte und werfe ihn weit über ihre Köpfe hinweg in den Abfall auf der anderen Seite des Weges.

Die Männer schauen alle in diese Richtung.

»Los«, sagt Paddy.

Schon klettern sie alle sechs über den anderen Zaun und trampeln durch den Abfall. Sobald sie außer Sicht sind, klettere ich über meinen Zaun und laufe zum Bus. Mit dem Messer mache ich mich über die Reifen her. Zwei mache ich platt, drei. Scheiß drauf, ich mache alle vier. Warum nicht?

Zack. Darauf ein leises Zischen.

Noch drei, dann zurück über den Zaun und in die Senke dahinter. Ich keuche, beruhige mich aber rasch, stecke das Messer ein und beobachte wieder den Fahrweg.

Jetzt kommen sie wieder, im Gänsemarsch. Sie klettern nacheinander über den anderen Zaun, zuletzt der stämmige Kerl. Er sieht ziemlich fertig aus. Die anderen warten auf ihn vor dem Bus.

Und ich warte auf sie.

Denn ich hab hier noch was vor. Aber zuerst muss jemand merken, was passiert ist.

Der Stämmige macht das für mich.

»Die Reifen«, sagt er.

Sie schauen erst ihn an, dann die Reifen.

»Scheiße!«, sagt einer.

Alle gehen fluchend um das Fahrzeug herum. Ich beobachte nur Paddy. Er hat kein Wort gesagt und zeigt kein bisschen Wut.

Er hält rundum Ausschau und leuchtet mit der Taschenlampe den Fahrweg ab.

»Schwärmt aus«, sagt er.

Ja, prima Idee, Paddy. Lass die anderen ausschwärmen.

Alle außer dir.

Dich brauch ich allein.

Sie gehen langsam den Fahrweg hinunter, richten die Taschenlampen mal hier, mal da hin. Ich ducke mich.

Na los, Paddy, ich will dich hier haben.

Er bleibt mitten auf dem Weg stehen. Drei Männer sind wieder über den Zaun geklettert, um den Abfall auf der anderen Seite noch einmal zu durchwühlen. Der Stämmige und ein anderer Typ suchen die Ränder ab.

Paddy steht immer noch in der Nähe des Busses.

Los, Paddy, komm hierher.

Er beginnt zu sprechen, nicht laut, als wüsste er, dass es gar nicht nötig ist.

»Sie hat sich kaum gewehrt.«

Er schaut in meine Richtung. Sehen kann er mich nicht, aber er könnte mir genauso gut direkt in die Augen sehen. Denn seine Worte treffen mich. Und er weiß das.

»Du findest sie in einem Graben.« Er lacht belustigt. »Wenn du dir die Mühe machen willst. Ich an deiner Stelle würde meine Zeit nicht damit verschwenden. Das Leben ist kurz. Meinst du nicht auch?«

Ja, Paddy, ganz meine Meinung.

Ich sehe, wie die Taschenlampen der anderen Männer die Dunkelheit zerschneiden. Aber von ihnen geht keine Gefahr aus. Sie sind in einer anderen Welt. In meiner Welt gibt es jetzt nur zwei Personen.

Paddy und mich.

Er schaut genau in meine Richtung und ich frage mich,

Bigeyes: Ist das Schicksal? Oder bin ich das? Hängt es allein von meinem Willen ab?

Wie es in diesem Buch steht, das ich dir gezeigt habe.

Der Wille zur Macht.

Ja, der Wille zur Macht.

Jetzt hat sich das Blatt gewendet. Ich schaue dich an, Paddy, und ich frage dich: Wer hat jetzt die Macht? Wer hat den stärkeren Willen?

Er schaut immer noch herüber.

»Na komm«, flüstere ich. »Komm schon.«

Und er kommt tatsächlich, langsam, unsicher, er schwenkt seine Taschenlampe nach rechts und nach links. Der Lichtschein fällt auf den Abfallhaufen hinter mir, fällt sogar auf mich, aber ich bin zu tief, als dass er mich sehen könnte.

Jetzt steht er ganz nah am Zaun.

Ich bleibe noch in der Senke, verlagere meine Position nach rechts. Der Schein der Taschenlampe sucht weiter, verfehlt mich aber. Auf der anderen Seite des Weges höre ich, wie die Männer im Müll wühlen.

»Komm«, flüstere ich.

Paddy klettert über den Zaun. Ich sehe nur den grellen Lichtschein und eine geisterhafte Gestalt. Was sieht er von mir?

Nichts.

Denn auch ich bin ein Geist. Ich tue, was ich am besten kann. Es ist so leicht, wie anderen die Brieftasche wegzunehmen.

Nur dass ich diesmal einem Menschen das Leben nehme.

Was wird er in den letzten Augenblicken sehen? Heißt es nicht, man sieht noch einmal das ganze Leben vorüberziehen, alles, was man getan hat? Oder ist es, als ob man ein Kerzenlicht ausbläst oder eine Taschenlampe ausknipst?

Er sieht nicht, wie ich mich bewege, den Kricketschläger unter dem Gebüsch hervorhole, sieht mich erst, als ich vor ihm stehe. Denn ich mache das nicht hinterrücks, Bigeyes. Ich mache das richtig.

Er erstarrt, macht den Mund auf.

Kein Laut kommt aus seinem Mund. Der Schlag trifft ihn in die Magengrube, nimmt ihm den Atem. Dann folgt einer gegen das Kinn, der dritte auf den Hinterkopf. Er gibt einen erstickten Laut von sich, taumelt. Ich schlage ihm die Taschenlampe aus der Hand, ziehe ihm die Beine weg.

Er fällt auf die Knie, hält sich aber noch gerade. Er fuchtelt ziellos mit den Händen. Benommen wie er ist, kriegt er keine Deckung zustande. Er schaut mich mit verzerrter Miene an und will etwas sagen. Denn er weiß, was jetzt kommt.

Aber ich höre gar nicht hin.

Ich schaue ihm in die Augen. Darin sehe ich nur das Blut, das ich vergießen will. Ich spreche, ohne meine Stimme zu erkennen.

»Das tue ich nicht für Becky. Das tue ich für mich.«

Er antwortet nicht, starrt mich nur an. Er weiß, dass es aus ist. Ich werfe den Schläger weg, ziehe das Messer, lasse es aufschnappen.

Und jetzt küss die Klinge.

Morgengrauen. Es wird nur allmählich hell. Die Novembersonne kriecht hinter der Stadt empor. Doch sie zieht die Dunkelheit hinter sich her, als ob der Tag rückwärts abliefe. Ich bin allein, ich bin sicher, ich bin außer Sichtweite.

Ich fühle mich mehr tot als lebendig.

Was macht das schon für einen Unterschied? Vielleicht gibt es keinen. Leben oder Tod, Kopf oder Zahl. Wirf eine Münze hoch, leg die Karten auf den Tisch.

Ich hätte ihn abstechen sollen, Bigeyes. Es war Rache, es war mehr als gerecht. Ich hätte ihn umbringen müssen, hörst du? Ich hätte.

Warum hab ich es nicht getan?

Warum lebt er noch?

Sag mir das.

Ich starre immer noch auf das Messer, lasse es aufschnappen und klappe es wieder zu. Was ist passiert? Ich habe Bilder in meinem Kopf, aber die sind krakelig, als hätte Jaz sie gezeichnet. Ich werde nicht schlau daraus.

Ich habe ein Bild von Paddys Gesicht, seine Augen, sein Mund. Keine Worte, nur die zitternden Lippen, mit denen er bittet und bettelt. Und dann noch ein Bild, wie ich mich wegdrehe und davonlaufe.

Das kann nicht sein. So was passiert mir nicht. Ich hab so was noch nie verpatzt, nicht wenn es ums Geschäft geht. Ich bin Blade. Den Namen trage ich nicht umsonst. Ich vermassel nichts. Ich bin Blade. Ich bin verdammt noch mal Blade.

Aber ich hab ihn nicht umgebracht. Ich hab mich weggedreht und bin davongelaufen.

Hilf mir, Bigeyes. Ich weiß nicht mehr, wer ich bin.

Mehr Sonne, mehr Dunkelheit. Alles ist durcheinander, nichts ist, wie es sein sollte. Ich stecke das Messer in die Tasche und schaue mich um …

Ein schmaler Weg in einer Siedlung, Bickton Estate. Wie bin ich hierhergekommen? Ich weiß es nicht mehr. Überleg, langsam kommt die Erinnerung wieder. Aus irgendeinem Grund habe ich diesen Ort gewählt. Was war es doch gleich?

Die Außenbezirke der City. Das muss es gewesen sein. Die Außenbezirke, Schlafsiedlung, verschlafene Leute, da guckt keiner hin. Das war der erste Grund. Aber was war der zweite?

Denk nach.

Was war der zweite Grund? Es muss doch einen zweiten geben. Ich bin nicht nur wegen der schläfrigen Bewohner hierhergekommen.

Die Telefonzelle.

Genau – die Telefonzelle. Ich muss den Anruf machen. Das hätte ich schon vor Stunden tun sollen, nur hab ich nicht daran gedacht. Ich war nicht klar im Kopf, war total benebelt und hab nicht das getan, was ich eigentlich hätte tun sollen.

Nämlich nachdenken!

Vergiss Paddy. Vergiss das Messer. Vergiss, was du nicht getan hast. Bring dein Hirn wieder auf Trab.

Telefonzelle.

Ja, das ist es. Sage es laut.

»Telefonzelle. Ruf an.«

Ich bin wieder auf den Beinen und schaue angestrengt die Straße entlang. Alles ruhig in der Siedlung, aber wir müssen trotzdem vorsichtig sein, Bigeyes. Die Leute hier haben alle Radio und Fernsehen und wissen bereits von dem Jungen, nach dem die Polizei fahndet.

So weit, so gut. Die Vorhänge zugezogen. Alles ruhig, nur das ferne Rauschen der City – und das freut mich jetzt sogar. Über den Weg zur Telefonzelle. Funktioniert der Apparat? Ja, der Wählton kommt. Gut. Denk nach und atme tief durch.

Welchen Akzent? Am besten kann ich den schottischen nachmachen.

Neun, neun, neun.

Eine Männerstimme meldet sich. Ich will mit der Polizei sprechen. Er stellt mich durch. Jetzt meldet sich eine Frauenstimme.

»Polizei-Hotline. Was kann ich für Sie tun?«

Verdammt, sie hat einen schottischen Akzent.

»Kann ich Ihnen helfen?«

Ich probiere es mit einem irischen Akzent.

»Ich möchte etwas melden.«

Klingt nicht sehr überzeugend, aber besser kriege ich es nicht hin.

»Gut«, sagt sie. »Könnte ich vielleicht Ihren Namen und Ihre Telefonnummer haben?«

»Nein, das können Sie nicht. Fragen Sie nichts und hören Sie einfach zu. Ich habe Informationen und die kriegen Sie von mir gratis. Aber sobald Sie anfangen, mich mit Fragen zu nerven, lege ich auf. Verstanden?«

»Bitte. Nehmen Sie sich nur Zeit.«

Die ist cool. Die klingt, als könnte sie nichts aus der Fassung bringen. Bei mir ist das anders. Ich japse und versuche, ruhig zu bleiben und meinen irischen Akzent beizubehalten.

»Ich habe ein Autokennzeichen für Sie. Notieren Sie es sich.«

Ich diktiere es ihr. Gott sei Dank habe ich es nicht vergessen. Dann gebe ich ihr eine Beschreibung des Kleinbusses, ferner, wo er geparkt stand und wie die Typen aussehen. Paddy spare ich mir bis zum Schluss auf. Ich könnte ihn ganz verschweigen, ich könnte ihn entwischen lassen, damit ich ihn mir später noch einmal vorknöpfen kann. Ein zweites Mal würde ich es nicht versieben.

Bestimmt nicht.

Aber ich muss ihn erwähnen, alles andere macht keinen Sinn.

»Haben Sie sich alles notiert?«

»Ja.« Das ist das erste Wort, das sie sagt, seit ich sie angeschnauzt habe. »Und der Name des Mannes ist Paddy?«

»Ja.«

»Gut. Wir haben es also mit sechs Männern zu tun, aber Sie kennen davon nur zwei namentlich. Paddy und Lenny. Ist das richtig?«

»Ja. Und da ist noch etwas zu Paddy.« Ich sehe sein Gesicht, ich sehe die Schnittwunde, die ich ihm am Hals hätte beibringen sollen, wenn ich nicht im letzten Augenblick die Nerven verloren hätte. »Da ist noch etwas …«

»Und das wäre?«

»Er hat möglicherweise einen gebrochenen Unterkiefer.«

»Wie das?«

»Er hat einen Schlag mit einem Kricketschläger abbekommen.«

»Von wem?«

Ich antworte nicht. Ich muss nachdenken, meinen Akzent beibehalten. Ich darf keine Panik schieben. Ich hab schon zu viel gesagt, weil mein Kopf nicht klar ist.

»Von wem?«

Wieder antworte ich nicht. Ich verliere schon wieder die Nerven. In mir kocht es, ich stelle mir vor, was ich mit

Paddy hätte tun sollen. Ich kapier nicht, warum ich es nicht getan hab.

Atme tief durch, ruhig Blut. Die Frau spricht wieder.

»Ich habe alles aufgeschrieben, aber Sie haben mir noch nicht gesagt, warum diese Information so wichtig sein soll.«

Noch einmal tief durchatmen, langsam. Ich zwinge mich zum Sprechen.

»Das Mädchen, das in dem Bungalow in Carnside erschlagen wurde.«

»Ja?«

»Sie wissen davon?«

Dumme Frage. Selbstverständlich weiß sie davon. Doch sie antwortet mit derselben ruhigen Stimme.

»Ja, ich weiß davon.«

»Ich habe im Radio gehört, dass sie nach einem Jungen namens Slicky und nach einem Mädchen namens Becky fahnden.«

»Richtig. Wissen Sie etwas über die beiden?«

»Ich habe Slicky getroffen. Was ich Ihnen berichtet habe, weiß ich von ihm.«

»Wo ist er jetzt?«

»Ich habe keine Ahnung, und selbst wenn ich es wüsste, würde ich es Ihnen nicht sagen. Aber hören Sie, ich kenne ihn ein bisschen, er ist kein Mörder. Er ist ein etwas abgedrehter Junge von der Straße. Er hat mir gesagt, er sei zum Spaß in den Bungalow eingebrochen. Das Mädchen sei schon tot gewesen und dieser Paddy habe daneben gestanden. Außerdem war da noch dieses andere Mädchen, Becky. Slicky und Becky sind dann abgehauen, und Becky hat später erzählt, Paddy habe Trixi umgebracht. Weder Becky noch Slicky haben etwas mit dem Mord zu tun, sondern Paddy. Paddy ist der Mörder. Hören Sie mir zu?«

»Ja«, sagt die Frau.

Ich muss auflegen. Wahrscheinlich haben sie schon herausgefunden, von wo ich anrufe. Ich muss weg. Aber eines muss ich noch loswerden.

»Slicky hat mir noch etwas gesagt.«

»Und das wäre?«, fragt sie.

»Paddy hat mittlerweile auch Becky umgebracht. Hat ihr einen Schlag auf den Kopf verpasst, Genaueres weiß ich nicht, Slicky wollte mir nicht alles sagen. Er hat nur gesagt, er war mit Becky und ihrer kleinen Tochter unterwegs, als Paddy und die anderen Typen sie eingeholt haben. Das kleine Mädchen ist entwischt, aber Paddy hat Becky alle gemacht. Slicky ist weggelaufen, will aber gesehen haben, wie Becky erschlagen worden ist. Wo ihre Leiche geblieben ist, weiß er nicht. Vielleicht liegt sie da noch oder Paddy hat sie in einen Graben geschmissen. Slicky wollte mir nicht mehr dazu sagen. Er ist abgehauen. Jetzt müssen Sie Paddy und die anderen Typen schnappen.«

»Gut. Nun noch eines –«

»Ich muss los.«

»Wo ist Slicky jetzt?«

»Mehr sage ich Ihnen nicht.«

»Sind Sie Slicky?«

Ich lege auf. Klar, ich hab das versiebt. Nicht richtig nachgedacht, nicht richtig gesprochen. Der angenommene irische Akzent hat auch nicht gehalten. Die Frau wird mir nicht glauben.

Aber die Spur werden die Bullen doch verfolgen. Die haben gestern einen Tipp gekriegt, dass wir draußen auf dem Fahrweg unterwegs waren. Die waren ja selbst dort. Also werden sie überprüfen, was ich gesagt habe. Vielleicht kriegen sie sogar die Typen und finden Beckys Leiche.

Mit Jaz ist das anders …

Das muss ich rauskriegen. Aber dazu muss ich wieder unsichtbar werden. Ich muss Blade und Slicky hinter mir lassen.

Ich muss ein anderer werden.

Dieses Haus ist anders. Das ist keine von meinen sicheren Hütten. Hier hab ich noch nie geschlafen. Warum? Weil eine Familie hier wohnt und sie fahren nicht oft weg, jedenfalls nicht so oft, um daraus einen sicheren Schlafplatz für die Nacht zu machen.

Eine Großfamilie, schrecklich laut. Mama, Papa und fünf Jungen. Die Frau kann einem leidtun. Eigentlich eine nette Familie, aber chaotisch. Das ganze Haus ist vollgestopft mit Sachen, und trotzdem sind sie unfähig, sich vor Besuchern zu schützen, vor solchen Besuchern wie mich.

Das ist also eines meiner Verstecke für tagsüber. Die hab ich noch gar nicht erwähnt. Davon hab ich jede Menge, mehr als Hütten. Das ist schon praktisch, vor allem wenn man tagsüber mal müde ist und für ein paar Stunden einen Platz zum Chillen braucht.

Das Gute an dieser Familie ist, dass sie die meiste Zeit nicht daheim ist. Von montags bis freitags, neun bis fünf Uhr nachmittags, ist das Nest leer. Er ist ein großes Tier bei der Stadt und sie arbeitet als Zahnärztin. Die Jungen sind in der Schule.

Ein Kinderspiel, da reinzukommen. Sie haben zwar eine Alarmanlage, aber Sensoren gibt es nur in der Diele, im Wohnzimmer und im Schlafzimmer der Eltern. Mehr halten sie wohl nicht für nötig. Wahrscheinlich haben sie ihre Wertsachen in diesen Räumen.

Ihre Wertsachen interessieren mich nicht. Ich brauche andere Sachen und an die komme ich spielend. Ein kurzer Blick durch das Garagenfenster zeigt, dass alle ausgeflogen sind.

Alles bestens. Beide Autos sind weg, ebenso die Fahrräder der Jungen. Mal an der Haustür klingeln, nur zur Sicherheit. Keine Reaktion.

Gut, schauen wir, welcher von den Jungen diesmal sein Fenster offen gelassen hat. Meist sind es gleich mehrere. Gehen wir hinten herum.

Was habe ich gesagt?

Da ist eines offen und da noch eines. Nur einen Spalt breit, offenbar meinen sie, das fällt nicht auf. Man glaubt nicht, wie ahnungslos die Leute sind.

Das ganze Gelände checken. Auch das ist ein Vorteil bei diesem Haus: keine Nachbarn, die die Vorder- oder Rückseite einsehen können. Trotzdem schaut man besser, ob auch wirklich niemand hier herumschnüffelt.

Die Luft ist rein.

Leiter aus dem Schuppen holen und gegen die Wand stellen. Noch einmal checken, dann die Leiter rauf. Dieses Zimmer gehört den Zwillingen. Dumme Jungs, Fußballfans. So alt wie ich, aber nicht sehr helle. Noch mal checken, dann rasch durchs Fenster und es angelehnt lassen, wie es war.

Kein Problem.

Still stehen, lauschen. Alles ruhig, nur das Ticken der Uhr und ferner Verkehrslärm von der Zufahrtsstraße. Kein Mensch im Haus außer mir.

Ich allein mit meinem Schmerz. Ja, der ist immer noch da. Ich sehe Paddys Gesicht. Ich hatte ihn, Bigeyes. Er war am Ende. Warum ist er nicht tot?

Er ist nicht entwischt. Ich habe ihn laufen lassen. Ich habe es versiebt.

Ticktack, ticktack. Diese blöde Uhr. Am liebsten würde ich sie kaputt schlagen.

Ticktack, ticktack.

Ruhig Blut. Sprich mit dir. Rede laut.

»Los, beweg dich. Tu, was du dir vorgenommen hast.«

Und ich hab viel vor. Also keine Zeit verlieren.

»Beweg dich.«

Jetzt zur Tür. Blick in den Treppenflur. Alles ruhig, abgesehen von der blöden Standuhr. Geh den Flur entlang, vorbei am Zimmer des ältesten Jungen, vorbei an zwei weiteren Zimmern, bis zum Treppenabsatz. Vorsicht, im Flur unten gibt es einen Sensor.

Bisher hat er mich nie gemeldet. Aber ich gehe kein Risiko ein, ich lass mich fallen und robbe vorwärts.

Kein Problem.

Wieder auf die Füße und dort ist das Badezimmer. Vorsicht, das Schlafzimmer ist gleich daneben. Die Tür ist sonst immer geschlossen, nur diesmal ist sie offen. Der Sensor im Schlafzimmer erreicht mich hier nicht, aber trotzdem muss ich aufpassen. Ich bin nicht so umsichtig wie sonst, ich stehe unter Strom und könnte aus Versehen an dem Sensor vorbeilaufen.

Zum Glück muss ich zuerst ins Bad. Genauer gesagt, brauche ich etwas aus dem Bad. Hoffentlich hat es Mutti nicht aufgebraucht.

Ich habe mir umsonst Sorgen gemacht. Sie hat das Zeug massenweise. Schau dir das Regal an. Sie hat sogar noch mehr als beim letzten Mal.

HERBSTTRÄUME

In 20 Minuten Ihr Haar dauerhaft färben

Herbstträume? Wer denkt sich so was aus? Das ist ein Haarfärbemittel, nichts weiter. Na, Hauptsache es klappt. Verkneif dir das Lachen, Bigeyes. Ich hab das noch nie ausprobiert.

Pflegende, mehrtonige Farbe für kräftigen, dauerhaften Glanz.

Lese ich das wirklich? Egal, ich muss mich an die Arbeit machen.

Schere. Beim letzten Mal habe ich zwei gesehen, eine kleine im Kosmetikschrank und eine andere auf dem Regal.

Nichts zu sehen.

Schau dich um. Nichts.

Scheiße, das fehlt mir gerade noch. Ich will nicht das Haus nach einer Schere durchsuchen müssen. Moment …

Hinter dem Duschgel, da ist noch eine. Halb verrostet, aber das muss genügen. Zieh die Jacke aus, den Pullover, das T-Shirt. Beug dich über das Waschbecken. Gut, jetzt die Schere.

Aber die geht nicht. Weil ich mich nicht rühre. Ich stehe nur da und starre in den Spiegel. Ich halte die Schere in der Hand, so wie ich das Messer vor Paddys Gesicht gehalten habe. Nur dass jetzt ein anderes Gesicht zurückstarrt.

Mein eigenes Gesicht starrt mich aus dem Spiegel an.

Und weißt du was, Bigeyes? Dieses Gesicht ist noch verängstigter als Paddys. Und noch etwas.

Es kommt mir vor, als hätte ich es noch nie gesehen.

Ja, ich weiß, ich hab es hundert, tausend Mal gesehen. In jeder Hütte stelle ich mich vor einen Spiegel. Und immer wenn ich an einem Spiegel vorbeikomme, schaue ich hinein.

Es mag blöd klingen, aber ich muss das tun. Nicht etwa, weil ich mein Gesicht so toll fände.

Nein, ich hab Angst, mein Gesicht könnte böse aussehen.

Das ist es aber nie. Es ist weder gut noch böse. Mein Gesicht verrät nie, was ich fühle oder denke. Mein Gesicht macht das von allein, ich brauche mich gar nicht zu verstellen. Deshalb liebe ich mein Gesicht. Es ist wie eine Zugbrücke, die mich vor der Welt draußen schützt.

Aber nicht heute. Das macht mir Angst. Weißt du, was passiert ist?

Das Gesicht ist weg.

Stattdessen bin nur ich da. Ich starre mich an. Und nun wird dieses Ich im Spiegel zu anderen Leuten, zu Paddy, zu Jaz, zu den beiden Beckys, zu Mary …

All die anderen Leute.

Ich will nicht mit ihnen reden, Bigeyes. Ich will sie nicht sehen.

»Verschwindet.«

Und da ist wieder mein Gesicht, wie es vorher war. Augen, Nase, Mund – alles wie vorher. Alles andere ist verschwunden. Gott sei Dank. Ich schaue auf die Schere und bewege sie probeweise.

Sie funktioniert.

Herbstträume ist genau das, was ich jetzt brauche.

Also los.

Was meinst du, Bigeyes. Hab ich zu viel abgeschnitten? Ich fürchte, es ist hinten ein bisschen zu kurz. Aber du musst zugeben, dass die Farbe wirklich gut ist.

Mir ist nicht ganz klar, was daran die Herbstträume sein sollen. Die Farbe ist rotbraun, die gleiche Farbe wie bei Mutti. Aber egal, welchen Ausdruck man verwendet, Hauptsache es sieht anders aus als vorher.

Gut. Nächster Schritt.

Zurück ins Zimmer der Zwillinge. Das Tolle an dieser Familie ist, dass sie nicht einmal die Hälfte der Sachen benutzen, die sie haben – und sie haben Tonnen von Sachen, wie man sehen kann. Und weil alles so chaotisch ist, fällt ihnen gar nicht auf, wenn ich etwas mitgehen lasse. Selbst wenn sie merken, dass etwas fehlt, denken sie wahrscheinlich, dass sie es verlegt oder verloren haben.

So, wir brauchen eine leere Plastiktüte. In diesem Haus gibt es die haufenweise. Die Leute hier kaufen alles im Supermarkt und lassen die Tüten einfach in der Wohnung liegen. Beim Einsteigen durchs Fenster habe ich eine Tüte unter dem Bett gesehen.

Da ist sie. Prima. Schön groß. Halt mal – da ist etwas drin.

Ein Pornoheftchen.

Typisch. Dann müssen wir uns eine andere Tüte suchen, denn diese haben die Jungs mit Sicherheit nicht vergessen und würden sofort merken, wenn einer sie weggenommen hat. Womöglich denken sie dann, Mutti hat in ihrem Zimmer geschnüffelt. Das würde ihnen einen schönen Schrecken einjagen. Am besten, gar keinen Grund zum Argwohn geben.

Das ganze Zimmer checken.

Andere Tüten scheint es hier nicht zu geben. Schauen wir mal im Zimmer des Ältesten nach. Der kauft sich immer Computerspiele. Da müsste auch etwas für uns dabei sein.

Bingo, jede Menge Plastiktüten. Wir nehmen die grüne da. Zurück ins Badezimmer. Die abgeschnittenen Haare kommen in die Tüte, der Rest wird den Abfluss hinuntergespült. Das Waschbecken trocken reiben, alles wieder an seinen Platz stellen.

Jetzt die Sachen, die mir Mary gegeben hat.

Ein komisches Gefühl, sich davon zu trennen, ich weiß nicht, warum. Ich denke immer noch an die alte Frau, ich habe nicht vergessen, dass ich sie enttäuscht hab. Aber ich muss die Klamotten wechseln, so wie ich die Haarfarbe gewechselt habe.

Die ganzen Klamotten passen nicht in die Plastiktüte. Die Jacke und der Pullover gehen hinein, das T-Shirt auch noch. Der Rest nicht.

Zurück ins Zimmer des Ältesten, noch eine Tüte. Am

liebsten würde ich eines seiner Jacketts mitgehen lassen, aber wahrscheinlich sind sie zu groß für mich. Außerdem ist er ordentlicher als seine Brüder, er würde merken, dass ein Jackett im Schrank fehlt.

Die Zwillinge würden nicht merken, dass etwas fehlt, abgesehen von dem Pornoheftchen. Was hier überall rumliegt, und weißt du was, Bigeyes? Das meiste lag schon beim letzten Mal hier rum, und davor ebenfalls.

Nicht weil sie etwas benutzen und es an seinen Platz zurücklegen, sondern weil sie es überhaupt nicht benutzen. Sie wissen gar nicht, was sie alles haben.

Frag mich nicht, woher ich das weiß.

Gut. Zurück ins Zimmer der Zwillinge. Die Hosen runter, Strümpfe, Schuhe. Stopf alles in die Tüte. So, nun müssen wir Klamotten finden, die ganz anders sind als Marys.

Und es müssen Sachen sein, die die Zwillinge seit einer Ewigkeit nicht mehr anhatten und daher nicht vermissen werden.

Ein Blick in den Kleiderschrank. Guck dir das mal an, Bigeyes. Wozu hat man so viele Klamotten, wenn man sie doch nicht anzieht? Und genau das ist bei denen der Fall. Wenn ich die Jungen sehe, tragen sie entweder ihre Schuluniform oder einen Trainingsanzug.

Mehr nicht. Sie tragen nichts anderes. Und ich hab dir noch gar nicht die Sachen im Wandschrank und in der Kommode gezeigt. Aber das wird gar nicht nötig sein. Was ich hier vor mir sehe, reicht schon.

Also fangen wir an. T-Shirt, Hose, Gürtel, Strümpfe, Schuhe, Pullover.

So einfach ist das. Und jetzt anprobieren.

Passt. Besser als die Sachen, die mir Mary gegeben hat. Sogar die Schuhe drücken nicht, wie ich anfangs befürchtet hatte. Ein paar Sachen brauche ich noch.

Eine Jacke mit Kapuze.

Nichts Modisches. Es sollte eher langweilig aussehen, damit es nicht auffällt. So etwas gibt es hier nicht. Schauen wir mal im Wandschrank nach. Ja, der ist genau richtig. Ein grauer Anorak. Öde, aber passt. Den nehme ich. Noch etwas zum Schluss.

Eine Brille.

Beide Jungen tragen Brille. Ich brauche keine, werde sie also nicht viel tragen, wenn ich mir nicht die Augen verderben will. Aber so eine Brille kann praktisch sein. Die Jungen haben jede Menge Ersatzbrillen in der Schreibtischschublade.

Keine Ahnung, warum. Offenbar legen sie die alten Brillen in die Schublade, wenn sie wieder mal zum Optiker gehen und eine neue bekommen. Siehst du, in dieser Schublade sind drei Brillen und in der anderen zwei.

Ich probiere alle auf.

Die hier ist gut. Ich sehe ein bisschen verschwommen damit, aber wenn ich sie nach unten schiebe und über den Rand schiele, geht es. Ich nehme sie und stecke sie in die Jackentasche neben das Messer.

Scheiße!

Mich überläuft es eiskalt, Bigeyes. Ich stehe wie zu Eis erstarrt. Und warum?

Ich erinnere mich nicht mehr, wie es dort hineingekommen ist.

Ich erinnere mich nicht mehr, wie ich es aus der Tasche meiner alten Hose genommen und hier hineingesteckt habe. Klingt bescheuert, ich weiß. Dass ich mir deswegen Sorgen mache. Man macht Sachen, ohne sich dessen bewusst zu sein. So was kommt vor.

Nichts von Bedeutung.

Nur fühlt es sich doch so an, ich weiß nicht, warum.

Ich ziehe das Messer hervor, wiege es in der Hand, schaue es an. Ich lasse es nicht aufschnappen. Ich halte es nur und schaue es an. Plötzlich möchte ich das Fenster aufreißen und das verdammte Ding in den Garten schmeißen, so weit weg wie möglich.

Aber es wäre doch nicht weit genug. Warum? Weil ich es immer wiederfinde, egal wie weit ich es werfe.

Ich drücke das Messer, lege es in die Tasche zurück. Und plötzlich bin ich froh, dass ich es nicht weggeworfen habe. Schließlich kann ich noch einmal Gebrauch davon machen. Wenn ich meine Gedanken halbwegs wieder beisammenhabe, mache ich, was ich vergangene Nacht hätte tun sollen.

Ich knöpfe mir Paddy vor.

Das muss ich. Weil es richtig ist, nicht nur wegen Becky,

sondern meinetwegen. Ich muss es mir beweisen. Ich darf nächstes Mal nicht schwach werden. Wenn ich den Mumm dazu finde.

Den Mumm.

Kurzes Wort für eine große Sache. Ähnlich wie Schiss. Auch so ein kurzes Wort für eine große Sache. Und weißt du was, Bigeyes? Ich denke nach.

Ich denke darüber nach, ob ich tun soll, was ich immer schon mal probieren wollte, wenn ich in diesem Haus bin, vor allem wenn ich Schiss hab. Dummerweise brauche ich auch dazu Mumm.

Einmal am Schlafzimmer der Eltern, vor der offenen Tür, vor dem Sensor vorbeigehen, das reizt mich wirklich.

Ja, ich weiß, das ist eine dämliche Idee. Riskant, geradezu blödsinnig riskant. Ich hab doch schon alles, weswegen ich hierhergekommen bin. Eigentlich ist es Zeit, wieder abzuhauen, statt herumzukälbern.

Aber schon gehe ich den Flur entlang, es ist stärker als ich, Bigeyes. Ich gehe am Zimmer des Ältesten vorbei, an den nächsten zwei Zimmern, am Bad, und da ist die offene Tür zum Schlafzimmer der Eltern, und da, am Ende des Flurs …

Das Arbeitszimmer.

Auch da steht die Tür offen. Ich kann von hier aus hineinschauen. Ich sehe die Bücher in den Regalen. Sie sehen aus wie Juwelen. Ich habe nicht alle gelesen, aber in jedes hineingeschaut. Ich kenne sie auf meine Weise, wie ich alle Bücher in allen meinen Hütten kenne.

Auf meine Weise.

Ein Schatz zieht mich an, Bigeyes, er glänzt und funkelt. Ich sehe *Sherlock Holmes* und *David Copperfield* und *Jane Eyre* und dieses Buch über die Anden mit dem Foto eines Kondors und das *Tao-te-king* und *Das Tagebuch des Samuel Pepys* und *Schwalben und Amazonen*.

Schwalben und Amazonen.

Ich mag dieses Buch. Ein echter Schmöker. Ich sehe den Einband, den Titel oben auf dem Buchrücken, das Bild darunter, den Namen des Verfassers in Großbuchstaben: Arthur Ransome.

Der Mann muss einiges auf dem Kasten gehabt haben. Sein Buch ist so toll, ich brauche nur den Einband zu sehen und schon bin ich auf dem See mit John, Susan und Nancy und all den anderen Figuren. Aber das genügt mir nicht, ich will nicht bloß den Einband sehen.

Ich will es lesen, ich muss es lesen.

Eigentlich hasse ich Wasser. Es macht mir Angst, weil es groß und immer in Bewegung ist und weil ich es nicht beherrschen kann. Ich will nicht mal schwimmen lernen. Am liebsten bleibe ich weg davon. Aber sobald ich *Schwalben und Amazonen* lese, habe ich das Gefühl, selbst zu segeln und zu schwimmen, und alles ist wunderbar.

Ich will jetzt gleich lesen und alles vergessen, was passiert ist. Ich möchte in die Geschichte eintauchen, segeln und schwimmen und keine Angst mehr haben. Das lohnt sich schon. Der Sensor wird mich nicht melden, wenn ich schnell genug bin.

Ich warte, konzentriere mich, schätze die Entfernung ab und springe.

Der Alarm heult augenblicklich los.

Blöder Einfall! Welcher Teufel hat mich bloß geritten?

Zurück in das Zimmer der Zwillinge, die beiden Plastiktüten schnappen, das Fenster aufmachen. Noch ist niemand draußen zu sehen, aber gleich muss jemand kommen und das Haus überprüfen. Aus dem Fenster steigen, es so anlehnen, wie es vorher war, die Leiter runter und die Lage checken.

Immer noch niemand. Dann eine Stimme.

»Hallo?«

Ein Mann ruft von der Frontseite des Hauses. Er klingt alt und nervös. Ich hab ihn gleich nach dem Alarm gehört. Noch ist er nicht aufgetaucht, also kann ich noch verschwinden, wenn ich schnell mache.

Schmeiß die Leiter in den Schuppen, versteck dich da außer Sichtweite, peil die Lage.

Da steht ein alter Mann am Tor, scheint wackelig auf den Beinen zu sein und offenbar unschlüssig, ob er auf der Rückseite des Hauses nach dem Rechten sehen soll. Bis jetzt hat er mich noch nicht gesehen, aber sobald ich mich bewege, wird er es.

Ich muss warten und keinen Mucks tun.

Aber lange kann ich das nicht. Ich muss weg. Wenn noch mehr Typen aufkreuzen, sitze ich in der Scheiße.

Er kommt langsam näher, argwöhnisch um sich blickend. Sieht verschreckt aus, als wüsste er nicht, ob er das wirklich machen soll. Ich flüstere ihm zu.

»Kehr um, Opa. Das ist hier nichts für dich.«

Er kommt näher. Ich bleibe, wo ich bin, und beobachte.

Er hält an der Ecke des Hauses, schaut erst in die eine, dann in die andere Richtung. Muss kurzsichtig sein, guckt in den Garten und am Haus entlang.

»Kehr um, Opa.«

Die Alarmanlage heult immer noch nervtötend. Ich komme mir wie ein Idiot vor, kann immer noch nicht glauben, dass ich so dämlich war. Ich hätte niemals so ein Risiko eingehen dürfen. Ich hätte die Bücher Bücher sein lassen und verschwinden sollen.

Und hier kommt noch mehr Ärger – eine zweite Männerstimme von der Frontseite des Hauses.

»Jim? Bist du da?«

Genau das, was ich brauche. Der Opa dreht sich um.

»Ich bin im Garten hinter dem Haus.«

Der andere Mann taucht auf. Um die dreißig, bulliger Typ, sieht nach Hausmeister aus. Er geht zu dem Opa hinüber und gemeinsam betrachten sie die Rückfront des Hauses. Und jetzt ist eine dritte Stimme zu hören.

»Jim?«

Eine Frauenstimme. Sie ist am Tor, ehe die anderen antworten können. Ungefähr so alt wie Bulli. Sie hat ein Handy in der Hand.

»Wir sind hier«, ruft der Opa.

Sie kommt zu ihnen in den Garten.

»Stimmt irgendwas nicht?«, sagt sie.

»Ich sehe nichts«, sagt Bulli.

»Dann verschwindet«, flüstere ich. »Verschwindet doch.«

Aber sie verschwinden nicht. Im Gegenteil, sie schwärmen aus, der Opa geht ans Ende des Gartens, die Frau geht hinüber zur Fenstertür, Bulli kommt auf den Schuppen zu.

Jetzt wird es brenzlig, Bigeyes. Noch hat er mich nicht gesehen, aber wenn er bis hierherkommt, bin ich geliefert. Plötzlich ruft die Frau.

»Da!«

Sie zeigt aber nicht auf mich, sie zeigt auf das Zimmer der Zwillinge. Bulli bleibt stehen und dreht sich um.

»Das Fenster«, sagt sie. »Es ist einen Spaltweit offen.«

Beide Männer schauen hinauf zum Fenster.

»Könnte vorher schon so gewesen sein«, sagt der Opa. »Du weißt doch, wie die Jungs sind.«

»Da sind Spuren im Gras«, sagt die Frau. Sie bückt sich. »Als ob da jemand eine Leiter aufgestellt hätte.«

Der Opa geht zu ihr hinüber und schaut es sich aus der Nähe an.

»Ob das Spuren von einer Leiter sind, kann man nicht mit Sicherheit sagen.«

»Das ist leicht zu überprüfen«, sagt Bulli. »Die Leiter ist im Schuppen verwahrt.«

Und damit wendet er sich wieder in meine Richtung.

»Ich rufe Mr Braden an«, sagt die Frau. »Ich habe seine Nummer im Büro.«

»Und dann die Polizei«, sagt der Opa.

»Ich schau mal nach der Leiter«, sagt Bulli und kommt näher heran.

Ich überlege fieberhaft. Wenn ich hier stehen bleibe, sieht er mich, sobald er an der Schuppentür angekommen ist. Wenn ich ihm seitlich ausweiche, sehen mich die anderen beiden.

Aber jetzt kommen noch mehr Stimmen von der Vorderfront.

Männerstimmen.

»Alles in Ordnung da hinten?«

»Brauchen Sie Hilfe?«

Am Tor ist niemand zu sehen, aber Bulli hat kurz vor der Tür angehalten. Er dreht sich um und die anderen beiden ebenfalls. Das ist die Gelegenheit für mich.

Ich schmeiße die Plastiktüten über den Zaun auf das Nachbargrundstück und hechte ihnen nach. Doch aus dem Sprung wird nichts, der Zaun ist zu hoch, ich muss klettern. Die anderen hören mich und drehen sich zu mir um.

Alle, auch die beiden Typen, die von der Einfahrt herüberschauen.

»Da drüben!«, schreit einer.

Ich lasse mich auf das andere Grundstück fallen, schnappe die Plastiktüten und renne über den Rasen. Große Wiese mit Apfelbäumen an den Seiten und einem Teich in der Mitte. Das Haus steht in einiger Entfernung im Hintergrund. Ich hoffe, keiner hat dort die Rufe gehört, selbst wenn ihnen das Geheul der Alarmanlage nicht entgangen ist.

Noch lässt sich keiner an den Fenstern blicken, aber ich behalte sie im Auge, während ich weiterrase. Zurück schaue ich gar nicht. Ich habe die Kapuze über den Kopf gezogen und renne so schnell ich kann. Nicht schnell genug.

»Da ist er!«, ruft jemand hinter mir.

Und jetzt erscheint ein Gesicht an einem Fenster im ersten Stock.

Eine alte Frau schaut heraus. Macht ein erschrockenes Gesicht. Sie hält ein Telefon in der Hand und wählt eine Nummer. Ein junger Mann erscheint neben ihr, dann noch ein weiterer, dann ein Junge.

Sie verschwinden, als ich unten am Haus vorbeilaufe. Von drinnen kommen Rufe.

»Ich schneide ihm vorn den Weg ab!«

Einer der beiden jungen Männer, aber als ich die Vorderfront des Hauses erreiche, ist noch niemand da. Drinnen poltert jemand die Treppe hinunter. Neben der Haustür lehnt ein Mountainbike. Das muss dem Jungen gehören.

»Danke, Kleiner.«

Ich hänge die Plastiktüten an den Lenker, dann schiebe ich das Fahrrad aus dem Tor. Die Haustür geht auf und die beiden jungen Männer stürzen heraus.

»He!«, schreit einer.

Aber ich trete schon wie wahnsinnig in die Pedalen.

Noch mehr Rufe hinter mir, teils von den Kerlen in der Tür, teils von Bulli. Der ist den ganzen Weg zurückgelaufen bis zu dem Punkt, wo der Gartenweg in die Straße mündet. Auch rechts und links von mir wird aus offenen Fenstern und Türen gerufen.

Geräusch von einem startenden Auto hinter mir.

Ich muss weg von der Straße.

Noch ein Auto startet.

Ich schaue mich um. Ich kenne die Gegend. Da vorn ist ein Stichweg, der an einem Spielplatz vorbeiführt. Ich lege mich mächtig ins Zeug. Hinter mir Geräusche von knirschenden Reifen, aufheulenden Motoren, in wenigen Sekunden werden sie hier sein, aber da ist schon der Spielplatz und der Stichweg.

Eine junge Frau steht mitten auf dem Weg. Sie beugt sich über ein kleines Mädchen. Süßer Fratz, so alt wie Jaz. Mama knöpft ihr den Mantel zu. Ich höre Motoren hinter mir.

»Aus dem Weg!«, rufe ich.

Mama blickt erschrocken auf.

Die Motoren werden lauter.

»Aus dem Weg!«

Sie schiebt das Kind auf die Seite. Ich düse von der Straße in den Weg hinein. Hinter mir quietschen Bremsen, Türen schlagen. Die Rufe der Männer, die schrillen Schreie der jungen Mutter brennen sich wie Hass in meinen Kopf.

Ich rase weiter, ohne mich umzudrehen.

Zwei Minuten später hab ich den Stichweg hinter mir und fahre den Westbury Drive hinunter. Meine Verfolger hab ich abgehängt, aber trotzdem kann ich keine Minute hierbleiben. Jeder, der weiß, wohin der Stichweg führt, kann sich ausrechnen, wo ich jetzt bin. Ich muss schnell von der Straße weg.

Aber noch nicht sofort. Hier kann ich nirgends untertauchen. Ich muss bis Merton Crescent, dort den Fußweg zu den Schrebergärten nehmen und die Tüten mit den Klamotten loswerden. Danach weiß ich, was ich zu tun habe.

Keine halben Sachen mehr.

Nichts hat sich geändert, Bigeyes. Ich hab immer noch nicht alle beieinander, ich mache Fehler, ich denke immer noch an Bex und Jaz und ich hab Paddy auf der Abschussliste.

Da ist Merton Crescent.

So weit, so gut. Keine Spur von meinen Verfolgern, keine

komischen Blicke von Leuten auf der Straße. Hinunter bis zum Ende der Straße, dann durch die Lücke auf den Fußweg. Absteigen.

Jetzt muss ich vorsichtig sein, mich in Luft auflösen, das Bild von mir verwischen. Der Anorak ist ein Problem. Zwar habe ich die Kapuze auf, sodass von Gesicht und Haaren nicht viel zu sehen ist, aber Bulli oder der Opa werden ihn für die Fahndung melden.

Also muss ich mich von ihm trennen.

Stell das Fahrrad ab, checke die Lage. Alles ruhig auf dem Fußweg. Spring zur Lücke zurück, späh in den Merton Crescent. Verschlafene schmale Straße, aber ich traue den Fenstern nicht.

Zurück zum Fahrrad. Schiebe es weiter den Fußweg hinunter, bleibe dann stehen. Blick den Weg rauf, den Weg runter. Niemand zu sehen. Blick über die Mauern. Auf beiden Seiten Gärten, kein Schwanz da.

Das Haus auf der Linken scheint leer zu sein. Fenster geschlossen, kein Licht, keine Geräusche. Scheint alles in Ordnung. Im Haus gegenüber steht die Hintertür auf. Schnapp dir die Plastiktüten, lehn das Fahrrad gegen die Mauer, check noch mal

Die Luft scheint rein zu sein.

Über die Mauer in den ersten Garten. Seitlich am Haus vorbei, mach die Mülltonne auf. Könnte nicht besser sein, halb voll, hauptsächlich Mülltüten. Zieh den Anorak aus, nimm die Brille und das Messer heraus.

Und schon wieder durchzuckt mich dieses Gefühl.

Verdammt, bekomme ich das jetzt jedes Mal, wenn ich ein Messer anfasse? Das war noch nie so. Was ich getan hab, kann ich nicht mehr ändern, außerdem war es ein Schuss in den Ofen. Trotzdem bibbere ich und sehe, wie mich Paddy im Dunkeln anwinselt.

Ich will die Visage dieses Typen nicht mehr sehen. Und wenn, dann nicht so, wie ich sie vergangene Nacht gesehen hab. Sie soll so aussehen, wie wenn ich mit ihm fertig wäre.

Ein totes, zerschnittenes Gesicht. Glaub mir, Bigeyes, darauf läuft es hinaus. Wenn ich ihn erwische.

Steck das Messer in die Hosentasche. Hol ein paar Müllsäcke aus der Tonne, schau dich um. Keine Geräusche im Haus, keiner schaut. Wirf den Anorak und die Plastiktüten mit den Klamotten in die Mülltonne, drück sie ganz nach unten, leg dann die Müllsäcke darüber.

Sieht unauffällig aus. Alles bestens.

Mach den Deckel wieder zu. Setz die Brille auf, schieb sie etwas nach vorn, damit du über den Rand schielen kannst. Wieder zurück auf den Fußweg, schieb das Fahrrad Richtung Schrebergärten.

Ich weiß, was du denkst, Bigeyes. Du denkst, warum behält er das Fahrrad, wo ihn doch alle damit gesehen haben? Na, mach dir ruhig deine Gedanken, ich muss dir nicht alles erklären.

Schon gut, sei nicht sauer. Ich sage es dir.

Ich brauche das Fahrrad für später. Das ist riskant, ich weiß, aber ich habe noch ein ziemliches Stück Weg vor mir, und die Zeit drängt. Den Weg durch die Schrebergärten müssen wir zu Fuß gehen, aber wenn wir die hinter uns haben, kann ich wieder fahren. Wenn ich auf den ruhigen Straßen bleibe, müsste das klappen.

Da sind schon die Schrebergärten vor uns. Alles hübsch leer, abgesehen von diesem Typ dahinten, aber der ist harmlos. Trotzdem halte ich selbstverständlich die Augen auf. Sieht alles friedlich aus, aber nervös bin ich doch.

Das Fahrrad macht ein komisches Geräusch, da rattert etwas. Ein Zweig hat sich in den Speichen verfangen. Ich bücke mich, entferne den Zweig aus den Speichen. Wieder aufrecht, sehe ich zwei Gestalten vor mir.

Zwei Männer.

Im mittleren Alter, wahrscheinlich harmlos, aber man weiß ja nie. Sie kommen näher. Ich schiebe das Fahrrad weiter, weder zu schnell noch zu langsam. Sie schauen mich prüfend an. Ich weiß, was gleich kommt. Sie werden mich fragen, warum ich nicht in der Schule bin.

Irrtum.

Sie gehen wortlos an mir vorbei.

Den Fußweg weiter bis Cutnall Close. Dort steige ich wieder aufs Fahrrad, überquere die Hauptstraße und biege in eine Nebenstraße Richtung östliche Vorstadt.

Allmählich wird es kalt, den Anorak hätte ich jetzt gut gebrauchen können. Und der Himmel wird dunkler, noch mehr Regenwolken. Ich trete kräftig in die Pedalen. Ich muss ankommen, ehe es richtig schüttet.

Aber es schüttet schon.

In die Cliffsea-Siedlung, vorbei an den Läden, den Langdon Drive hinunter, auf den Pfad beim Fußballfeld, bis zum Ende. Vor dem Gebüsch anhalten, checken.

Niemand zu sehen, die Luft ist rein.

Schieb das Fahrrad ins Gebüsch.

Ich versetze ihm noch einen Tritt, damit es ganz unter den Zweigen verschwindet. Das wäre entsorgt. Vom Pfad aus kann man es nicht sehen. Man müsste schon bis direkt vor das Gebüsch gehen und selbst dann fällt es nicht ins Auge.

Jetzt aber weiter. Der Regen wird stärker. Zum Glück brauchen wir nicht mehr weit zu gehen. Über den Zaun und links den Weg hinunter nach Marsh View.

Frag mich nicht, warum das so heißt. So was wie einen Sumpf gibt es in der Gegend nicht und ein Aussichtspunkt ist es auch nicht. Aber andererseits kein unpassender Name für ein schäbiges Mietshaus am Rand einer Siedlung.

Denn genau das ist es. Siehst du es? Der öde Bau da ist Marsh View.

Und ich sage dir noch was, Bigeyes.

Dorthin wollte ich uns vergangene Nacht führen. Das ist der Ort, von dem ich Bex nichts sagen wollte. Du wirst dich fragen, warum, so wie Bex.

Ich hatte einen Plan oder so was Ähnliches.

Ich könnte es immer noch machen, wenn ich das wollte. Abhauen, meine ich. Aber wir wissen ja, dass ich es doch nicht tue. Der Plan hat sich erledigt, also mache ich hier was anderes.

Also weiter. Jetzt muss ich höllisch aufpassen. Lautlos, geduckt und im Schatten gehen. Am besten sieht uns niemand kommen und gehen. Und falls uns doch jemand sieht, soll er sich an nichts erinnern. Also aufgepasst. Eine komische kleine Siedlung, die meisten schlafen hier, aber es gibt auch ein paar Krakeeler.

Still jetzt. Geduckt und in gemäßigtem Tempo, immer rechts und links spähen. Der Regen hat auch sein Gutes. Niemand draußen, abgesehen von den zwei Frauen auf dem Bürgersteig gegenüber, aber die haben es eilig.

Die Brille mag ich nicht mehr tragen, zumal jetzt auch die Gläser beschlagen sind. Schmeiß sie in die nächste Mülltonne, geh locker weiter, immer schön lässig. So, da wären wir.

Marsh End.

Na, was hab ich dir gesagt? Öde, nicht wahr? Man muss schon hirntot sein, um in so einem Haus zu wohnen. Zu unserem Glück gibt es so einen Typen, aber wir wollen nicht seine Hütte besichtigen.

Wir wollen sein Auto klauen.

Zerbrich dir nicht den Kopf, wie ich das machen werde. Frag nicht weiter und halt die Augen offen.

Okay, jetzt um den Bau herum und dann zu den Garagen. Wir haben es auf die letzte in der Reihe abgesehen. Dürfte nicht abgeschlossen sein, es sei denn, der Kerl wäre über Nacht zum Heimwerker geworden und hätte das Tor repariert. Das hat er sicherlich nicht, das ist ein Schlamper.

Wachsam bleiben. Wir dürfen uns nicht sicher fühlen, bloß weil es regnet und niemand auf der Straße ist. Die Garagen kann man von den Fenstern aus sehen. Hier wohnen Leute und die haben neugierige Augen und lose Mäuler.

Hoffentlich guckt nicht gerade jetzt einer. Ich sehe niemanden, aber wir werden trotzdem schnell machen. So, das ist die letzte Garage. Hand auf die Klinke. Was hab ich dir gesagt?

Nicht verschlossen.

Und warum? Weil ich vor zwei Jahren ein bisschen Sekundenkleber ins Schloss gespritzt habe. Nicht so, dass es auffällt – dem Schlamper schon gar nicht –, aber es reicht, um den Mechanismus zu blockieren. Die Tür schließt zwar, aber das Schloss schnappt nicht ein. Und das hat er noch nicht repariert.

Nicht dass ich oft hierherkomme. Ich benutze die Garage nur, wenn meine Hütten besetzt sind und ich sonst keinen anderen Schlafplatz finden kann. Ich schleiche mich hier rein und schlafe im Auto. Das ist wärmer und gemütlicher, als draußen wie die Penner Platte zu machen. Und einfacher.

Denn er schließt auch sein Auto nie ab.

Schieb das Garagentor hoch, schau hinein, schieb es wieder runter. Endlich im Trockenen, endlich sicher. Drück nicht den Lichtschalter, Bigeyes. Man soll uns nicht sehen. Ich mag die Dunkelheit. Ich sehne mich richtig danach. Und außerdem sehe ich auch so genug.

Schauen wir uns mal das Auto an.

Eine alte Kutsche. Wirklich nichts Aufregendes, aber ein paar Monate macht sie es noch, das ist die Hauptsache. Sie ist alt, hat keine Diebstahlsicherung und sieht doch noch halbwegs verkehrstüchtig aus, also werden uns die Bullen wohl in Ruhe lassen.

Der Mann, dem sie gehört, fährt kaum damit. Woher ich das weiß? Weil ich immer auf den Kilometerzähler schaue, wenn ich vorbeikomme. Und weißt du was?

In den vergangenen zwölf Monaten ist er nur zehn Kilometer gefahren. Wirklich nur zehn Kilometer. Ich hab mir den Kilometerstand gemerkt. Auch die Benzinuhr zeigt seit Jahren einen zu drei Viertel vollen Tank an.

Vor zwei Jahren ist er noch mehr gefahren. Nie weit – nur kurze Strecken – aber immerhin summierte sich das. Im vergangenen Jahr hat sich das geändert. Er hat die Karre kaum benutzt. Ich hab eine Weile gebraucht, bis ich herausgefunden habe, warum.

Sein eines Bein ist mittlerweile gelähmt.

Er ist ein alter Mann, der in einer Erdgeschosswohnung haust und nicht viel nach draußen geht, weil er schlecht zu Fuß ist. Eigentlich braucht er kein Auto. Er kann bestimmt nicht mehr sicher Auto fahren. Wahrscheinlich weiß er das auch selbst, aber er behält sein Auto, weil er wie viele alte Leute an seinen Sachen hängt.

Und mir ist das ganz recht.

Er mag das Auto nicht mehr benutzen, aber ich kann es gebrauchen.

Ich bin noch nie damit gefahren, mir ist es immer nur um die bequemen Sitze und die Wärme im Innern gegangen, wenn ich keinen anderen Platz für die Nacht gefunden habe. Aber jetzt lasse ich mal die Pferdchen laufen. Gut, ich mache die Tür auf. Sollte kein Problem sein, denn, wie gesagt, er schließt nie ab.

Scheiße, das gibt's doch nicht! Die Tür will nicht aufgehen. Probieren wir die Beifahrertür.

Ebenfalls abgeschlossen.

Was ist los? Er muss in die Garage gegangen sein – aber nicht zum Fahren, das ist sicher – um etwas zu holen. Und dann hat er abgeschlossen.

Macht nichts. Das kriegen wir schon hin. Er hat alles, was wir brauchen, in seiner Garage. Aber wir müssen es erst im Dunkeln finden. Schauen wir mal hinten in der Ecke nach. Da hat er sein Werkzeug und sonstigen Kram. Ein ziemlicher Saustall, aber es ist alles da.

Ein Stück Draht brauchen wir.

Das hier ist zu lang. Beim letzten Mal lag hier eine Kneifzange herum. Da ist sie ja. Kappen wir den Draht und biegen wir ihn in die richtige Form.

So.

An der Fahrertür braucht man nur das Gummi an der Fensterscheibe wegzudrücken, dann den Draht durch die Lücke schieben. Na los, geh schon. Jetzt noch ein bisschen fummeln, bis man den Verschluss erwischt.

Zu dumm, Bigeyes. Ich verliere mein Talent für so was. Eigentlich müsste ich schon längst im Auto sein. Offenbar fehlt mir die Übung. Solange ich mich tot gestellt habe, ging es mir nur darum, nicht aufzufallen.

Daher die fehlende Übung.

Klick!

Na also. Die Tür geht auf. Jetzt erst einmal zurück zu den Werkzeugen. Wir brauchen einen Schraubenzieher, aber den passenden. Der da ist gerade richtig. Zurück zum Auto und hinein. Muffelt ein bisschen. Was ist denn das da unter dem Fahrersitz?

Ein Hut.

Der lag beim letzten Mal aber noch nicht da. Und die Taschenlampe ist weg. Die hatte er sonst immer unter dem Armaturenbrett. Vielleicht ist er wegen der Lampe überhaupt hierhergekommen. Er hat sich gebückt, um die Lampe unter dem Armaturenbrett zu erreichen, dabei ist ihm der Hut heruntergefallen. Dann hat er die Türen abgeschlossen und ist gegangen.

Na egal.

Den Hut kann ich jedenfalls gebrauchen. Ja, ich weiß, sieht blöd aus, aber ich muss mein Aussehen ständig ändern. Und da fällt mir noch etwas ein.

Er hatte immer einen alten Wettermantel in der Garage.

Da hängt er ja, gleich neben der Tür.

Steig aus und zieh ihn an. Ein bisschen gammelig, aber warm und vor allem altmodisch. Sogar eine Kapuze ist dran. Umso besser. Kann nicht schaden. Gut, Bigeyes, nun ist es so weit. Wir müssen die Karre zum Laufen bringen. Aber das Garagentor muss bis zum letzten Augenblick geschlossen bleiben. So, jetzt den Schraubenzieher …

Fahr mit ihm unter die Plastikverschalung der Lenksäule. Geht kinderleicht. Kein großer Widerstand. Ich mag diese alten Karren. Zieh die Verschalung weg. Und jetzt mit dem Schraubenzieher das Zündschloss aufbrechen.

Das will nicht. Na komm schon, du Mistding.

Na bitte, warum nicht gleich so.

Jetzt der grobe Teil. Wir müssen so lange am Lenkrad drehen, bis die Lenksäulenverriegelung bricht. Eigentlich mache ich das gern. Gibt mir immer ein gutes Gefühl.

Nur diesmal ist es anders.

Vielleicht wegen des alten Mannes. Ich hab nie mit ihm gesprochen. Er weiß gar nicht, dass es mich gibt. Aber so geht es mir ja mit den meisten Leuten. Ich habe das Gefühl, sie zu kennen. Die meisten sind mir egal, ich benutze bloß ihre Hütten, esse ihre Vorräte, lese ihre Bücher.

Aber dieser alte Mann scheint irgendwie nett zu sein. Nicht mehr ganz klar im Kopf, fällt aber niemandem zur Last. Ich fühle mich unwohl dabei, an seinem Auto herumzumurksen. Andererseits braucht er es nicht mehr.

Also. Ich kann es mir nicht leisten, sentimental zu werden.

Hau ruck, hau ruck, das Scheißding will nicht. Noch mal. Hau ruck …

Knacks.

Perfekt!

Aussteigen, das Garagentor aufmachen. Der Regen ist noch stärker geworden. Kommt mir gerade recht. Die Lage checken. Kein Mensch draußen, keiner beobachtet uns, soweit ich sehe. Und selbst wenn, wir fahren jetzt los.

Wieder im Auto. Der Schraubenzieher muss ins Zündschloss. Passt genau, als wäre er dafür gemacht. Halt den Atem an, Bigeyes. Jetzt kommt es darauf an. Es muss klappen, normalerweise klappt es. Den Starterzug etwas herausziehen, den Schraubenzieher drehen und …

Der Motor springt an.

Lass ihn ein bisschen auf Touren kommen, schieb den Starterzug wieder langsam zurück. Rückwärtsgang einlegen – hinten links, glaube ich – richtig. Handbremse lösen. Auskuppeln und Kupplung kommen lassen. Ruckelt ein bisschen. Aber die Karre bewegt sich langsam aus der Garage.

Regentropfen haben schon das Heckfenster bespritzt.

Jetzt ist aber keine Zeit, nach dem Schalter für den Heckscheibenwischer zu suchen. Hinter mir ist genug Platz. Es schüttet ordentlich.

Wir sind draußen. Checken, erst rechts, dann links. Niemand zu sehen.

Aussteigen, Garagentor schließen, wieder einsteigen. Wo ist der Hebel für den Scheibenwischer? Da. Jetzt können wir losfahren. Und immer noch niemand zu sehen.

Also dann, Bigeyes. Wir haben noch viel vor.

Die Karre läuft ganz gut. Die Kupplung ist etwas ausgeleiert, tut's aber, wenn man sich einmal an sie gewöhnt hat. Ich würde gern mal so richtig auf die Tube drücken, sehen, was die Karre hergibt. Täte mir gut.

Aber das ist zu riskant. Schließlich mache ich keine Fahrt ins Blaue. Also halte ich mich an die Geschwindigkeitsbegrenzung und fahre ganz brav. Nur keine Aufmerksamkeit erregen. Der Regen kommt wie gerufen. Rausschauen ist nicht leicht, reinschauen ebenso wenig und keiner interessiert sich für uns.

Raus aus der Siedlung und dann die Strickland Lane hinunter. Ich weiß, was du denkst. Du denkst, wieso fährt er Richtung Umgehungsstraße und nicht in die City? Tja, streng deine grauen Zellen an. Du kommst schon selbst drauf. Ich hab jetzt anderes zu tun.

Wenn ich das Radio einschalten könnte.

Ich hab es noch nie benutzt, weil ich nicht das Risiko eingehen wollte, dass mich jemand in der Garage hört. Hoffentlich funktioniert es. Die Uhr am Armaturenbrett zeigt kurz vor eins, da können wir die Nachrichten eines Lokalsenders hören.

»Die Ein-Uhr-Nachrichten.«

Bingo.

»Im Zusammenhang mit dem Mord an Trixi Kenton fahndet die Polizei weiterhin nach einem vierzehn Jahre alten Jungen, der unter dem Namen Slicky bekannt ist, sowie nach der sechzehnjährigen Rebecca Jakes.«

Sie haben Bex noch nicht gefunden. Also liegt sie immer noch in einem Graben.

»Im Verlauf des Tages sind neue Erkenntnisse hinzugekommen. Nach einem Vorkommnis in den frühen Morgenstunden hat die Polizei einen verlassenen Kleinbus sichergestellt, wenngleich ein Zusammenhang mit dem gesuchten Pärchen nicht bestätigt wurde. Ferner ist am heutigen Vormittag ein Junge in einem grauen Anorak bei der Flucht aus dem Garten eines Hauses in Hamforth gesehen worden. Die Polizei sucht fieberhaft nach der Spur dieses Jungen, schweigt aber auch hier über eine mögliche Verbindung zum oben erwähnten Mordfall.«

Kein Hinweis auf Jaz.

Ich sage dir, was das bedeutet, Bigeyes. Es bedeutet, dass Paddy und die anderen Typen immer noch nicht gefasst worden sind. Nun, das wollte ich ja irgendwie. Nicht gerade, dass der stämmig Kerl und die anderen Typen frei herumlaufen. Die hätte ich mir auch gut eingebuchtet vorstellen können.

Aber Paddy – den will ich mir selbst vorknöpfen. Ich will eine zweite Chance. Und diesmal versiebe ich es nicht.

Links abbiegen Richtung Umgehungsstraße, die Southlands Avenue hinunter. Das Radio ist immer noch an. Sie reden bereits über ganz andere Sachen. Ich versuche, nachzudenken und ruhig zu bleiben.

Aber das ist schwer. Bei den Nachrichten ist alles wieder hochgekommen. Ich denke an Bex. Die Vorstellung, dass sie da draußen liegt und im Regen nass wird, quält mich.

Und Jaz.

Ich denke auch an sie.

Stell das Radio ab. Ich will nichts mehr hören. Ich muss aufhören, mich verrückt zu machen. Ich muss nachdenken, was ich als Nächstes tue, sonst komme ich unter die Räder. Ich komme ans Ende der Southlands Avenue und damit zu einer weiteren Entscheidung.

Die Kreuzung Britannia Road.

Nach rechts geht's aus der Stadt raus. Nach fünf Meilen bin ich auf der Autobahn und weg. Benzin reicht für eine ganze Weile, bis ich die Karre irgendwo abstelle. Aber es ist sinnlos.

Damit sind wir fertig, Bigeyes. Wir wissen beide, dass ich das nicht tun werde.

Also nach links. Was sein muss, muss sein. Bis zum Kreisverkehr und dann wird es spannend. Denn ich hab etwas, das wird dich aus den Schuhen hauen.

Du hast bestimmt gedacht, du kennst mich genau, stimmt's?

Schüttel nicht den Kopf. Du dachtest es. Aber gleich wirst du staunen.

Die Straße hinunter, vorbei an der Schule, den Läden, am Ende links abbiegen. Siehst du den schmalen Weg da? Der führt hinaus aufs Land. Ein paar Meilen geht es durch Feld und Wald und dann gelangt man an einen kleinen Fluss.

Abgelegene Gegend.

Und da fahren wir jetzt hin.

Ja, ich weiß, meine Angst vorm Wasser. Ich gebe zu, da bin ich anfällig. Selbstverständlich nehme ich gern ein Bad in einer gemütlichen Hütte, weil ich da alles im Griff habe. Klar, ich dreh den Hahn auf und wieder zu. Aber mit einem Fluss ist es anders, vor allem wenn es ein großer ist wie der an den Docks. Mit einem See ist es genauso. Davon halte ich mich fern, vom Meer ganz zu schweigen.

Aber dieser Fluss hier macht mir keine Angst. Erstens ist er nicht tief und zweitens fahren wir nicht drauf und wir gehen auch nicht rein. Jedenfalls nicht wirklich. Komm, ich zeige es dir.

Den Weg entlang, immer schön piano. Bloß keine Hast. Hier kann kaum etwas passieren, nur wenig Verkehr, deshalb hab ich ja die Gegend ausgesucht. Der Regen wird auch die eingefleischten Angler abschrecken.

Hoffentlich.

Einmal hatte ich es mit so einem Kerl in hohen Gummistiefeln zu tun. Blieb wie festgewachsen an seinem Platz. Ich musste stundenlang warten, bis er endlich abgeschoben ist. Deshalb komme ich gewöhnlich auch nur nachts hierher.

Ich brauche den Ort für mich allein.

Noch ein Stück weiter geht's. Die Karre ruckelt wieder, mag die niedrigen Gänge nicht. Wie schon gesagt, gewöhnlich komme ich nachts. Und selbstverständlich nicht im Auto. Ich klaue mir ein Fahrrad und fahre ein Stück, aber nie den ganzen Weg.

Siehst du den Zaunübertritt da vorn? Links, da, wo die Mauer Risse hat. Gleich dahinter steht ein Weidenbaum und hinter der Mauer ist ein Gebüsch. Wir sind gleich da.

Hast du sie gefunden?

Gewöhnlich stelle ich das Fahrrad hinter der Mauer im Gebüsch ab und gehe den Rest des Weges zu Fuß. Deshalb halten wir jetzt auch hier, stellen den Motor ab, steigen aus. Der Regen hat aufgehört, das passt.

Okay, Bigeyes, wir gehen jetzt zu Fuß und maul nicht.

Da steht ein Auto und da geht ein Junge den Weg entlang. Wer wollte da eine Verbindung sehen.

Los.

Weiter den Weg entlang, mäßiges Tempo. Dunkler, zerrissener Himmel, Regenwolken, aber im Augenblick ist es trocken. Hoffentlich bleibt es eine Weile so. Lange brauchen wir nicht, aber ein trockenes Plätzchen wäre nicht schlecht.

Wir sind fast angekommen, da vorn macht der Weg eine Biegung, siehst du es, Bigeyes? Noch ein paar Schritte, dann hörst du den Fluss. Ein anheimelndes Geräusch, vor allem nachts, wenn Mond und Sterne am Himmel stehen und ringsum alles still ist. Ich komme nicht oft hierher, aber wenn, dann höre ich gern dem Rauschen des Flusses zu.

Das Rauschen nimmt dem Wasser seinen größten Schrecken. Jetzt der Biegung nach rechts folgen und … Hörst du es?

Noch ein Stück.

Jetzt. Ein leises Plätschern. Gewöhnlich ist es lauter. Vielleicht dämpft die leichte Brise die Geräusche ein bisschen. Komm weiter und halt die Augen auf. Eigentlich sollten wir allein sein, aber schauen schadet nichts. Und denk daran.

Ich habe eine Überraschung für dich. Ich zeig dir was, da bist du baff.

Du wirst staunen.

Da ist der Fluss. Ein friedlicher Anblick, wenn man bedenkt, dass es Scheißwasser ist. Wir gehen bis zum Wegende, biegen rechts ab und dann am Ufer entlang. Immer hübsch wachsam.

Die Luft scheint rein zu sein, wie gewöhnlich. Trotzdem wäre ich lieber nachts hierhergekommen, aber den Luxus können wir uns heute nicht leisten. Es muss jetzt sein.

Gut, wir sind fast da. Siehst du die schmale Brücke dort? Ein schlanker Bau, halb von Stechginster verdeckt. Nur für Fußgänger. Sie verbindet den von rechts kommenden Weg mit dem Weg auf dem anderen Ufer.

Da hat der Angler gestanden, von dem die Rede war.

Und genau dahin gehen wir jetzt.

Aber genauso vorsichtig und genauso aufmerksam. Wir müssen jetzt noch mehr auf der Hut sein als vorher, denn wir können viel verlieren, wenn wir etwas falsch machen.

Jetzt stehen wir vor der kleinen Brücke, halt, erst checken. So, nun gehen wir unter die Brücke, das Ufer fällt ab. Was siehst du hier?

Drei Dinge.

Erstens, das Wasser ist nicht tief, allenfalls knietief. Zweitens, der Unterbau der Brücke ist aus Ziegeln. Drittens, alles ist ordentlich und solide gebaut.

Nur da irrst du dich.

Schuhe aus, Strümpfe aus, Hosen hochgekrempelt. Ich mag das nicht, Bigeyes. Ich weiß zwar, dass es hier seicht ist, dass ich mir nicht den Hosenboden nass machen muss, und doch mag ich es nicht. Wenn ich nun ausrutsche und mir den Kopf aufschlage? Man kann ja sogar in der Badewanne ertrinken. Alles schon vorgekommen. Ich muss mir selbst jedes Mal einreden, dass keine Gefahr besteht.

Reiß dich zusammen … und hinein ins Wasser. Iii! Kalt, wie wenn dich ein Schneemann knutscht.

»Na, komm. Stell dich nicht so an! Du kannst dir gar nichts tun.«

Ja, weiter so. Sag's dir immer wieder. Kann mir nichts tun, kann mir nichts tun. Hier ist es seicht. Wenn das Wasser nur nicht so an meinen Beinen leckte.

Konzentration. Tu, was zu tun ist.

Gut, Bigeyes, Blick nach vorn. Schau dir genau die Unterseite der Brücke an. Siehst du das Mauerwerk? Suche eine Stelle ungefähr einen Meter über dem Wasser. Achte auf die Ziegelsteine. Was fällt dir auf?

Nichts. Natürlich. Du siehst schön gebrannte Ziegelsteine. Ein akkurat ausgeführter Bau.

Nun sieh genauer hin.

Der Ziegelstein hier … rüttel mal daran. Er ist ein bisschen lose. Rüttel noch mehr, zieh ihn ganz vorsichtig heraus. Keine Gewalt, sonst brechen wir womöglich eine Ecke ab und dann sieht jeder, dass der Stein locker ist. Da muss man ganz vorsichtig sein. Hat mich viel Zeit gekostet.

So – jetzt kommt er. Was siehst du drin? Einen Hohlraum. Ich habe nämlich noch mehr Ziegeln herausgenommen. Von einem Loch in der Mauer hast du ja schon mal gehört. Das hier ist mein Loch und es ist besser als jede Bank.

Lang mal hinein, taste und hol die Plastiktüte heraus.

Überrascht? Ich wusste es doch.

Schau mal rein. Was findest du darin? Noch eine Plastiktüte. Und in der … noch eine. Und da drin …

Über zehn Riesen.

Hat mich einige Arbeit gekostet, Bigeyes. Viel Arbeit über eine lange Zeit. Und nicht durch Taschendiebstahl. Darin bin ich zwar spitze, aber es gibt noch andere Methoden, an Geld zu kommen.

Und ich hab jede Menge Kies. Das hier ist nicht mein einziges Versteck. Ich hab noch mehr, aber wo, sag ich dir nicht. Nur eines noch: Ich hab nicht nur Geld versteckt.

Fass noch mal hinein, ganz hinten.

Noch eine Plastiktüte.

Hol sie raus. Wieder mehrere Tüten ineinander. Und was findest du in der letzten? Na, jetzt bist du baff, wie?

Diamanten.

Und nicht irgendwelche Klunker. Schau sie dir an. Wann hast du schon mal solche Juwelen gesehen? Wahrscheinlich hast du so etwas Schönes noch nie aus der Nähe gesehen. Oder so viel Reichtum.

Ja, Reichtum. Wir reden von Reichtum, Bigeyes. Reichtum, für den andere morden. Und denk daran, das ist nicht mein einziges Versteck.

Gut, du hast sie gesehen, jetzt packen wir sie wieder weg. Mitnehmen können wir die nicht, viel zu riskant, mit so was kann man nicht durch die Gegend laufen. Das muss für ein andermal hierbleiben. Ich bin wegen der Riesen gekommen.

Schieb die Diamanten wieder nach hinten ins Versteck. Überprüfe, ob die Kohle noch da ist. Eigentlich wollte ich die nicht anbrechen. Ich lebe gut von dem, was ich klaue. Hab das hier für Notfälle zurückgelegt.

Aber jetzt brauche ich es, das ist ein Notfall. Ich muss tun, was zu tun ist, und dann aus der Stadt verschwinden. An einen Ort, den ich nicht so gut kenne und wo ich unauffällig leben kann. Und vielleicht werde ich jemanden bei mir haben. Da kann ich dann nicht kurz mal weggehen und Brieftaschen klauen.

Ein kalter Schauer überläuft mich, so sehr friere ich. Am liebsten würde ich raus aus dem Wasser, aber ich muss unter der Brücke bleiben, bis ich hiermit fertig bin. Schnell die Scheine zählen.

Zehntausendvierhundertsechzig Pfund.

Wie viel nehme ich mit?

Alles. Nimm den ganzen Batzen. Anderswo gibt es noch mehr davon. Nur … mir ist nicht ganz wohl, so viel mitzunehmen, vor allem wenn man bedenkt, wo ich hinwill. Aber vielleicht sollte ich es doch wagen, schließlich hab ich keine Gelegenheit, an die anderen Verstecke zu kommen. Vielleicht muss ich sofort die Flatter machen.

Und dann brauche ich das ganze Geld.

Nimm alles.

Teil das Geld auf, steck es in verschiedene Taschen. Mit einer Hand streich ich über das Messer und umschließe es. Wieder überläuft mich ein Schauer, aber nicht so wie vorhin. Das hier ist kein Schauer vom kalten Wasser. Ich lasse das Messer los und nehme die Hand aus der Tasche.

»Komm, bring das hier zu Ende.«

Ich stopfe die leeren Plastiktüten in das Versteck zurück, schiebe den Ziegelstein in die Aussparung. Passt, sieht aus wie vorher, alles fein sauber. Und jetzt – endlich – raus aus dem kalten Wasser.

Wieder das Ufer hinauf, triefend und vor Kälte bibbernd. Die Lage peilen. Kein Mensch zu sehen, alles ruhig. Nur der Wind spielt im trockenen Gras und säuselt in den Blättern der Bäume. Ich halte oben auf dem Pfad, krempel die Hosen wieder herunter und ziehe Strümpfe und Schuhe an.

Noch mal checken.

Immer noch alles ruhig.

Zurück zur Straße. Jetzt werde ich nervös, Bigeyes. Kein Grund zum Durchdrehen, aber ich stehe unter Druck. Nicht nur wegen der vielen Kohle in meinen Taschen.

Sondern wegen des Messers.

Schon die bloße Berührung hat alles wieder hochgebracht. Das wird mich aber nicht davon abhalten, zu tun, was ich tun muss. Denk das ja nicht. Du wirst sehen, wozu ich fähig bin. Einmal hab ich es versiebt, aber das passiert mir kein zweites Mal.

Nur das.

Nur darum geht es.

Wieder beim Auto. Checken, alles in Ordnung. Steig ein, lass den Motor an. Hier ist kein Platz zum Wenden, also den Rückwärtsgang einlegen, Kupplung kommen lassen. Es ruckelt ein bisschen, aber die Karre setzt sich in Bewegung. Ich kriege einen steifen Hals vom Nach-hinten-Starren, aber anders geht es nicht, bis ich eine passende Stelle zum Wenden finde.

Da, das Gatter kommt gerade richtig.

Fahr von der Straße runter, leg den Vorwärtsgang ein, schlag das Lenkrad ein und los. Wir fahren wieder Richtung Stadt.

Und meine Gedanken schweifen ab.

Ich sollte an meinen Plan denken, mir klarmachen, was um mich herum geschieht, aber genau das tue ich nicht. Ich denke an die Vergangenheit. Die Diamanten haben etwas ausgelöst in mir. Frag nicht, woher sie stammen. Das geht dich nichts an.

Aber nun kann ich nicht mehr aufhören.

Ich denke an Becky. Nicht an die Becky, die irgendwo im Graben liegt, sondern an die andere Becky. Meine gute alte Becky. Sie hätte nicht sterben dürfen. Sie sollte noch am Leben sein. Warum müssen alle, die mir etwas bedeuten, sterben?

Sie hätte jetzt mein Alter, wenn sie noch am Leben wäre.

Denk daran. Vierzehn. Immer noch ein Kind, so wie ich.

Aber sie hat es nur bis elf geschafft. Und die andere Becky ist nicht viel älter geworden. Sechzehn, so alt wie Trixi. Auch sie eigentlich noch ein Kind. Und dann Mary.

Sicher, die war kein Kind.

Aber auch sie ist jetzt tot.

Sie sind alle tot, Bigeyes. Eine nach der anderen sind sie aus dem Leben verschwunden. Und was wird aus mir? Verschwinde ich auch? Vielleicht bin ich ja noch vor heute Abend tot. Geld weg. Ausgeträumt.

Träume hab ich nie viel gehabt.

Sollte ich aber. Jeder Mensch sollte Träume haben. Deshalb mag ich doch Geschichten. In allen Geschichten geht es um Träume. Der Traum, ein anderer zu sein, anderswo zu sein. In Geschichten kannst du dich in jemand anderen verwandeln. Für eine Weile, für ein paar Minuten oder auch Stunden. Du kannst entfliehen.

Aber nicht jetzt.

Das hier ist keine Geschichte. Und ganz sicher kein Traum.

Der Regen setzt wieder ein. Freut mich, kommt gerade recht, denn jetzt ist Schluss mit Labern, jetzt muss ich aufpassen. Wir haben schon die Außenbezirke erreicht, aber ich will die belebten Straßen meiden. Ich kenne mein Ziel und den Weg dorthin.

Aber wir werden nicht allein sein, denk daran. Andere Leute werden dort sein.

Paddy ist nicht dumm. Er weiß, entweder bin ich aus der

Stadt weg oder ich bin noch da. Und wenn ich geblieben bin, dann nur aus einem Grund. Und den kennt er.

Aber er weiß nicht, dass ich die Haarfarbe geändert und die Klamotten gewechselt hab. Und außerdem hab ich ein Auto. Und ich habe es nach wie vor auf ihn abgesehen.

Das wird er erst merken, wenn es zu spät ist.

Noch mehr Regen. Mir ist das recht. Wie die Dunkelheit. Der Dunkelheit kannst du trauen, sie hüllt dich ein.

Fahr weiter und schau nach rechts und links. Der Verkehr wird dichter, je länger wir fahren. Wie spät? Viertel nach drei. Hat es so lange gebraucht, die Kohle zu verstauen?

Egal. Auf das Jetzt kommt es an und das ist gefährlich genug. Die Bullen machen mir Sorge. In den vergangenen zwei Minuten hab ich drei Streifenwagen gesehen. Ärger hatte ich nicht mit ihnen, aber ich muss aufpassen, ich darf mir keinen Fahrfehler erlauben.

Noch zwei Streifenwagen. Um Himmels willen, Bigeyes, es wimmelt ja vor Bullen. Das hätte ich mir eigentlich denken können. Trixi ist tot, nach den Typen wird gefahndet und nach mir auch. Vielleicht haben sie auch Bex' Leiche gefunden, und Marys dazu. Kein Wunder, dass überall Polizei zu sehen ist.

Fahr weiter, Straße um Straße. Zwei Bullen stehen draußen vor dem Royal Oak. Sie drehen die Köpfe, als ich vorüberfahre, und schauen mir nach. Blick in den Rückspiegel – sie schauen mir immer noch nach. Ich hab ein schlechtes Gefühl dabei, Bigeyes, ein wirklich schlechtes Gefühl.

Links in die Sampson Street, die Straße hinunter bis zur Kreuzung, dann rechts ab. Weiter, weiter. Wir sind zu schnell. Damit meine ich nicht die Geschwindigkeit. Die ist in Ordnung, ganz nach Vorschrift. Ich meine die Zeit, die Zeit geht ein paar Zacken zu schnell.

Ich will noch gar nicht ankommen. Noch nicht jetzt. Aber die Minuten fallen wie die Regentropfen. Weiter, weiter, Straße um Straße. Ich spüre den Zorn in mir hochkommen. Der Zorn verbindet sich mit der Angst und das mag ich nicht. Diese Mischung kenne ich nur zu gut. Das ergibt einen Cocktail, den ich nicht trinken mag.

Angst und Zorn, Angst und Zorn – mein ganzes Leben habe ich sie verspürt. Mit einer Zutat allein werde ich fertig. Aber wenn sie zusammen auftreten, bin ich nicht mehr zu kontrollieren.

Ich bin gefährlich.

Schon hab ich die Hand am Messer. Es ist in meiner Tasche, gegen ein Bündel Banknoten gepresst. Ich hole es hervor, die andere Hand am Lenkrad.

»Leg es zurück. Nicht jetzt.«

Aber reden hilft nicht. Ich lege es nicht zurück. Ich lasse es aufschnappen. Ich steuere mit der Linken, wiege das Messer in der Rechten. Und dabei spreche ich halblaut vor mich hin.

»Paddy, Paddy, Paddy …«

Ich klappe das Messer zusammen und lasse es in der Tasche verschwinden. Jetzt hab ich etwas anderes gesehen – die Einmündung zu der Sackgasse Elmleigh Close.

Da wohnt die benebelte Alte. Erinnerst du dich, Bigeyes? Tammys Oma. Wenn sie Jaz entführt haben, dann muss sie hier sein. Nur müssen wir jetzt clever sein. Wir beobachten nämlich nicht nur das Haus, wir halten auch Ausschau nach den Typen, die nach uns Ausschau halten.

Glaub mir, sie sind hier. Sehen kann ich sie nicht, aber sie sind hier, das fühle ich.

Fahr die Straße runter, ganz normal, langsam, park die Karre hinter dem Schuttcontainer. Schau über die Straße. Erkennst du das Haus? Beim letzten Mal haben wir es vom Fußweg aus gesehen. Scheint alles ganz ruhig zu sein.

Bloß kriege ich wieder dieses Gefühl.

Ich weiß, dass sie Jaz hierher gebracht haben. Alles weist darauf hin. Und alles sagt mir, dass hier Augen sind, die mich beobachten. Noch fühle ich mich nicht bedroht, außerdem kann ich mit der Karre wegdüsen, sobald Gefahr im Verzug ist. Aber wie gesagt, ich kriege dieses Gefühl.

Dass Jaz nicht hier ist.

Die Tür geht auf – und heraus kommt der Dicke von gestern Nacht.

Riff.

Ein Irrtum ist nicht möglich. Ich habe ihn nur einmal im Dunkeln gesehen, aber das genügt. Jetzt kriege ich aber ein noch genaueres Bild von ihm.

Eine Dumpfbacke. Um die zwanzig, Visage wie ein Gangster. Stämmig, aber untrainiert, faul. Das sieht man ihm an. Der macht keine Probleme, ein harmloser Typ. Aber er ist nicht allein.

Ein anderer Typ verlässt mit ihm das Haus. Aus seinem Gesicht errate ich, wer er ist – Trixis Bruder. Wie hat ihn Bex doch gleich genannt?

Dig.

Richtig. Zwanzig soll er sein, so alt wie der Dicke. Dem mag man nicht im Dunkeln begegnen, hat Bex gesagt. Aber das braucht man mir nicht zu sagen, das sehe ich an seinem Gesicht.

Er hat Trixis Züge. Der gehört in eine andere Schublade als Riff. Kann gar nicht glauben, dass mir der noch nie über den Weg gelaufen ist. Aber so ist es. Selbst wenn man immer die Augen offen hält, sieht man doch nicht alles.

Die beiden gehen lässig die Straße runter, scheinen sich keine Gedanken zu machen. Schauen nicht nach rechts und nicht nach links. Aber ich, ich beobachte sie und ich halte nach den anderen Ausschau.

Bis jetzt ist mir noch nichts aufgefallen. Aber sie sind hier, Bigeyes. Das hab ich schon gesagt. Ich kriege Beklemmungen, so deutlich spüre ich sie. Schau den beiden Typen nach.

Jetzt halten sie vor einem Auto. Sie schauen sich gar nicht um, steigen einfach ein, als ob nichts wäre. Riff setzt sich hinters Steuer, lässt den Motor an.

Ich stecke den Schraubenzieher ins Zündschloss – und warte ab.

Zu früh zum Starten. Zu riskant. Wenn uns andere beobachten, werden sie den Zusammenhang sehen zwischen Riff, der den Motor anlässt und gleich losfährt, und mir, der hinterherfährt. Dann haben sie mich sofort im Visier.

Also warte noch ein paar Sekunden. Aber nicht zu lange, sonst verliere ich die beiden aus den Augen. Sie fahren Richtung Hauptstraße. Ich werde ganz kribbelig, ich muss ihnen hinterher. Checken, immer noch niemand in Sicht.

Aber die anderen sind da, Bigeyes, das sag ich dir. Hier läuft mehr, als ich sehen kann. Und doch müssen wir jetzt weg, wir können nicht länger warten, sonst ist Riff auf und davon.

Dreh den Schraubenzieher um. Der Motor springt an. Noch einmal checken. Nichts regt sich in der Gegend, außer einem Kind auf seinem Dreirad.

Los.

Erster Gang, Handbremse lösen, Kupplung kommen lassen, sachte losfahren. Riff ist rechts abgebogen, aber ich kriege ihn wieder zu Gesicht, sobald ich die Hauptstraße erreicht habe. Dann, noch in der Seitenstraße, höre ich es.

Das Geräusch eines anderen startenden Motors hinter mir.

Blick in den Rückspiegel. Hinter mir schert keines von den parkenden Autos auf beiden Seiten der Straße aus. Fahr weiter, du musst jetzt weiterfahren.

Wir erreichen die Hauptstraße. Immer noch nichts im Rückspiegel zu sehen. Riff fährt Richtung Zentrum, aber er steckt in einer Fahrzeugkolonne. Rückspiegel.

Immer noch nichts.

Aber ich hab das Geräusch eines startenden Motors gehört, da bin ich mir ganz sicher.

Schau nach vorn, such dir eine Lücke im Verkehr. Da ist eine, wechsel in Riffs Spur. Der fährt jetzt schneller, fünf Autos sind zwischen uns, aber jetzt habe ich Anschluss. Rückspiegel.

Aber sie kommen, Bigeyes, sie kommen wegen uns. Ich lange in die Tasche und spüre das Messer.

Hupen auf der rechten Spur. Ich bin zu weit nach rechts geraten. Lass das Messer los, nimm das Lenkrad in beide Hände und steuere nach links. Ein Kleinbus mit einem rothaarigen Typ am Steuer kommt aus meinem toten Winkel. Er schaut zu mir herüber, zeigt mir den Stinkefinger und zieht vorbei.

Mir läuft ein Schauer über den Rücken, Bigeyes, wie vorhin im Fluss.

Ich muss mich konzentrieren, die Fassung bewahren, in der Spur bleiben.

»Leg das Messer weg.«

Ja, gut. Sprich laut.

»Leg es weg. Du brauchst es noch nicht. Später. Jetzt musst du fahren und die Augen offen halten.«

Der Verkehr wird jetzt flüssiger. Ich sehe Riff vor mir. Er wechselt auf die rechte Spur, als wollte er an der nächsten Ampel abbiegen.

Rückspiegel. Dann Wechsel auf dieselbe Spur wie er.

Jetzt sind nur noch zwei Autos zwischen uns, hinten tut sich immer noch nichts. Jedenfalls nichts, was irgendwie gefährlich aussähe. Nur Autos, Autos, Autos. Aber alle könnten gefährlich sein, in einem könnte der Kerl sitzen, der es auf mich abgesehen hat.

Und auf den ich es ebenfalls abgesehen habe.

Aber es geht nicht nur um Paddy. Ich möchte noch etwas Wertvolleres.

Sirenengeheul!

Auch das noch, Bigeyes, sag bloß …

Sie sind irgendwo weiter hinten. Ich sehe kein Blaulicht im Rückspiegel, aber einige Autos fahren schon zur Seite, um eine Gasse freizulassen. Riff biegt an der Ampel rechts ab, noch steht sie auf Grün. Er fährt Richtung Docks. Die Sirenen werden immer lauter, jetzt ist auch ein Blaulicht im Rückspiegel zu sehen, allerdings noch ziemlich weit entfernt.

Das ist Polizei. Und die ist hinter mir her. Irgendjemand muss mich erkannt haben. Aber damit gebe ich mich jetzt nicht ab, ich muss Riff auf den Fersen bleiben. Warum fahren die Autos vor mir nicht weiter?

Ach du Scheiße, der Typ hinter Riff hat den Motor abgewürgt. Riff ist abgebogen und wir anderen in der Kolonne stecken hier fest. Und gleich wird die Ampel auf Gelb springen.

Noch mehr Sirenengeheul. Das sind mindestens zwei Streifenwagen. Einen sehe ich, einen anderen höre ich. Sie stecken auch fest wegen eines Lkws, der zu viel Platz einnimmt, aber das wird sich gleich ändern.

Die Autos vor mir setzen sich wieder in Bewegung, biegen eins nach dem anderen rechts ab. Kuppeln, Gas geben, aber jetzt springt die Ampel auf Rot. Egal, ich fahre. Ich darf Riff nicht verlieren.

Gehupe vom entgegenkommenden Verkehr. Ich bin fast über die andere Spur, da lehnt sich ein Autofahrer aus dem Fenster und schreit mir etwas zu. Jetzt bin ich drüben und rase Richtung Docks.

Nur ist Riff verschwunden.

Überlegen wir, Bigeyes. Er hätte eine von den vielen Abzweigungen nehmen können, also bete ich, dass er einfach geradeaus weitergefahren ist. Wir müssen es drauf ankommen lassen. Die Straße ist leicht kurvig, es wäre möglich, dass er deswegen nicht zu sehen ist.

Drück auf die Tube, scheiß auf die Geschwindigkeitsbegrenzung. Jetzt ist Risiko angesagt. Der Motor der alten Karre knurrt. Er mag dieses Gehetze nicht. Dadurch, dass ich bei Rot über die Ampel gefahren bin, hab ich vielleicht meine Verfolger abgeschüttelt.

Aber so richtig kann ich an mein Glück nicht glauben. Die haben ja gesehen, welche Richtung ich eingeschlagen habe. Die wissen, dass ich in der Nähe der Docks bin.

Da ist Riff, ziemlich weit vorn. Lässt sich Zeit, als ob die Welt auf ihn warten würde. Oder wartet er auf mich?

Der Gedanke ist mir gerade gekommen.

Wartet er wirklich auf mich?

So schlau sieht er nicht aus. Auch sein Kumpel nicht. Hart, aber nicht schlau. Ich glaube nicht, dass sie mich bemerkt haben. Jetzt sind die Streifenwagen wieder da. Und sie kommen hier entlang.

Riff biegt links in die Riverside Lane ab.

Ich fahre geradeaus weiter. Ich muss es clever machen, darf bei ihnen nicht den Verdacht erwecken, dass sie verfolgt werden. Ich kann auch die nächste Seitenstraße nehmen und trotzdem an der gleichen Stelle herauskommen, wie wenn ich in die Riverside Lane eingebogen wäre. Alle diese Seitenstraßen führen in dieselbe Gegend.

Die Docks.

Ja, ich weiß. Wieder Wasser, Scheißwasser, und tief, nicht so ein schäbiger kleiner Fluss. Hier fahren große Pötte, beladen und unbeladen, die dann wieder auf die hohe See geschleppt werden. Normalerweise meide ich diese Gegend.

Aber jetzt geht es nicht anders.

Rückspiegel. Keine Bullen zu sehen, aber viele andere Autos hinter mir. Ich würde ja gern die Gesichter der

Fahrer checken, aber ich hab keine Zeit, ich muss abbiegen.

Nach links, die Maple Street hinunter, und da an ihrem Ende ist das Wasser wie Tinte. Mir scheint, ich fahre durch einen Tunnel direkt hinein. Die Fassaden zu beiden Seiten flitzen vorbei, die Lagerhäuser ragen hoch über mir auf.

Und hier beginnt der Kai, im Hintergrund die Lagerhäuser. Halte an und peil die Lage. Riff ist nach links gefahren und hat vor dem Dockside Diner geparkt. Sieht nach einer üblen Spelunke aus.

Und da gehen sie hinein.

Lass die da drin verschwinden, dann fahre nach rechts und parke vor dem Schiffsausstatter. Steig aus. Es regnet immer noch. Komisch – beim Fahren ist mir das gar nicht aufgefallen. Kapuze überziehen, gleich geht's los – und da ist wieder dieses Gefühl.

Als ob ich beobachtet werde.

Warum kann ich sie nicht sehen, Bigeyes? Mir entgeht doch sonst nichts, ich bin schnell, ich bin clever, aber das hier kriege ich nicht mit. Was ist los?

Mit gesenktem Kopf rüber zum Diner, Blick durchs Fenster. Die Bude ist proppenvoll, überwiegend Männer, aber auch ein paar Frauen – und ein Kind. Ein kleines Mädchen, süßer Fratz, sitzt mit einem alten Mann weiter hinten.

Aber das ist nicht das Mädchen, das ich suche.

Riff sitzt an einem Ecktisch und dreht sich eine Zigarette.

Dig bestellt etwas beim Mann hinter der Theke. Und jetzt sehe ich noch etwas.

Deswegen bin ich nicht hierhergekommen, aber vielleicht brauche ich das.

Tammy und Sash streben ebenfalls auf den Diner zu.

Ich muss los, muss vor ihnen dort sein.

Rein in den Diner. Gut, dass es hier so voll ist. Die Menge verschluckt mich. Aber die Kapuze darf ich nicht aufbehalten, das wirkt verdächtig. Die anderen Klamotten, der Hut, das Haar kurz geschnitten und anders gefärbt, das alles macht es ein bisschen leichter. Trotzdem muss ich höllisch aufpassen.

Das ist nicht das Gleiche, wie Brieftaschen im Café Blue Sox zu klauen. Hier sind Typen, die mich umlegen wollen. Aber bis jetzt läuft alles gut. Um mich herum stehen mehrere stämmige Kerle. Unauffällig checken.

Tammy und Sash stehen vorn an der Tür. Sie werden nicht zur Theke gehen, sondern geradewegs Riffs Tisch ansteuern. Dig ist ebenfalls dort, vor sich ein Tablett mit Gebäck und Schokolade.

Checke den Nebentisch. Da sitzt niemand, aber das schmutzige Geschirr vom letzten Kunden steht noch herum – leere Kaffeetassen und ein angebissenes Brötchen. Schnapp dir das Brötchen und eine von den beiden Tassen. Nochmals checken.

Die beiden Tussis stehen immer noch vorn an der Tür. Tammy versucht gerade, ihr Feuerzeug anzukriegen, Sash steht neben ihr und schaut ins Lokal.

Ein Blick geht auch in meine Richtung, dann zurück zu Tammy.

Ob sie mich gesehen hat, Bigeyes? Ich glaube nicht. Sie wäre sofort auf mich zugegangen oder hätte mich scharf angeschaut oder etwas gesagt. Sie ist nicht clever genug, so zu tun, als hätte sie mich gar nicht bemerkt. Sie schaut weder erneut zu mir noch sagt sie etwas.

Tammy ist immer noch mit ihrem Feuerzeug beschäftigt. Der Mann hinter der Theke mahnt sie, dass Rauchen hier verboten ist. Sie wirft ihm einen wütenden Blick zu, steckt Feuerzeug und Zigarette wieder ein und schaut erneut giftig zu ihm hinüber.

Ich hab das Gefühl, unerkannt geblieben zu sein.

Ich muss das Risiko so oder so eingehen, jetzt gleich.

Näher an den Ecktisch heran, so vorsichtig wie möglich. Hier werden sie zwar nicht über mich herfallen, aber erledigt wäre ich doch, wenn sie mich erkennen. Und außerdem wäre mein ganzer schöner Plan futsch.

Am Nebentisch sitzen zwei Typen und eine Frau. Auch recht. Zu nahe darf ich ihnen nicht kommen. Am übernächsten Tisch sitzt ein runzliger alter Mann und liest seine Zeitung. Ich setzte mich ihm gegenüber, mit dem Rücken zu Riff und Dig. Der Graubart schaut auf und fixiert mich kurz, dann wendet er sich wieder seiner Zeitung zu.

Ich hebe das Brötchen und danach die Tasse zum Mund, tue, als ob ich essen und trinken würde. Ich höre das Gespräch der Männer mit der Frau. Dann kommt von drüben Tammys Stimme.

»Gib uns Geld für einen Kaffee.«

Dig antwortet, das merke ich sofort. Seine Stimme hat etwas Gefährliches, was Riff nicht hat.

»Du hast hier gar nichts zu suchen.«

»Es ist so kalt auf dem Wrack.«

Wrack. Hast du das gehört, Bigeyes? Sie hat Wrack gesagt. Und wieder Dig.

»Ist mir egal.«

Ich mag diese Stimme nicht. Irgendetwas daran lässt mich erschaudern. Er spricht eher leise und langsam, so als hätte er es nicht nötig, laut und rasch zu sprechen, weil er weiß, dass man ihm gehorcht.

»Ich hatte euch doch befohlen, dort zu bleiben.«

»Xen und Kat kümmern sich um sie.«

»Ihr vier solltet das zusammen machen.«

»Nicht nötig. Die Kleine macht keine Probleme.«

»Ihr vier zusammen, hab ich gesagt.«

Ich denke schnell nach. Hier am Kai liegt nur eine begrenzte Anzahl Schiffe. Zwei oder drei davon könnte man als alte Pötte bezeichnen. Aber weiter unten am Fluss sind noch mehr und einige davon sind echte Wracks. Nicht gerade, dass sie auf Grund liegen, aber sie sind nicht mehr sicher. Man hat sie ausrangiert und nun liegen sie dort vor

Anker und rosten vor sich hin und keiner kümmert sich mehr um sie.

Aber das sind Verstecke für lichtscheues Gesindel – denen es nichts ausmacht, in einem löchrigen Kahn zu schlafen. Die Frage ist – mache ich mich sofort auf die Suche oder bleibe ich noch, für den Fall, dass ich noch mehr rauskriegen könnte. Jetzt meldet sich Sash.

»Wir gehen wieder zurück.«

»Braves Kind«, sagt Dig.

»Braves Kind«, sagt Riff.

Hast du das gehört, Bigeyes? Was hab ich dir gesagt? Dieser Riff ist eine Flasche, plappert nach, was sein Kumpel sagt.

»Keiner hat dich nach deiner Meinung gefragt«, faucht Sash.

Ich glaube, sie ist der gleichen Ansicht wie ich.

»Halt's Maul«, sagt Dig.

Sie sagt nichts mehr, aber Tammy lässt nicht locker.

»Gib uns Geld für einen Kaffee, dann gehen wir auch wieder.«

»Ich habe euch schon heute Morgen Geld gegeben. Was habt ihr damit gemacht?«

»Ist nichts mehr übrig davon. Wir mussten Milch und andere Sachen kaufen. Komm schon, Dig.«

»Also gut.« Geklimper von Münzen, die auf den Tisch fallen. »Ihr trinkt rasch was und dann geht ihr zurück zur *Sally Rose*.«

Ich stutze.

Sally Rose.

Das ist wirklich ein Wrack. Aber jetzt weiß ich, was ich wissen wollte. Jetzt wünsche ich mir nur, dass Tammy und Sash möglichst lange mit ihrem Kaffee trödeln.

Ich halte den Kopf gesenkt über Brötchen und Kaffeetasse. Der Graubart schaut mich wieder an. Ich blinzle ihm zu, worauf er sofort wieder wegschaut. Aus dem Augenwinkel beobachte ich, wie Sash zur Theke geht. Stuhlrücken hinter mir.

Ich vermute, Tammy hat sich hingesetzt, aber ich schaue lieber nicht nach.

Stattdessen lege ich das Brötchen weg, stelle die Tasse ab und stehe langsam auf, Rücken zum Tisch. Ich sehe Sash jetzt genau. Sie steht in der Schlange vor der Theke, und wenn sie mir jetzt ins Gesicht schaute, könnte ich in Schwierigkeiten kommen. Vorhin hat sie mich nicht erkannt, aber das will nichts heißen.

Mit gesenktem Kopf schleiche ich an ihr vorbei zur Tür hinaus.

Wieder die Kapuze auf, dann gehe ich an der Fensterfront des Diner entlang. Kurzer Blick ins Innere. Die am Ecktisch gucken nicht raus. Dig und Riff hocken zusammen und reden. Tammy hat sich zu Sash gedreht und ruft ihr etwas zu.

Weg bin ich.

Sally Rose.

Ein rostiger alter Kahn. Keine Ahnung, mit was für Ladung die in ihren besseren Tagen unterwegs war. Jetzt haust unter ihrem Deck nur Gesocks. Hat mich früher nie interessiert.

Aber das hat sich geändert.

Vorbei an den Kränen, vorbei am geschäftigen Teil der Kaianlage, vorbei an den neueren Lagerhäusern, hin zu den alten heruntergekommenen Bauten. Hier ist kaum noch Leben, Bigeyes. Das Einzige, was sich hier bewegt, ist der Fluss, und wir wissen beide nur zu gut, was ich davon halte.

Schau dich bloß mal um. Könnte man sich eine ödere Gegend vorstellen? Das macht mich krank. Wasser zur Linken, Brachland zur Rechten, keine Bäume, keine Sträucher, keine Hecken, nur kümmerliches Gras und leer stehende Lagerhäuser.

Soweit ich sehe, folgt uns niemand, aber das kann sich jeden Augenblick ändern. Ich muss auf der Hut bleiben. Jede Sekunde hellwach. Feinde gibt's überall, auch wenn ich sie nicht sehe.

Jetzt die Schiffe. Die seetüchtigen ankern draußen, die kaputten liegen am Ufer. Ein paar brauchbare Boote sind in Reichweite, aber das meiste ist Schrott, Schlepper und Kähne, die vor sich hinrosten.

Und da ist die *Sally Rose*.

Halt. Erst schauen, was hinter dem Kahn ist. Scheint alles in Ordnung. Niemand auf dem Pfad, niemand auf dem Wasser, niemand bei den Lagerhäusern.

Ich lange in meine Tasche und taste nach dem Messer.

Xen und Kat.

Mit denen werde ich fertig. Solange es nur die beiden sind.

Ich drücke das Messer und sofort spüre ich wieder diesen Schauer. Früher war das nie so, Bigeyes. Früher war es einfach. Klinge raus und los.

Aber jetzt gibt es kein Zurück mehr. Ich muss das jetzt durchziehen. Sobald ich den ersten Schritt getan habe, fühle ich mich besser. Dann geht alles wie von selbst.

Geh ran, rasch, geräuschlos, Augen auf.

Nichts bewegt sich hier, nur der Fluss schwappt vorbei. Ich bemühe mich, nicht hinzuschauen. Ein Steg führt vom Heck zum Kai. Sieht wackelig aus, ich hab keine große Lust, da drüberzuspazieren. Aber was Besseres werde ich hier nicht finden.

Und es muss jetzt sein.

Checken. Immer noch kein Mensch zu sehen. Jetzt bin ich auf dem Steg, er federt, aber er hält. Gut. Schau nicht ins Wasser, konzentriere dich auf das Brett und gehe Schritt für Schritt weiter.

Ich bin an Deck.

Schau dich um. Niemand. Jetzt musst du wahnsinnig aufpassen. Horch genau. Keine Stimmen, kein Fußgetrappel, kein Geräusch. Die Luke da drüben ist offen. Schleich hin und spähe hinein.

Alles dunkel, aber eine Leiter führt ins Schiffsinnere.

Ich schleiche hin und klettere Sprosse um Sprosse hinunter. Ich stehe jetzt im Frachtraum, ringsum dunkel, aber meine Augen gewöhnen sich rasch an die Dunkelheit. Und ich höre Stimmen.

Nur ein Gemurmel, aber das genügt schon. Es sind die beiden anderen Tussis. Sie sind in einer Kabine irgendwo im Bug. Ich verstehe nicht, was sie sagen, aber ich erkenne die Stimmen.

Geh vorsichtig weiter. Die Tussis interessieren mich nicht, ich will Jaz. Aber einem Kampf weiche ich nicht aus. Und weißt du, was mir Angst macht, Bigeyes?

Ich selbst.

Wirklich. Ich fürchte mich vor mir selbst. Denn ich fühle wieder diesen Zorn in mir. Ich fühle, wie ich nach Blut lechze. Und weißt du, warum? Weil ich jetzt klar sehe. Nicht nur das mit Paddy ist falsch.

Alles ist falsch.

Das geht mir jetzt auf. Alles ist falsch.

Dass man Bex umgebracht hat, dass Jaz entführt wurde, alles, was seit dem Tag meiner Geburt passiert ist – alles war falsch. Und ist es immer noch.

Und deshalb wünsche ich einerseits auch, dass Xen und Kat herauskommen. Ich fühle das Messer in der Hand und wünsche mir, dass sie herauskommen und mich entdecken.

Auch die beiden sind falsch. Hörst du, Bigeyes? Auch sie sind falsch. Wenn ich schon nicht Paddy erledigen kann, knöpfe ich mir die beiden vor.

Jetzt bin ich im Bug und stehe vor verschlossenen Türen. Unter der Tür auf der rechten Seite fällt Licht durch einen Spalt. Ich höre die Tussis drinnen reden. Aber davor ist noch eine andere Tür.

Kein Licht von drinnen, aber draußen ist ein Riegel vorgeschoben.

In der anderen Kabine sind immer noch Stimmen zu hören. Dann verstummen sie plötzlich, aber das ist mir egal, jetzt ist es sowieso zu spät. Und wie gesagt, ich wünsche mir ja fast, entdeckt zu werden. Ich schiebe den Riegel weg und öffne die Kabinentür. Mir bleibt vor Erstaunen der Mund offen stehen.

Da liegt sie im Dunkeln, gefesselt und geknebelt. Augen schauen mich aus einem zerschlagenen Gesicht an. Aber es ist nicht Jaz.

»Bex«, flüstere ich.

Was jetzt kommt, geschieht sehr schnell.

Die andere Tür geht auf, Xen und Kat stürmen mit gezogenen Messern heraus. Auch auf dem Deck sind Schritte zu hören, während in der Ferne Sirenengeheul ertönt. Ich stelle mich den beiden Tussis entgegen. Die halten sich noch zurück, wahrscheinlich warten sie auf die anderen.

»Wir wissen, wer du bist«, sagt Kat. »Auch mit anderen Klamotten und gefärbtem Haar.«

Ich bleibe stumm und beobachte sie genau. Hinter mir

höre ich Bex. Sie ist bis zur Tür gerobbt. Ich blicke mich kurz um und schneide ihr die Fesseln um die Armgelenke auf.

»Mach die anderen Fesseln los«, sage ich zu ihr.

Ich konzentriere mich wieder auf die beiden anderen Mädchen.

Ich darf sie keinen Augenblick aus den Augen lassen. Noch mehr Schritte oben an Deck. Bisher sind sie noch nicht nach unten gekommen, vielleicht wissen sie noch nicht, dass ich hier bin. Xen schreit hinauf.

»Er ist hier unten!«

Stimmen an Deck, Fußgetrappel.

Bex zupft mir am Ärmel. Ich beobachte sie aus dem Augenwinkel. Sie hat sich selbst von den übrigen Fesseln und dem Knebel befreit und kauert nun hinter mir. Ihr Gesicht sieht schlimm aus. Gebrochen scheint nichts, aber man hat sie übel zugerichtet.

»Ich dachte, du wärst tot«, sage ich leise.

»Der Kerl, der Trixi umgebracht hat, hat mich k. o. geschlagen.«

»Ich war dabei, als er behauptet hat, dich erledigt zu haben.«

»Vielleicht hat er das sogar selbst geglaubt. Schließlich hat er ziemlich hart zugeschlagen. Aber ich hab es überlebt. Dann war er weg und Riff stand da mit Jaz an der Hand. Dann ist Dig aufgetaucht. Den Rest kannst du dir denken.«

Paddy hat also gegenüber seinen Kumpels nur angegeben, dass er Bex umgelegt und die Leiche in einen Graben geworfen hat. Aber viel besser ist es ihr seither auch nicht ergangen.

»Wer hat dein Gesicht so zugerichtet?«

»Die Mädchen.«

»Bleib hinter mir«, sage ich.

Im Frachtraum tauchen jetzt Schatten auf. Dig, Tammy, Sash, Riff. Alle außer Riff haben ein Messer gezückt. Aber sie stürzen sich nicht auf mich, sie stellen sich fächerförmig auf.

»Er hat immer noch Trixis Messer«, sagt Xen. Und zu Dig gewandt: »Sei vorsichtig. Er weiß damit umzugehen.«

»Na und?«, sagt Dig.

Und dann wirft er sein Messer, nicht auf mich, sondern auf eine Kiste. Die Klinge bohrt sich in das Holz und bleibt mit zitterndem Schaft darin stecken. Er schaut ihm einen Augenblick versunken zu, dann zieht er ein anderes, größeres Messer.

»Blade«, sagt er mit seiner tranigen Stimme. »Der Typ hat uns deinen Namen gesagt. Wir haben gehofft, dass du wieder auftauchst.« Und mit einem Blick auf sein Messer. »Damit wir uns für Trixi rächen können.«

»Ich hab sie nicht umgebracht«, sage ich. »Der Typ, der euch meinen Namen verraten hat, der war's.«

»Hat uns alles gesagt«, fährt Dig fort. »Ein höflicher Mann, und so hilfsbereit. Nur darf man ihm nicht in die Quere kommen, und seinen Kumpels auch nicht. Er hat uns im Haus von Tammys Oma besucht. Er hat dort früher mal Trix und die Mädchen gesehen, als er noch nach dir gesucht hat.«

»Er lügt.«

»Er sagt, er hat gesehen, wie du sie umgebracht hast. Und das soll auch nicht dein erster Mord gewesen sein. Er und seine Kumpels suchen dich schon seit Jahren und nun ist der Augenblick der Rache gekommen. Daraufhin haben wir uns alle auf die Suche gemacht, wir und noch ein paar Freunde, mit denen wir immer in Handykontakt waren. Riff hat dich auf dem Fahrweg aufgespürt und uns sofort alarmiert. Alles Weitere war ein Kinderspiel. Oder hätte es sein sollen. Wir haben unseren Teil getan, die anderen haben es versiebt. Aber egal, jetzt bist du wieder da.«

»Ich hab Trixi nicht umgebracht, Paddy war's. Der Typ, mit dem ihr gesprochen habt. Bex war dabei. Frag sie!«

»Oh ja, als ob wir ihr auch nur ein Wort glauben würden.« Dig fährt sie an. »Sie hat in ihrem ganzen Leben kein einziges wahres Wort gesagt. Deshalb bin ich mit ihr fertig.«

Ich schaue Bex an. Sie hat jetzt wieder diesen starren Blick. Plötzlich nickt sie.

»Er hat recht. Er und ich, wir waren mal …«

Sie verstummt und sucht Digs Blick.

»Ja«, sagt er. »Wir waren mal zusammen, aber jetzt nicht mehr.«

So ist Bex also in die Mädchenbande gekommen. Nicht

weil sie zu den Abgebrühten gehörte. Das war mir immer schon klar. Sondern weil sie Digs Ische war.

In meinem Kopf jagen sich die Gedanken. Ich muss damit aufhören, mich erinnern, was ich eigentlich hier wollte. Ich pflanze mich vor Dig auf.

»Wo ist Jaz?«

Er runzelt die Stirn.

»Jaz?«

»Wo ist sie?«

»Du willst Jaz, ja?« Er schaut zu den anderen und lacht leise. »Er will Jaz.«

Sie lachen ebenfalls. Dann wendet er sich wieder mir zu und schaut mich grinsend an.

»Ich glaube nicht, dass Jaz dich sehen will. Nicht so, wie du jetzt aussiehst. Hast du in letzter Zeit mal in den Spiegel geschaut?«

»Wo ist sie?«

»Sie will nichts mit dir zu tun haben.« Und mit leiser Stimme fährt er fort. »Du siehst nämlich zum Fürchten aus, Junge. Aus dir sprüht Feuer und Schwefel. Du hast eine Wut in dir, wie ich es noch nie bei jemandem gesehen hab. Mir machst du keine Angst, aber der Kleinen umso mehr.«

Ich zittere, Bigeyes, denn ich weiß, er hat recht. Ich brenne vor Zorn. Aber so weit hab ich mich noch in der Hand, dass ich mich für Jaz beruhige. Und sie vertraut mir. Sie ist so ein Kind, das Vertrauen hat. Sie wird mich wiedererkennen.

Ich muss sie hier rausholen. Sie und Bex. Dig ist kein Vater für sie. Was sie braucht, ist ihre Mutter. Und mich. Egal um welchen Preis, ich muss sie hier rausholen.

»Ich möchte sie sehen«, sage ich.

Dig grinst mich an, dann weist er mit dem Kinn ans andere Ende des Frachtraumes.

»Ganz wie du willst«, meint er. »Aber sag hinterher nicht, ich hätte dich nicht gewarnt.«

Ich schaue alle der Reihe nach an. Sie beobachten mich, schauen auf das Messer in meiner Hand. Trotz ihrer Überzahl und Digs Schneid haben sie Angst vor mir. Ich fixiere die Tür am anderen Ende.

»Geht aus dem Weg«, sage ich.

Die Augen der anderen wenden sich Dig zu. Er nickt zum Zeichen, dass er einverstanden ist. Daraufhin weichen die anderen zurück, ohne mich aus den Augen zu lassen. Ich suche Bex' Hand. Sie ergreift sie und hält sie fest.

Ich führe sie durch den ganzen Frachtraum. Keiner rührt sich, keiner spricht. Es ist ganz still, nur das Ächzen des Schiffsrumpfes und das Trommeln des Regens auf dem Deck.

Ich komme vor der Tür an, lasse Bex' Hand los, blicke mich nach den anderen um. Die stehen immer noch da und beobachten mich. Ich wende mich zur Tür, kein Licht scheint durch die Ritze, aber ein Riegel ist auch nicht vorgeschoben. Wenn sie da drin ist, dann ist sie keine Gefangene. Es sei denn, sie wäre gefesselt.

Ich mache die Tür auf.

Und da ist sie. Sie sitzt auf einer kleinen Kiste und schaut nach draußen. In der einen Hand hat sie einen Stift, in der anderen ein Malbuch, das sie an die Brust drückt. Sie schaut mich mit großen Augen an und erkennt mich. Ich lächle sie an und flüstere.

»Jaz, ich bin's.«

Sie macht den Mund auf und schreit.

Das haut mich um. So einen Schrei hab ich noch nie gehört, nicht von ihr und nicht von sonst irgendjemand. Einen solchen Angstschrei hab ich noch nie gehört. Und das halte ich nicht aus. Das meinte Dig also vorhin. Sie fürchtet sich vor meinem Zorn, vor meinem Gesicht, vor mir.

»Jaz, ist doch alles gut. Ich bin's, ich –«

Sie schreit wieder, sogar noch lauter.

»Jaz, aber ich tu dir doch nichts.«

Noch mehr Schreie. Mit verzerrtem Gesicht wendet sie sich ab, als wollte sie mich ausblenden. Ich neige mich zu ihr, berühre sie am Arm.

Sie zuckt mit dem Arm, als hätte ich sie verbrüht.

»Jaz, hör mir zu.« Ich flüstere in dem verzweifelten Bemühen, sie trotz ihrer Angst doch zu erreichen. »Jaz, ich möchte mich um dich kümmern. Ich habe Geld und ein Auto, mit dem wir von hier wegkönnen, du und ich und Bex. Wir bringen uns in Sicherheit.«

Ich rede mich heiß und verspreche ihr das Blaue vom Himmel. Das war mein Plan – das Geld, das Auto, die

Flucht. Daraus wird jetzt nichts mehr, denn Dig und seine Kumpel sind da, aber ich rede weiter auf sie ein, will ihr ein Lächeln entlocken.

»Jaz, Jaz –«

Sie schreit nur, flüchtet sich in die hinterste Ecke der Kabine, drückt sich gegen die Schiffswand. Sie hält sich die Ohren zu und senkt den Kopf, damit sie mich nicht sieht. Ich merke, wie Bex mich fortzieht und dann die Tür zuschlägt. Drinnen geht das Schreien weiter.

Die anderen kommen jetzt näher.

»Das wär's dann also«, sagt Dig. »Und zum Glück brauche ich mir nicht die Hände schmutzig zu machen. Das erledigen andere.«

Er schaut zu Riff hinüber. Der spricht ganz ruhig in sein Handy.

Ich bin immer noch außer mir. Ich kann nicht klar denken. Jaz' Schreien, ihr Gesicht, ihre Angst – vor mir, das ist zu viel für mich, Bigeyes. Und plötzlich ist alles andere unwichtig.

Aber das ist nicht wahr. Denn da ist auch noch Bex. Sie zählt noch, selbst wenn ich nicht mehr zähle.

»Lasst Bex laufen«, sage ich. »Mit mir könnt ihr machen, was ihr wollt. Aber lasst Bex laufen. Und gebt ihr das Kind zurück.«

»Das würde ich schon«, sagt Dig und legt eine Kunstpause ein. »Wenn sie eins hätte.«

Stille. Eine tiefe, beängstigende Stille. Der Regen hat

aufgehört. Das Schreien auch. Ich zwinge mich zum Sprechen.

»Willst du damit sagen –?«

»Frag Bex.«

Ich drehe mich zu ihr um und wieder hat sie diesen gespenstischen Blick.

»Sag mir die Wahrheit«, dränge ich.

»Ich liebe dieses Kind«, flüstert sie.

»Sag mir die Wahrheit.«

»Wir waren gute Freundinnen und sind es immer noch. Wir haben uns angefreundet, weil ich mich bei Tammys Oma um sie gekümmert hab. Wir sind wie Pech und Schwefel. Sie vertraut mir mehr als jedem anderen Menschen auf der Welt. Außerdem hat sie keinen Vater. Frag Dig. Dem Typen ging's nur ums Bumsen, dann hat er sich aus dem Staub gemacht.«

»Du hast mir noch nicht gesagt, was ich wissen will.«

Wieder Stille. Ich schreie sie in dem dunklen, leeren Frachtraum an:

»Wer ist Jaz' Mutter?«

Sie schlägt die Augen nieder und flüstert.

»Trixi.«

Dig geht auf mich los. Links und rechts von ihm sind die Mädchen. Sie begleiten ihn wie Schatten, ich sehe nicht einmal mehr ihre Augen. Vielleicht schaue ich auch nicht genau hin. Denn eigentlich ist mir jetzt alles egal. Wozu sollte ich, hat doch alles keinen Sinn mehr.

Jaz will nichts von mir wissen. Und Bex ist Gesocks wie die anderen.

Die Schatten halten an. Dig rückt noch näher.

Ich sehe, wie das große Messer losschnellt, immer mehr Fahrt aufnimmt und die Dunkelheit zerschneidet. Meine Gedanken zerstieben in alle Richtungen, warnen mich mit hellen Schreien. Duck dich, rufen sie, pariere den Angriff, tu etwas. Noch ist Zeit.

Ich weiß das. Aber ich rühre mich nicht. Mein eigenes Messer liegt nur schwer in der Hand.

Plötzlich ein heißer Schmerz, als die Klinge des großen Messers in meine Augenbraue dringt. Mir fließt Blut in die Augen, ich stürze zu Boden. Ich höre Schreie. Erst Becky, dann Jaz hinter der Tür. Schließlich schreie ich auch.

Die Tussis um Dig erheben ein wildes Geheul und umzingeln mich. Schon erhalte ich die ersten Tritte. Ich igele mich ein, aber eine Hand packt mich am Haar und reißt mir den Kopf hoch.

Ich sehe Dig durch einen blutigen Schleier. In der Hand halte ich immer noch Trixis Messer, will damit zustechen, aber ich kann mich nicht rühren, und Dig weiß das.

Er grinst mich an. Im nächsten Augenblick werde ich auf die Füße gestellt und von ihm durch die Dunkelheit verfrachtet. Die Mädchen drängen sich immer noch um mich herum, treten, schlagen und kratzen mich, aber das betrifft mich gar nicht mehr, ich sehe gerade noch die Leiter direkt vor meinen Augen.

Und dann klettere ich hoch, Digs Messer hinter mir, bis ich oben an Deck bin. Da stehe ich im Nieselregen und versuche, meine Gedanken zu ordnen. Aber mein Kopf ist ein Chaos, ich stochere im Nebel.

Auch Dig ist jetzt an Deck und mit ihm die Mädchen. Sie stoßen mich unter Schlägen und Tritten zum Steg. Auf allen vieren überquere ich ihn und taumele ans Ufer.

Sie folgen mir nicht, sondern stehen johlend auf der *Sally Rose*. Von irgendwoher höre ich Jaz' Schreie. Vielleicht sind sie auch in meinem Kopf. Ich weiß es nicht, auf jeden Fall will sie nichts mehr von mir wissen.

Ich drehe mich um und torkele das Ufer entlang. Ich blute noch stärker und mir dröhnt der Kopf. Ich weiß, dass es mich schlimm erwischt hat. Weiter vorn auf dem Pfad durchkämmen Polizisten die Dockanlagen, doch ich kümmere mich nicht um sie.

Aus dem nächsten Kahn klettern zwei Männer. Ich erkenne sie, es sind Lenny und der Dicke. Sie haben sich offenbar vor den Polizisten versteckt und darauf gewartet, dass ich auftauche.

Checken.

Ein Dritter kommt von hinten auf mich zu, ein Vierter versperrt mir den Weg auf die Brache, ein Fünfter klettert aus einem Leichter weiter vor mir.

Von Paddy keine Spur.

Aber was macht das jetzt noch, Bigeyes? Es ist sowieso alles vorbei. Ich kriege Paddy nicht mehr vor ihnen, denn ich bin erledigt. Ich bin im Eimer. Ich kann noch ein Stück weit laufen, aber wohin? Ich schaffe noch hundert, vielleicht zweihundert Meter.

Selbst wenn ich mich der Polizei stellen wollte, wäre es dazu zu spät. Sie sind zu weit entfernt, sie haben mich nicht gesehen und zum Rufen hab ich keine Stimme mehr.

Ich hab nur noch eine Möglichkeit. Dieses vergammelte alte Lagerhaus. Wahrscheinlich schnappen mich die Typen schon vorher, aber was soll ich sonst tun?

Rennen.

Aber ich renne nicht, ich stolpere. Mein Kopf schmerzt fürchterlich und das Blut fließt mir das Gesicht hinunter. Das Messer in meiner Hand ist nutzlos, es ist genauso nutzlos und überflüssig wie ich.

Schau dich um.

Alle fünf folgen mir. Nicht dass sie es eilig hätten, warum auch? Sie wissen, dass ich nicht mehr weit komme. Ich gehe quer über das kümmerliche Gras und schleppe mich zum Lagerhauseingang.

Wie ich schon vorher wusste, gibt es hier keine Verstecke. Aber ich kann den Lagerraum durchqueren und zum Fenster wieder hinaus, ehe sie mich sehen. Dann denken sie, ich hätte mich in den früheren Büroräumen versteckt.

Nur bin ich schwer am Kämpfen, wegen dem Blut sehe ich auch nicht mehr klar. Aber ich habe schon den Raum halb durchquert und immer noch keine Spur von meinen Verfolgern. Noch ein paar Schritte und …

Das Fenster.

Die Scheiben sind schon seit Langem eingeschlagen, dahinter dehnt sich nur Brachland. Checken. Die Typen sind noch nicht im Lagerhaus, aber weit können sie nicht sein.

Zwäng dich vorsichtig durchs Fenster. Ich fühle mich schwer wie ein Kartoffelsack und schürfe mir die Beine an den noch im Rahmen steckenden Glasscherben auf. Dann bin ich plötzlich wieder draußen.

Aber ich komm nicht mehr vom Fleck. Ich sitze zusammengesackt an der Mauer, ich blute und kann nicht mehr aufstehen.

Geräusche auf der anderen Seite der Mauer, Fußgetrappel im Lagerraum. Schwer zu sagen, wie viele es sind, das kratzt mich nicht die Bohne. Ich bringe es nicht mehr, egal, ob sie mich finden oder nicht.

Aber sie finden mich.

Eine Gestalt kommt auf mich zu.

Leicht zu erkennen, mein Freund, der Dicke. Er hat den Weg außen herum genommen und steuert nun gemächlich auf mich zu.

Ganz recht, wozu sich beeilen, Dicker. Schließlich ist man nicht gerade topfit, stimmt's? Du bist allein gekommen, ich kann deine Gedanken lesen. Selbst mein kaputter Kopf reicht, deine schäbigen Gedanken zu lesen.

Du denkst, nicht nötig, die anderen zu rufen, mit dem Kleinen da werd ich allein fertig.

Er ist jetzt in Reichweite, und ich überlege, Bigeyes. Er hat sich von der Mauer entfernt, um den Brennnesseln auszuweichen, und kommt direkt auf mich zu.

Wenn ich wollte, ich könnte ihn nicht verfehlen. Die dickste Zielscheibe. Noch habe ich die Kraft. Ein gezielter Wurf, und er ist am Boden.

Weiß er überhaupt, in welcher Gefahr er sich befindet?

Offenbar nicht, sonst käme er nicht so herangeschlendert. Ich drücke das Heft des Messers, prüfe die Klinge, schwinge meinen Arm nach hinten. Er bleibt plötzlich stehen. Jetzt ist er nur noch wenige Schritte entfernt. Wenn er sich jetzt rührt, ist er ein toter Mann. Und das weiß er.

Ich rede ihn an.

»Wo ist Paddy, Dicker?«

Ich erwarte keine Antwort. Aber er erwidert in seiner schweren, grunzenden Stimme.

»Der hilft der Polizei bei den Ermittlungen.«

Mein Gott, Bigeyes. Sie haben ihn also geschnappt. Das hätte ich nie gedacht. Wenigstens hat mein Anruf bei der Polizei also etwas genützt. Trotzdem würde ich ihn mir immer noch gern vorknöpfen. Der Dicke schnauft.

»Wird dir auch nicht mehr viel helfen.«

Da hat er recht. Von beiden Seiten kommen jetzt weitere Männer. Sie umstellen mich und schauen auf mich herab. Ich halte immer noch das Messer in der Hand.

»Na los, Kleiner«, sagt Lenny. »Schmeiß dein Messer.«

Ich würde ja gern, Bigeyes, wahnsinnig gern. Aber ich bring's nicht. Ich blute und ich flenne. Ich flenne wegen Jaz, wegen mir, wegen allem, was niemals in Erfüllung gehen wird.

Nun treten sie an mich heran, das sehe ich noch durch den blutigen Schleier. Ich kriege nicht mehr mit, was passiert. Sie nehmen mir das Messer aus der Hand, sie durchsuchen meine Taschen, nehmen mir das Geld ab, lachen und scherzen.

Dann der Hieb. Mein Kopf will schier zerbersten, mir wird schwarz vor Augen. Während ich schon halb bewusstlos bin, spüre ich noch, wie Lenny sich zu mir beugt. Plötzlich ein Knall – ein trockenes, metallisches Geräusch.

Aber ich denke ja gar nicht mehr, Bigeyes. Nein, alles geht durcheinander, alles dreht sich. Noch ein Knall. Und diesmal erkenne ich das Geräusch. Ein Schuss.

Hat man auf mich geschossen? Ich weiß es nicht, Bigeyes. Ich kapiere nichts mehr, ich spüre meinen Körper nicht mehr. Ich wabere durch einen dunklen Raum. Ich weiß nicht, wer ich bin, wo ich bin, was ich bin. Von fern höre ich eine Stimme.

»Blade«, sagt die Stimme.

Ich erkenne sie sofort.

Mary.

»Aber du bist doch tot«, murmele ich. »Du bist im Bungalow erschossen worden. Und du kennst auch gar nicht meinen Namen. Den hab ich dir nie genannt.«

Sie antwortet nicht. Aber ich sehe ihr Gesicht in der Dunkelheit. Es scheint so, als ob sie mit mir an diesem dunklen Ort schweben würde. Noch mehr Gesichter tauchen auf. Auch sie schweben um mich. Gesichter aus der Vergangenheit, Gesichter, die ich nicht sehen will.

Feinde.

Und ich schaue wieder Mary an und frage mich.

»Gehörst du auch zu meinen Feinden?«

Sie antwortet immer noch nicht. Die Gesichter schweben weiter um mich, dann verlöschen sie eines nach dem anderen. Und mit einem Mal verstehe ich, Bigeyes. Die Gesichter kommen aus der Vergangenheit, aber sie sind nicht die Vergangenheit.

Sie sind die Zukunft.

Genau. Wenn ich das hier überstehe, dann kommen sie wieder.

Nur jetzt vergehen sie so wie ich, werden zu nichts. Und weißt du was, Bigeyes? Vielleicht ist das so am besten.

Wenn ich nämlich nichts mehr bin, dann können sie mir auch nie mehr wehtun.